À PROPOS DE L'AUTRICE

Lucy Morris a toujours été obsédée par les mythes et les légendes. Ses livres mélangent une bonne dose de romance passionnée et de mondes brillamment construits, pour transporter les lectrices dans d'autres époques, d'autres lieux remplis d'aventures. Elle vit dans l'Essex, au Royaume-Uni, avec son mari, ses deux enfants et ses chats. Elle aime visiter des châteaux en famille et les sucreries, en particulier les oranges au chocolat !

Les amants du drakkar

LUCY MORRIS

Les amants du drakkar

Traduction française de
PHILIPPE BARBIER

Les Historiques

HARLEQUIN

Collection : LES HISTORIQUES

Titre original :
THE VIKING SHE WOULD HAVE MARRIED

HARPERCOLLINS FRANCE
83-85, boulevard Vincent-Auriol, 75646 PARIS CEDEX 13
Service Lectrices — Tél. : 01 45 82 47 47 - www.harlequin.fr
ISBN 978-2-2804-8915-7 — ISSN 1159-5981

Composé et édité par HarperCollins France.
Imprimé en août 2023 par CPI Black Print (Barcelone)
en utilisant 100% d'électricité renouvelable.
Dépôt légal : septembre 2023.

FSC www.fsc.org MIXTE Papier issu de sources responsables FSC® C159065

Pour limiter l'empreinte environnementale de ses livres, HarperCollins France s'engage à n'utiliser que du papier fabriqué à partir de bois provenant de forêts gérées durablement et de manière responsable.

Prologue

En l'an de grâce 904, en Neustrie

— Nous nous marierons toutes avec des fleurs dans nos cheveux, déclara solennellement Helga avec l'assurance d'une femme mûre alors qu'elle n'était qu'une toute jeune fille de douze printemps.

Les fleurs quelque peu flétries qui ornaient ses longs cheveux blonds frémirent mollement.

— Nous allons tirer les runes qui nous diront quels genres d'hommes nous allons épouser.

Pour une raison qu'elle ignorait, l'évocation d'Helga rendit nerveuse Valda. Elle ne savait pas, en fait, si elle avait envie de connaître l'avenir.

Les trois jeunes filles étaient assises sous un vieux chêne dont les longues branches chargées de feuilles les protégeaient de la chaleur du soleil.

Il faisait un temps idéal pour grimper dans les arbres ou nager dans la rivière. Le bruit du campement militaire que leur apportait la brise était rassurant. Elles savaient que leur mère, Porunn, entourée de ses jeunes guerrières, n'était pas loin, mais tout de même assez distante pour leur permettre de passer la journée comme bon leur semblait sans risque d'être brutalement rappelées à l'ordre.

— Il faut prononcer la formule magique trois fois de

suite avant de choisir une rune ? demanda Valda avec un soupir résigné.

— Oui, et il faut bien la dire ensemble, puis vous prendrez chacune une rune dans le tas et j'interpréterai sa signification.

Après avoir parlé, Helga secoua le sac rempli de morceaux d'os sur lesquels étaient gravées les runes.

— C'est ridicule ! lança sèchement Brunehilde en se levant comme si elle avait l'intention de se retirer.

Elle venait de fêter ses dix-neuf ans et se sentait un peu la responsable de ses jeunes sœurs, même si Valda s'élevait contre cette prétention.

Cette dernière, d'ailleurs, la saisit par le bras et la força à s'incliner.

— Assieds-toi ! Je ne tire pas les runes sans toi ! D'ailleurs, elle ne sera jamais satisfaite, à moins que nous ne le fassions ensemble.

— Parfaitement ! confirma Helga de sa voix chantante.

Avec un enthousiasme contagieux, elle souleva le sac d'os au milieu du cercle qu'elle formait avec ses sœurs et lui donna trois brusques secousses.

Les rayons de soleil filtrés par le feuillage dessinèrent des formes inhabituelles sur la peau blanche de sa main de telle manière que Valda se demanda si elle n'était pas sujette à quelque féerie.

Elle avait, en tout cas, l'aspect d'une elfe échappée de la mystérieuse forêt, avec ses cheveux blonds comme les blés et ses yeux d'un bleu profond à l'expression déterminée et pleine de sagesse.

Leurs longues journées passées ensemble, hélas, arriveraient bientôt à leur terme. Brunehilde, en effet, consacrait le plus clair de son temps à s'entraîner au maniement des armes avec leur mère, et si elle s'en révélait digne, elle ne tarderait pas à rejoindre la caste des jeunes guerrières. Or, Valda ne doutait pas qu'elle y parvînt.

Elle savait, d'ailleurs, qu'elle-même l'y suivrait. Elles n'avaient que deux ans de différence et, ce printemps, son entraînement s'était considérablement intensifié.

Il était question de nouvelles campagnes militaires contre les Francs dont on voulait conquérir des territoires plus étendus. Or, elle espérait prendre part aux prochaines batailles au côté de sa sœur Brunehilde. Elle en avait assez de rester à l'arrière avec Helga et les autres enfants. La décision, cependant, reviendrait à leur mère. Toutefois, si elle ne l'était jamais elle-même, Þorunn se montrait toujours prudente quand il s'agissait de ses filles.

— Où as-tu appris à interroger les runes ? demanda Brunehilde entre ses dents.

— Auprès de tante Freydis.

— La sorcière ? Ceci explique cela. Alors tu rêves d'être une magicienne qui parcourt le monde en prédisant l'avenir et en jetant des sorts ?

— Et alors ? fit Helga en redressant le menton. Je me sentirai plus à l'aise en sorcière qu'en guerrière.

— Ça, je veux bien le croire ! s'esclaffa Brunehilde.

Les traits de la jeune fille s'altérèrent et Valda donna un coup de coude dans les côtes de sa sœur aînée.

— Pardon, fit Brunehilde d'un air contrit. Avec le temps, tu finiras par savoir manier une épée.

Helga n'était pas bâtie comme ses sœurs. De petite taille et fragile, si elle montrait des dispositions prometteuses pour l'emploi de l'arc, elle peinait, au grand dam de leur mère, à brandir la moins lourde des épées de bois servant à l'entraînement.

Helga eut un petit haussement de ses frêles épaules. Mais sans se laisser décourager, elle parvint à sourire et rappela ses sœurs à l'ordre :

— Vous êtes prêtes ?

— Mais je ne veux pas d'un mari ! dit en soupirant Brunehilde alors qu'elle croisait ses longues jambes.

En entendant cette réflexion dans la bouche de leur aînée, Valda se demanda si, après tout, elle n'était pas mal à l'aise dans son corps. Elle était, en effet, plus grande et plus forte que tous les jeunes gens de son âge. Quant à son caractère, c'était une vraie ourse mal léchée.

— Je ne peux pas changer ce que j'ai vu, expliqua patiemment Helga. Ton destin m'en montre un… En tirant les runes, tu seras, du moins, avertie à son sujet.

— Mais pourquoi s'embêter avec cette divination si ça n'a aucun effet sur l'avenir ?

— Cela t'aidera à le reconnaître, répondit Helga un peu dépitée par la méfiance de sa sœur.

— Finissons-en ! intervint Valda qui trouvait que cela avait assez duré et qu'il ne servait à rien de discuter. Nous lui avions promis de tirer les runes avec elle. Ce qui est promis est promis.

— Soit, répondit enfin Brunehilde avec humeur.

D'un signe de tête, Helga les invita à prononcer à l'unisson la formule incantatoire, ce qu'elles firent à la perfection en s'efforçant de psalmodier lentement pour être bien ensemble.

Helga fit un ample mouvement en forme d'arc avec le sac avant de le remuer trois fois en décrivant des cercles.

Une bourrasque, soudain, agita les branches du chêne. Un frisson parcourut Valda qui sentit le froid courir le long de ses bras nus.

Ce n'est que le vent du nord, se dit-elle pour se rassurer en se frottant les bras.

— Prends-en un ! ordonna Helga à Brunehilde qui fixait le sac d'os sans se décider à y plonger la main.

— Je commence, fit Valda pour encourager sa sœur.

Elle prit le premier morceau d'os qu'elle rencontra.

Il s'agissait d'une côte de mouton. Elle avait été soigneusement nettoyée et portait la trace de dents qui l'avaient un peu trop rongée, si bien qu'elle se fendait presque par le milieu.

Il n'y avait aucune trace de rune sur le côté que Valda consulta en premier, si bien qu'elle la retourna et, sur l'autre côté, vit une rune correspondant à la quinzième lettre de l'alphabet norrois.

Le graphique de couleur foncée en était simple et ressortait bien sur le fond blanc de l'os. Il présentait une ligne droite verticale se terminant au sommet par la pointe inversée d'une flèche.

— Je vois la mer, l'amour, le voyage, fit Helga d'un air inspiré. Ton futur mari vient peut-être d'un autre rivage ?

Valda, qui cherchait à cacher sa déception, acquiesça d'un sourire contrit.

La lettre Algiz avait, en effet, tous ces sens, mais Helga n'était pas la seule à avoir écouté les enseignements de leur tante Freydis. Elle savait que cette rune évoquait la mer et qu'il était difficile, voire impossible, de prédire précisément ce qu'elle annonçait, particulièrement dans la mesure où Valda l'avait retournée. Présentée dans l'autre sens, elle aurait immanquablement annoncé le danger, l'insécurité et une grande perte.

Elle éprouvait déjà abondamment ces sentiments du seul fait qu'elle servait dans l'armée de Rollon, le chef viking qui combattait l'armée de Charles III le Simple, où chaque jour, lors des campagnes militaires, elle pouvait trouver la mort.

Ces circonstances ne l'empêchaient pas de rêver de l'avenir qu'elle envisageait sous l'aspect d'une vie tranquille où elle exploiterait une terre et vivrait dans une ferme qui serait pour elle un foyer.

Peut-être le partagerait-elle avec un mari et des enfants ? En tout cas, elle aspirait à tout sauf aux voyages et aux combats qui, il est vrai, représentaient l'essentiel de la vie de nombreux de ses contemporains.

Tandis que ses sœurs tiraient une rune chacune à son tour et qu'elle les entendait rire, désirant si peu ce qui lui avait été prédit par Helga, elle se répétait sans cesse en elle-même : *« Ce n'est qu'un jeu d'enfants qui n'a aucune signification. »*

Chapitre 1

En l'an de grâce 913, sur le quai de l'Ouse, à York

— Pourquoi dis-tu qu'il n'y a pas de navires ? fit sèchement Valda en dévisageant l'homme en sueur devant elle, tandis que d'un geste circulaire elle désignait le port où des dizaines de drakkars et autres embarcations s'alignaient le long des quais.

Ils étaient si rapprochés qu'on pouvait passer de l'un à l'autre sans mettre pied à terre. Dire qu'il n'y avait pas de bateaux était un aussi gros mensonge que d'affirmer qu'il n'y avait pas d'arbres dans une forêt.

Si la place du marché était le cœur des cités, le dock d'York était son poumon. Il y régnait une constante animation avec l'incessant déchargement et chargement de marchandises.

C'était aussi le seul endroit où elle pouvait espérer trouver un emploi afin de venir en aide à sa famille en tant que matelot à bord d'un drakkar se livrant à des raids et des pillages ou se consacrant au commerce. La solde d'une guerrière, en effet, n'était pas suffisante pour qu'elle contribuât suffisamment aux besoins de sa mère et de ses sœurs.

L'homme parlait lentement comme s'il s'était adressé

à un enfant et il ponctuait chaque mot en secouant ses bajoues burinées par le soleil et le vent.

— Oui, c'est vrai, insista-t-il. Il n'y a pas de navires.

Il se laissa aller en arrière sur le tonneau qu'il utilisait en guise de siège, comme s'il avait cherché un meilleur angle pour la regarder.

— En tout cas, pas pour les passagers, ajouta-t-il.

— Je ne suis pas une passagère, rétorqua-t-elle d'une voix sifflante.

Sa main tomba automatiquement sur la poignée de son épée alors qu'elle se disait qu'elle aimerait lui ouvrir le ventre et répandre ses entrailles sur la jetée. On verrait alors s'il la prenait au sérieux ou non !

Elle avait sans doute davantage combattu sous la bannière de Jorund que cet homme qui n'avait jamais vu ou ne verrait jamais la guerre. Elle étira le bras pour détendre ses muscles en pensant qu'elle avait servi sur un drakkar qui avait sévi sous bien des cieux, mais dont la réputation n'était pas arrivée jusqu'en Angleterre.

Pourquoi Porunn avait-elle insisté pour qu'elles se rendent dans ce port humide et puant ? À Rouen, du moins, son nom était connu. Valda la Lame, comme on l'appelait, avait la réputation sur le champ de bataille d'ôter la vie en un clin d'œil à ceux qui avaient la témérité de la défier.

Or, ici, elle n'était rien sinon une jeune femme aux vêtements en loques. Son épée était sa seule possession de valeur. Aussi regrettait-elle amèrement de n'être pas restée en Normandie, la belle province concédée à Rollon par le roi Charles III, en 911, lors du traité de Saint-Clair-sur-Epte.

La réputation, cependant, était à double tranchant et Porunn avait été trop humiliée par Bjorn pour y demeurer plus longtemps. Ce vil personnage, après être entré dans la vie de leur mère, lui avait dérobé toutes ses économies ainsi que celles de ses filles.

Réduites à une quasi-misère, car Porunn était trop âgée pour combattre et se trouvait donc sans solde, elles n'avaient pas voulu que ceux qui les avaient connues et estimées les vissent réduites à cet état d'indigence. Bjorn, elle n'avait pas peur de le dire, lui avait tout pris : son argent et, même, son honneur.

De quel droit, cependant, critiquait-elle sa mère ? s'interrogea Valda en son for intérieur.

N'avait-elle pas échoué, elle aussi, dans sa vie amoureuse ? Si elle avait fui Jorund, c'était pour ne pas passer sa vie sous les ordres d'un homme qui ne lui aurait jamais rendu son amour.

La mère comme la fille étaient aveugles quand il s'agissait d'hommes !

Elle serra dans sa main la poignée de son épée dont le pommeau renflé, incrusté d'or, était froid et ferme sous sa paume. Il y avait longtemps qu'elle n'avait eu à prouver sa valeur devant les hommes. Autrefois elle aurait trouvé du plaisir à en donner la démonstration, mais aujourd'hui, où elle était lasse et sans espoir, cela l'ennuyait au plus haut point.

Au sein de l'armée de Jorund, personne ne s'était jamais interrogé sur la place qu'elle occupait, et elle l'avait suivi pendant des années tel un chien attaché à son maître jusqu'à la mort. Elle n'avait cessé d'espérer que l'admiration qu'il lui vouait en tant que guerrière se muerait en amour pour elle en tant que femme, mais il n'avait jamais éprouvé pour elle les sentiments qu'elle avait pour lui, et l'avait toujours considérée comme une simple amie, voire une sœur.

Le sentiment d'amertume que ce rejet avait fait naître en elle resurgissait, par moments, et elle avait envie de croiser le fer avec le premier venu. Elle n'avait pas besoin, en effet, d'un frère puisqu'elle avait déjà deux sœurs qui valaient bien tous les garçons de la terre !

Ce qu'elle désirait, c'était un partenaire, quelqu'un qui la valût et l'aimât. Un homme qui ferait passer ses désirs avant les siens.

Au fond, elle demandait l'impossible.

Tout ce qu'il lui restait, à présent, des années passées avec Jorund, c'était son épée dont il lui avait fait cadeau le jour où elle était devenue son lieutenant.

Mais ce n'était que de l'acier glacial, du bel acier, rien de plus.

Or, elle était assoiffée d'amour, de tendresse et de chaleur.

— Je sais me battre, siffla-t-elle entre ses dents à l'adresse de l'homme. Faut-il que je t'en fasse la démonstration ?

Cédant à la colère à force de frustration, elle tira son épée de son fourreau et la mania avec dextérité, déchirant l'air de sa lame acérée. L'arme était un travail d'art. Parfaitement équilibrée et richement décorée, c'était un pur plaisir de la manier et c'eût été un honneur de perdre la vie sous son tranchant.

L'homme tressaillit et manqua de peu de tomber du tonneau. Elle était presque tentée de lui infliger une coupure, même légère… Mais c'eût été injuste car il n'était pas armé et était visiblement faible d'esprit. Elle ne se privait pas, néanmoins, de l'effrayer. Peut-être, à l'avenir, se garderait-il de douter des capacités d'une guerrière.

Voyant qu'elle remettait, enfin, son épée au fourreau, il reprit sa respiration.

— La plupart des équipages des courses de printemps sont déjà formés, dit-il quand il eut recouvré sa voix. Vous pourriez essayer de vous renseigner auprès des capitaines des grands drakkars. Il arrive qu'ils manquent de guerriers et qu'une place reste à pourvoir sur leur navire.

Il s'interrompit puis, tournant la tête vers la cale, s'écria de sa voix tonitruante :

— Harald !

Plusieurs marins, occupés à des tâches diverses, relevèrent la tête pour lancer un regard dans sa direction.

— Qu'y a-t-il ? demanda Harald, à quelque distance, d'un ton renfrogné.

— Ton équipage est-il au complet ?

— Oui, répondit Harald en retournant à son occupation.

Un marin qui titubait en longeant le quai s'arrêta à leur niveau.

— Je pars faire la course, dit-il en regardant Valda des pieds à la tête d'un air égrillard. J'ai assez de guerriers à bord, mais si ça te dit, tu pourras payer ton passage d'une autre manière.

Valda ne prit pas la peine de lui répondre. Elle tourna les talons tandis qu'elle l'entendait rire grassement dans son dos.

À quoi s'attendait-elle ? Croyait-elle rencontrer un homme d'honneur, intègre et courageux dans ce milieu de pirates avides de sang qui n'étaient, à présent, que de médiocres voleurs et des trafiquants d'esclaves.

La bravoure ne les caractérisait plus. Elle avait dit, la veille, à Helga, qu'elle était prête à faire n'importe quoi pour sa famille, mais devant ce marin aviné, elle sentait s'évanouir sa résolution.

Serait-elle, d'ailleurs, prête à se lancer de nouveau dans l'aventure ? Elle avait combattu, autrefois, pour Jorund afin de lui permettre de conquérir une terre et aussi pour gagner le respect des autres guerriers, mais avait-elle encore le goût de la bataille dans toute sa fureur, de l'odeur du sang et de la sueur ?

Avait-elle seulement le choix, cependant, maintenant qu'elle avait détruit sa vie en Neustrie ?

Elle y avait une position honorable lorsqu'elle était le premier lieutenant de Jorund. C'était un homme digne d'admiration et qui avait obtenu ce qu'il méritait. Il était, à présent, comte d'Évreux et avait épousé une noble jeune femme qui l'aimait et que lui-même aimait aussi en retour. Ce qui, aux yeux de Valda, était le plus important.

Si, seulement, elle ne lui avait jamais avoué sa flamme, elle aurait pu rester à son service et n'aurait jamais eu à mettre les pieds dans ce détestable port d'York ! Elle aurait encore un toit et aurait pu aisément offrir l'hospitalité à sa mère et à ses sœurs lorsque les circonstances leur avaient été défavorables.

Au lieu de garder le silence, cependant, elle lui avait confessé son amour, incapable de tenir sa langue comme une sotte qu'elle était ! En un instant, elle avait compromis son avenir et anéanti toutes ces années de lutte afin d'obtenir une terre où résider.

Soudain, lasse de se lamenter, elle redressa la tête. À quoi bon s'apitoyer ainsi sur son sort ? Ses sœurs et sa mère attendaient d'elle une aide. Il ne s'agissait pas de s'apitoyer sur son sort !

Au cours des dernières années qu'elle avait passées avec Jorund, Brunehilde avait été celle qui contribuait le plus à leur assurer une vie décente. Il était temps qu'elle participât à son tour au bien-être de la famille. Aussi était-elle prête à faire l'impossible pour leur permettre d'obtenir une ferme et des terres. Mais pour ce faire il ne lui était pas interdit de rechercher une position honorable sur tel ou tel vaisseau.

— N'y a-t-il pas des navires marchands sur le point de prendre la mer ? demanda-t-elle à la cantonade aux marins qui, par curiosité ou, plutôt, attirés par sa beauté, s'étaient rapprochés d'elle.

L'un d'eux haussa les épaules et ouvrit la bouche pour parler, mais ce fut une autre voix qui résonna, une voix chaude et vibrante qui parvint distinctement jusqu'à Valda bien que celui qui en était la source se trouvât plus éloigné d'elle que le groupe d'hommes l'entourant.

— Je commande un drakkar, Valda, reprit l'homme. Où aimerais-tu aller ?

Le silence qui s'était fait au moment où il avait commencé de parler cessa, et les bruits du dock reprirent de plus bel, les coups de marteau résonnant dans les tympans de la jeune femme à tel point qu'elle avait l'impression que c'était elle qui les recevait.

Ça ne pouvait pas être Halfdan ? se demanda-t-elle en son for intérieur en croyant reconnaître la voix du jeune homme qu'elle avait connu neuf ans plus tôt alors qu'elle venait de fêter ses dix-sept ans.

Des bribes de souvenirs lui revenaient en mémoire. Les baisers volés, tendres, sensuels alternant avec les mots doux susurrés à l'oreille. Un moment, elle se crut de retour sur le drakkar d'Halfdan. Elle respirait l'odeur du chêne qui craquait sous l'assaut des vagues alors qu'elle sentait le contact de ses lèvres sur la nuque.

Halfdan avait été le premier garçon à lui briser le cœur, longtemps avant son désastreux entichement pour Jorund. C'était, d'ailleurs, en souvenir d'Halfdan qu'elle avait cherché à rencontrer un homme de confiance, loyal et honorable comme Jorund.

Ce n'était pas le goût de l'aventure qui l'avait poussée vers lui, mais le désir de trouver un foyer et une famille. Elle n'avait compris, malheureusement, que trop tard qu'il ne voudrait jamais partager sa vie avec elle.

Les dieux se moquaient-ils d'elle, à présent, en lui faisant croiser de nouveau le chemin d'Halfdan ?

Voulaient-ils réunir le passé et le présent pour en faire le récit comique de sa vie ?

Soudain, elle revit la scène de sa jeunesse où, en présence de ses sœurs, elle avait tiré la rune Algiz lui prédisant un effrayant destin. Incertitude, insécurité, amour volage, autant de circonstances qui devaient la laisser brisée et perdue comme une épave roulée par les flots.

C'était précisément ce qu'elle avait vécu avec Halfdan, son premier amour, et, depuis, elle avait cherché chaque jour l'opposé pour, finalement, échouer.

Vu la prédiction qui lui avait été faite par Helga, il était inévitable que leurs routes se croisent de nouveau.

Déterminée à faire face à son passé, elle se retourna lentement, un sourire indifférent peint sur les lèvres.

Après tout, elle était, maintenant, une femme aguerrie. Il ne pourrait pas la détruire une seconde fois.

Le cœur d'Halfdan, lui, battait à toute force.

En apercevant la chevelure rougeoyante de Valda dans le soleil, il s'était précipité dans sa direction de peur de la perdre de vue.

Tout en se frayant un passage entre les marins occupés à réparer leurs bateaux ou leurs filets, il s'interrogeait sur sa réaction en la voyant. Pourquoi, après tant d'années, était-il aussi ému et impatient de la rejoindre ?

Il se sentit ridicule, soudain, et s'efforça de retrouver sa dignité avant de se présenter devant elle. Il ne voulait pas lui montrer à quel point elle lui avait manqué au cours de toutes ces années.

En tout cas, il était vraiment étrange que leurs chemins se croisent de nouveau.

Il croyait ne jamais la revoir, et certainement pas dans ce port. Sa famille vivait en Neustrie et n'avait aucune raison de venir vivre à York. Il ne s'y rendait lui-même presque jamais, dans la mesure où il préférait éviter autant que possible son père.

Cette fois, cependant, il serait bien obligé de le rencontrer car il devait conclure un marché avec lui. Il s'agissait de passer un accord qui assurât l'avenir de son frère et mît fin à la tyrannie qu'Ulf exerçait sur lui, mais il faudrait se montrer très prudent car l'homme était madré et sans pitié.

À présent qu'il venait de reconnaître Valda, cependant, le projet qu'il avait établi avec précaution devenait brusquement caduc, car il ne voulait pas laisser passer la seconde chance que lui offraient les dieux de conquérir Valda et, puisqu'elle cherchait une place sur un drakkar, il se proposait de l'emmener là où elle voulait même si c'était au bout du monde.

Il eut un instant de doute tant avait été cuisante leur séparation neuf ans plus tôt. Ne craignait-il point de souffrir de nouveau ? Pourquoi ne pouvait-il faire comme s'il ne l'avait pas vue et poursuivre sa vie comme avant ? Pourquoi, lorsqu'il était question d'amour, fallait-il qu'il eût toujours un pied dans le passé ?

Mais à quoi bon tergiverser ainsi ? Il ne savait même pas encore si elle accepterait son offre ?

Prendrait-elle la mer avec lui comme il le lui avait déjà demandé dans leur prime jeunesse ? Rien n'était moins sûr.

Voyant Valda se tourner vers lui, il fut sujet à un frémissement de tous les sens.

Après toutes ces années, il s'était attendu à ce qu'elle eût changé, mais elle était toujours aussi belle, jeune et tout autant envoûtante…

Il avait cru que son expérience avec les femmes le rendrait plus sûr de lui en sa présence, qu'il ne serait plus aussi impressionné par sa beauté et son énergie. Il s'était dit que la guerrière qu'il avait idéalisée dans sa jeunesse se révélerait une femme comme toutes les autres le jour où il la reverrait, qu'elle pâlirait, même, en comparaison avec toutes les beautés exotiques qu'il avait connues au cours de ses voyages, mais il n'en était rien.

C'était même le contraire !

Valda était toujours aussi parfaite, peut-être, même, plus encore !

Si le temps avait eu quelque effet sur elle, c'était seulement en polissant sa beauté qui était devenue encore plus éblouissante. Ses cheveux brillaient comme le cuivre dans le soleil, les traits poupins de la jeune fille s'étaient acérés, conférant à son visage une expression de force et de confiance en soi, d'exquises taches de rousseur disséminées sur l'arête de son nez ajoutaient encore à son charme.

Un regard noisette, vif et pénétrant, l'examinait de haut en bas, ne laissant apparemment rien à l'écart et appréciant tout à sa juste valeur. Bientôt, un sourire espiègle étira ses lèvres pulpeuses comme si elle avait toujours su, exactement comme lui, que ce moment arriverait un jour.

Il était un homme à présent. Les passions et les faiblesses de la jeunesse ne l'entravaient plus. Et pourtant, de la revoir lui faisait mal, mais il ne savait pas pourquoi. Ce n'était pas, en tout cas, parce qu'il craignait de refaire les mêmes erreurs qu'autrefois.

Il ne lui ferait pas, cette fois, une déclaration d'amour. Plus jamais, il ne la supplierait d'embarquer à bord de son drakkar. Elle accepterait son offre ou la refuserait. Cela lui était égal.

Mais il avait beau se le répéter en son for intérieur, il savait qu'il se mentait à lui-même.

À mesure qu'il se rapprochait d'elle, le doute grandissait en lui et il avait envie par sa posture de lui montrer qu'il n'était plus le jeune homme mal dans sa peau qu'il avait été, mais qu'il avait acquis l'assurance d'un homme confiant en lui-même.

Bien sûr, il ne voulait rien laisser paraître des pensées qui lui traversaient l'esprit. Il n'était pas question de se ridiculiser devant elle en bombant le torse car il se refusait à lui laisser deviner l'effet qu'elle produisait encore et toujours sur lui. Elle ne devait pas savoir qu'à sa seule vue son ancienne passion renaissait de ses cendres.

Pour mieux dissimuler ses sentiments, il jouerait l'indifférence. C'était, d'ailleurs, ce qu'il avait espéré ressentir si par le plus grand des hasards il était appelé à la croiser. Or, il éprouvait exactement le contraire, mais il ferait de son mieux pour ne pas le laisser paraître.

— Je n'en crois pas mes yeux ! fit Valda d'un air stupéfait sans se départir de son sourire quand il ne fut plus qu'à un pas d'elle.

Il eut l'impression de déceler une certaine indifférence dans son attitude qui ne faisait que confirmer son sentiment qu'elle ne l'avait jamais vraiment aimé. Elle n'avait eu, en fait, qu'une brève passion pour lui, une sorte d'entichement qui ne laisse que des cendres quand il arrive à son terme.

Il se souvenait qu'elle était férocement indépendante et constatait, à l'absence d'anneau à son doigt, qu'elle était toujours célibataire. Il le savait déjà car, chaque fois qu'il avait traversé Rouen, il s'était renseigné à son sujet et avait eu la confirmation qu'aucun homme n'avait su encore conquérir son cœur.

Ses grands yeux bleus la parcoururent des pieds à la tête. Elle portait toujours les vêtements d'homme qu'il lui avait vus dans sa jeunesse, des bottes et une large culotte en laine resserrée aux genoux. Des bandages entouraient ses jambes pour les protéger du froid. Une tunique verte et un manteau du même ton, drapé sur l'épaule, complétaient sa tenue ainsi qu'une ceinture de cuir à laquelle pendait son épée. Elle avait un bouclier et un ballot sur le dos.

Elle demeurait la Valkyrie dont il avait rêvé plus de nuits qu'il n'était prêt à le reconnaître. Si elle devait, à l'instant même, déployer ses ailes et l'emporter vers la mort, il passerait de vie à trépas en étant le plus heureux des hommes. Il lui importait peu de participer au banquet d'Odin ou de Ran, dieu de la Mer. Il lui importait peu de connaître tel ou tel destin pourvu qu'il s'endormît entre ses bras.

Dans ses rêves, certes, Valda laissait ses cheveux libres comme l'été où il l'avait connue. Brasier de soie qui enveloppait ses épaules et lui caressait le visage quand il l'embrassait et qu'elle lui promettait de ne jamais partir.

Halfdan chassa de son esprit ces souvenirs qui le paralysaient et, comme tout bon commerçant, s'efforça de déceler chez la jeune femme le détail qui lui permettrait de prendre l'avantage sur elle. Il s'aperçut, alors, que ses vêtements étaient usés et que son manteau était noué sur l'épaule et non attaché avec une broche.

Avait-elle été obligée de vendre sa broche ? Mais alors, cela signifiait qu'elle était dans la pauvreté !

Comment cela était-il possible ? Il était de notoriété publique qu'elle était la seconde en commandement de Jorund Jönnutson. Or, ce dernier avait la réputation de s'être taillé un beau domaine en Neustrie. Si son chef direct jouissait d'une vraie opulence, elle ne pouvait elle-même être dans l'indigence.

Elle avait au côté une épée au pommeau ciselé d'or. Ce n'était pas l'arme d'une pauvresse. Sa première impression n'était peut-être pas bonne. Mais il se pouvait aussi qu'elle eût besoin de retourner à Rouen et qu'elle n'eût pas les moyens, pour le moment, de payer sa traversée. En tout cas, il était incompréhensible, vu sa situation, qu'elle fût séparée de Jorund.

Pourquoi se posait-il toutes ces questions alors qu'il suffisait de l'interroger pour avoir les réponses.

— Valda, fit-il d'une voix vibrante, un sourire aux lèvres.

— Ma présence ici peut porter à confusion, s'empressa de de préciser la guerrière. Je ne cherche pas un passage sur un navire, mais je désire me joindre à un équipage. Peut-être connais-tu un capitaine qui pourrait me prendre à son service ? J'aimerais m'embarquer pour l'été sur un navire de commerce, mais ça peut être une autre sorte de bateau. J'ai surtout besoin de gagner de l'argent.

Halfdan restait silencieux. Il s'interrogeait sur le prix qu'il aurait à payer s'il prenait le risque d'engager Valda pour l'été.

Était-il prêt à mettre son cœur en péril ?

Loki, le dieu de la Malice et de la Ruse, aurait été fier de lui quand il feignit de s'étonner de ce qu'elle venait de lui dire.

— C'est vraiment une étrange coïncidence, fit-il. Une guerrière à bord de mon drakkar serait la bienvenue. J'ai prévu une longue traversée cet été.

Il venait, en fait, de prendre, à l'instant même, cette décision, mais il n'était pas certain que son père y fût favorable. Il ne doutait pas, toutefois, de pouvoir régler ultérieurement cette question avec lui. Ce qui comptait pour l'instant, c'était d'obtenir l'accord de Valda.

— Ne crains-tu pas que la situation soit un peu étrange ? dit cette dernière en se mordant la lèvre.

Halfdan partit d'un éclat de rire.

— Pourquoi étrange ?

Elle sourit comme si, soudain, elle était rassurée.

— Je rame et combats beaucoup mieux que dans ma jeunesse. Si tu veux, je peux t'en faire la démonstration…

Une expression soucieuse parut sur le visage de la jeune femme quand elle poursuivit :

— Je n'ai rien à vendre, malheureusement, en dehors de quelques fourrures. M'accepteras-tu malgré tout ?

Elle prononça ces derniers mots en redressant le menton d'un air de défi.

Il écarta les doutes de la jeune femme avec son plus

charmant sourire. Il l'aurait prise à bord, en vérité, même si, pour ce faire, il avait été contraint de jeter toute sa cargaison par-dessus bord.

— Ne t'en fais pas. Je sais que tu es une guerrière hors pair, ma vieille amie.

Le mot « amie » lui sembla amer dans sa bouche, mais il persista dans son attitude détachée en haussant les épaules d'un air nonchalant.

— Tous les membres de mon équipage touchent une part égale du fruit de notre négoce après, bien sûr, que je me suis servi. Même si tu n'as que quelques fourrures à vendre, tu devrais t'en tirer avec une bourse bien pleine.

— Merci, Halfdan. Tu as toujours été généreux.

Le regard de Valda s'adoucit et Halfdan laissa échapper un soupir de soulagement en constatant qu'en fin de compte elle ne le haïssait pas, bien qu'il ne lui eût jamais offert autre chose que son amitié amoureuse.

Rassuré, il cessa d'éprouver la gêne qu'il avait initialement ressentie quand il l'avait aperçue au loin. Un problème, cependant, subsistait…

— La nouvelle de mon arrivée à York ne va pas tarder à se répandre, dit-il. Il faut que j'aille saluer mon père avant qu'il ne soit informé de ma présence.

— Oui, bien sûr, s'empressa de répondre Valda. Je ne voudrais pas être responsable de ton retard.

Le ton de la jeune femme était révélateur de l'influence que le père d'Halfdan exerçait sur York. Brutal et tyrannique, Ulf était le genre d'homme qu'il valait mieux ne pas contrarier.

— Tu ne me retardes pas…, mais viens me trouver sur le drakkar, demain, nous parlerons des détails de ta traversée. Il est amarré un peu plus loin devant la brasserie. Veux-tu faire quelques pas avec moi ? Au moins jusqu'à la place de Jarl ou jusqu'à chez toi.

Il se tut, espérant qu'elle lui dirait où elle habitait et qu'il apprendrait, ainsi, à qui elle été inféodée, mais elle se contenta de hocher la tête en signe d'acquiescement.

Ils se mirent à marcher côte à côte le long de la jetée puis ils s'engagèrent dans les rues boueuses de la ville. Comme toujours, Valda marchait avec assurance et un léger balancement du corps qu'accompagnaient ses bras.

Elle semblait un peu plus mince qu'autrefois, constata Halfdan qui espérait qu'elle et sa famille eussent de quoi se nourrir correctement.

Il balaya du regard la ville où se trouvaient sans doute sa mère et ses sœurs. Des ateliers, les étals des marchands, les maisons au-dessus desquelles se dressaient les églises bouchaient l'horizon. Une odeur de poisson, de salaisons et de forge planait sur la rue.

Il n'était là que depuis la veille et, déjà, il n'aspirait qu'à gagner la haute mer.

Incapable de contenir un instant de plus sa curiosité, il demanda :

— Es-tu toujours avec ce géant… Comment s'appelle-t-il déjà ?

Il feignait de l'avoir oublié alors qu'il connaissait parfaitement le nom de l'homme au service duquel Valda avait été. Il avait assez juré, certes, en l'évoquant pour s'en souvenir encore aujourd'hui.

— Veux-tu parler de Jorund Jötunnson ? demanda Valda.

— Oui, cela même, Jorund… Il combattait sous la bannière de Rollon, n'est-ce pas ?

Il avait entendu dire beaucoup de bien du guerrier viking, mais se refusait à en vanter les mérites. Il le voulait d'autant moins, d'ailleurs, qu'il comprenait que cela n'aurait d'autre effet que d'irriter Valda.

Il y avait longtemps qu'il ne s'était pas informé à son sujet auprès de ses relations en France, mais c'était surtout parce qu'il la croyait heureuse et bien établie, ce qui ne manquait pas de l'affecter.

« Je ne pourrai jamais être ta femme », lui avait-elle dit, autrefois, et encore aujourd'hui, après plusieurs années, il s'efforçait de l'accepter.

Souvent il se demandait à quoi sa vie aurait ressemblé si les choses s'étaient déroulées autrement ou, plutôt, si leur indomptable goût de l'indépendance n'avait prévalu sur leurs sentiments.

Peut-être se seraient-ils mariés comme, au fond, le désirait Valda, et auraient acquis un domaine où vivre. Sur l'île de Gotland, éventuellement, lieu de sa naissance et de la mort de sa mère qui y avait été inhumée.

Cependant, y aurait-il été heureux ? Il n'en était pas certain… Mais il était vain de revenir sur le passé.

Après leur dernière et terrible dispute, Valda était retournée vivre en France, comme, d'ailleurs, elle le lui avait annoncé, et était devenue guerrière dans l'armée de Rollon. En apprenant qu'elle avait quitté ses sœurs pour devenir le lieutenant de Jorund, il avait bu au point d'en perdre la vie.

Le fait qu'elle se séparât de sa famille, en effet, ne pouvait signifier qu'une seule chose : elle avait donné son cœur à un autre.

Or, cet homme devait nécessairement être affranchi de tout lien familial entravant sa liberté et ne devoir sa réussite qu'à lui-même. C'était en réaction à cette certitude qu'Halfdan s'était évertué à se constituer une véritable petite fortune. Il espérait, par ce biais, prouver qu'il valait mieux que le nom que lui avait transmis son père.

— Je ne suis plus avec lui, répondit, enfin, Valda.

Cela signifiait-il qu'il n'y eût plus aucun lien entre eux ? s'interrogea Halfdan. En voyant Valda, seule dans le port d'York, il s'était douté qu'elle n'était plus avec Jorund, mais de le lui entendre dire, maintenant, le remplissait de joie.

Il s'écarta d'elle pour laisser passer une charrette remplie de poissons et en profita pour réfléchir à la manière dont il convenait de réagir à son aveu.

En reprenant sa place auprès d'elle, il parvint à contenir suffisamment sa curiosité pour prendre un ton détaché.

— Tiens ? Je ne le savais pas…

Un voile de tristesse assombrit le visage de Valda.

— Il est comte d'Évreux, à présent, et marié. Je n'ai plus ma place auprès de lui et ne l'ai sûrement jamais eue.

Elle partit d'un rire amer comme si elle faisait cette découverte pour la première fois.

— Je n'arrive pas à croire que je vienne de te faire cette confession, reprit-elle, mais je suppose que tu sais mieux que quiconque à quel point je sais mal choisir les hommes.

Il eut un air interloqué et peiné à la fois, comme s'il ne savait quoi penser de sa remarque.

— Oublie-le, dit-il enfin. Tu mérites mieux.

Il observait son profil et se laissait captiver par la noblesse et la beauté de ses traits, marqués, certes, mais si équilibrés et harmonieux sans compter la magnificence de sa chevelure embrasée par le soleil. Plus il la contemplait, plus la même phrase lui résonnait dans la tête comme un leitmotiv : « J'aurais dû l'épouser ! »

Pourtant, en dépit de cette certitude, il laissa échapper ces mots qu'il regretta dès qu'ils eurent franchi le seuil de ses lèvres :

— Tu as toujours fait un mauvais choix.

Elle le regarda droit dans les yeux et il détourna les siens en jurant en son for intérieur. Il était trop tard pour regretter. Jorund avait su se l'attacher suffisamment pour qu'elle le suivît au-delà des mers, mais lui-même n'avait pas réussi cette prouesse. Aussi, quand bien même aurait-il encore quelques sentiments pour elle et le désir sincère de lui venir en aide, rien d'autre ne pouvait arriver entre eux. Elle avait besoin de stabilité et de sécurité. Or, il ne pouvait lui offrir ni l'une ni l'autre.

— Tu seras plus heureuse que je ne saurai jamais l'être, reprit-il un sourire forcé aux lèvres. Tout homme marié se sent comme enchaîné. Il lui faut éviter à tout prix de tomber dans ce piège !

— Tu ne t'es donc jamais marié ? Je croyais que ton père voulait te faire épouser Olga ?

— De qui parles-tu ?

— De la fille du jarl Olaf.

Halfdan fronça les sourcils d'un air d'incompréhension. Pourquoi Valda évoquait-elle cette fille qui avait si peu compté pour lui ? Il se souvenait à peine d'elle, et encore n'était-ce qu'à cause de tous les mensonges qu'elle avait débités sur lui après le départ de Valda.

— Je ne l'ai jamais supportée. Elle a fini par se marier avec l'un des hommes de son père. Elle a eu un bébé peu après… Il est même né beaucoup trop tôt.

Il se mit à rire d'un rire grinçant qu'il interrompit brusquement comme s'il le regrettait.

Valda pressa les lèvres d'un air réprobateur avant de remarquer sèchement :

— Ça m'a tout l'air d'une échappatoire providentielle.

Devant l'attitude de Valda qui, clairement, le condamnait et, prenant conscience que la vie n'avait pas dû être facile pour elle qui ne connaissait pas son père, il fut gagné, soudain, par la mauvaise conscience et éprouva même une forme de sympathie pour Olga, ce qu'il n'aurait jamais cru possible.

— Je crois savoir qu'elle est plus heureuse aujourd'hui, dit-il après un moment de réflexion en choisissant précautionneusement ses mots.

— C'était donc pour elle aussi une échappatoire providentielle.

Il n'y avait ni raillerie ni rancœur dans le ton de voix de Valda, mais Halfdan ne s'était jamais senti aussi misérable.

— J'espère que l'enfant n'a pas eu à pâtir de la situation, reprit-elle.

— Pas à ma connaissance... Il semble qu'Olga soit heureuse ainsi que son mari et le bébé.

— Tant mieux. Je n'ai jamais aimé cette fille, mais je ne lui souhaite aucun mal et n'aimerais pas la savoir malheureuse.

Le fait qu'elle soutînt Olga le mit de mauvaise humeur et il ne put se retenir de lui lancer :

— De toute façon, malgré tous mes efforts, j'ai l'impression que le mariage me rattrapera, que je le veuille ou non.

— Tu es sur le point de te marier ? demanda-t-elle en levant sur lui ses grands yeux noisette où se lisait plus d'étonnement que de déception.

L'expression du regard de Valda ne manqua pas de le blesser. Il s'attendait à une autre réaction de sa part mais n'était pas prêt à reconnaître le dépit qu'elle faisait naître en lui.

— Pas encore, mais ça ne saurait tarder, répondit-il.

Il ne mentait pas tout à fait. Il n'avait, certes, conclu aucun engagement, mais son père avait en tête de le marier à une jeune fille. Il avait, d'ailleurs, demandé à son frère aîné de revenir à York pour le consulter à ce sujet. Halfdan n'avait encore rien accepté, mais il réfléchissait à ce mariage et, à l'instant présent, sa situation lui était d'un grand secours car c'était l'occasion de montrer à Valda à quel point il lui était difficile de s'engager pour la vie.

Il n'avait pu, autrefois, se convaincre de l'épouser, et pourtant ce n'était pas faute de l'aimer. Il l'aimait plutôt trop que pas assez. Or, il savait qu'en l'épousant il aurait mis sa vie en péril. En effet, son père n'aurait pas admis qu'il se mariât avec une autre jeune fille que celles qu'il lui présentait.

— Je suis comme Fenrir, le loup de la mythologie scandinave entravé par des chaînes qu'il lui est impossible de briser. Je crois que mon père voudrait que j'épouse une Celte, la sœur d'un comte dont le fief se trouve au pays de Galles. Les Saxons disent des Gallois qu'ils sont indomptables, mais mon père tient quand même à cette union. Il lui importe peu de me sacrifier à ses intérêts.

— Pauvre Halfdan ! fit Valda en riant. Quelle terrible vie tu mènes en tant que fils d'un puissant jarl.

Le jeune homme rit à son tour. Valda avait raison de se moquer de lui. Il avait plus de chance que la plupart des jeunes gens de son âge et, en particulier, que son frère, Erik, né d'un autre lit, et qui n'avait jamais été traité que comme un esclave.

Il n'y pouvait rien, cependant, s'il était privilégié. Il aurait préféré que sa vie fût différente, qu'il fût né, par exemple, simple roturier. Il aurait, alors, été libre de courtiser la femme qu'il aimait. Or, à défaut d'épouser celle qu'il désirait, il avait épousé la mer qui, seule, pouvait le consoler.

— À demain, Halfdan, lâcha soudain Valda.

Elle hésita un instant avant d'ajouter dans un souffle en se mordant la lèvre inférieure :

— Je te suis sincèrement reconnaissante pour ton offre.

Il redouta un moment qu'elle ne disparût dans la foule et qu'il ne la revît jamais.

— Promets-moi que tu viendras demain, dit-il en lui serrant doucement le bras. Je t'assure que je peux t'être utile.

Elle hésita, le regard plongé dans le sien tandis qu'elle réfléchissait à ses paroles tout en passant sur ses lèvres le bout de sa langue, qu'il n'avait pas oubliée.

— Je te le promets, répondit-elle enfin d'une voix

rauque comme si l'accord qu'ils venaient de passer entre eux la blessait dans son orgueil.

Au fond, peut-être l'était-elle ? s'interrogea-t-elle en son for intérieur.

Sur ces mots, elle tourna les talons et, en quelques pas, échappa à son regard comme elle l'avait fait déjà toutes ces années auparavant.

Chapitre 2

Valda, tel un saumon remontant une rivière, se faufila entre la foule, les obstacles et les bâtiments en direction de la misérable chaumière qu'elle partageait avec sa mère et ses sœurs.

Lorsqu'elle eut l'assurance de s'être suffisamment éloignée, elle s'adossa au mur d'une maison moins branlante que les autres et attendit.

Même si elle s'était retournée plusieurs fois pour s'assurer qu'Halfdan ne la suivait pas, elle avait besoin, avant de poursuivre son chemin, d'en avoir la certitude. Plusieurs charrettes et divers individus passèrent devant elle, mais elle ne vit aucun homme de grande taille, belle allure, au visage attrayant et sourire charmeur, ainsi que portant de riches vêtements de soie.

Soulagée, elle renversa la tête en arrière et ferma les yeux pour ne plus voir la morne ruelle et le ciel qui s'assombrissait.

S'il lui était difficile, après toutes ces années, d'accepter son aide, il lui aurait été insupportable de le laisser voir le taudis où elle vivait. Elle était encore plus pauvre aujourd'hui qu'elle ne l'avait été lorsqu'ils s'étaient connus. Or, ce n'était pas peu dire.

La poitrine soudain oppressée, elle s'écarta du mur. Des souvenirs douloureux remontaient de sa mémoire.

Elle croyait entendre la voix d'Halfdan qui la suppliait de partir en mer avec lui.

Elle revivait ces heures d'été paresseuses où ils faisaient l'amour dans son drakkar dont il n'avait pas fini la construction…

Perdue dans le passé, il lui semblait sentir l'odeur des copeaux de bois qui s'accrochaient à sa chevelure quand il l'étendait sur le pont du navire où il avait jeté préalablement deux couvertures en fourrure. Il avait la peau douce, le désir l'enivrait, l'impatience la submergeait… puis venaient les tourments.

Elle avait cru que ce temps d'insouciance était révolu à jamais, loin derrière elle comme une erreur de jeunesse, mais il n'en était rien. Les sentiments, toujours aussi intenses et aussi forts, avaient survécu aux années. Même avec Jorund, elle n'avait jamais connu une telle passion aussi dévastatrice.

Il lui semblait qu'elle allait rendre l'âme s'il ne revenait pas dans sa vie. Elle avait tellement soif de lui…

C'était avec lui, en effet, qu'elle avait connu pour la première fois l'amour et qu'elle avait fait la cuisante expérience de la séparation.

Elle s'étonnait, cependant, qu'en dépit de la souffrance qu'elle avait éprouvée par sa faute, elle eût encore pour lui des sentiments aussi forts. Peut-être étaient-ils liés à la surprise que leur rencontre imprévue avait créée en elle, surprise qui agissait comme un astringent sur les plaies ouvertes que lui avait laissées Jorund.

Quand elle avait rencontré ce dernier, elle avait espéré ressentir pour lui un amour aussi fort que pour Halfdan, mais son espoir s'était révélé vain.

Forte de l'expérience de ces deux échecs amoureux, du moins, pourrait-elle faire mieux à présent. Avec le temps, elle avait tout de même grandi quelque peu en sagesse.

Ils s'étaient rendus sur l'île de Gotland au mariage d'une cousine dont elle avait oublié le nom. La mère d'Halfdan était originaire de cet île et Valda avait eu le plaisir d'y entendre dire que son fils lui ressemblait alors qu'il n'avait rien pris de son père. Et c'était heureux, car le jarl Ulf avait la réputation d'être une brute impitoyable.

Elle se souvenait, d'ailleurs, qu'un jour il avait frappé à mort un homme qui l'avait involontairement bousculé et qu'en voulant le sauver Halfdan s'était interposé et battu avec son père.

Elle l'avait trouvé, ce jour-là, couché dans son bateau, meurtri sur tout le corps, et elle avait compris qu'en dépit de sa bravoure il restait un tout jeune homme au cœur sensible. Elle avait compati à sa souffrance et l'avait serré dans ses bras jusqu'à ce que le désir l'emportât sur la douleur et l'effaçât.

Elle avait alors cru que l'amour était assez fort pour renverser tous les obstacles et décidé de ne plus tenir compte de la mise en garde de Brunehilde qui ne cessait de lui répéter qu'Halfdan était destiné à porter le titre de son père et que le fils d'un jarl n'épousait pas une fille de père inconnu et conçue dans le ventre d'une guerrière.

À la suite de cet incident, Halfdan lui avait demandé de fuir avec lui. Il avait voulu se rendre avec elle dans des pays lointains, mais elle avait refusé de quitter sa famille, et cela avait donné lieu à une dispute entre eux au cours de laquelle il avait argué de l'impossibilité dans laquelle il se trouvait de l'épouser en raison de sa condition sociale.

Or, il avait beau répéter qu'un jour leur mariage pourrait avoir lieu, Valda avait perdu confiance et craint qu'un jour il se lasserait d'elle comme s'étaient lassés tous les amants de sa mère.

Pendant deux jours, toutefois, elle avait hésité, changeant

d'avis d'instant en instant jusqu'à ce qu'elle en devînt à moitié folle.

Brunehilde avait alors entendu une terrible rumeur et elle avait incité Valda à tenter d'en vérifier l'authenticité.

Le lendemain matin, toutes deux avaient fait le guet devant le navire d'Halfdan jusqu'à ce qu'elles en vissent descendre Olga, la fille d'Olaf, un petit sourire suffisant au coin des lèvres.

Mais Valda n'avait pas pu se convaincre de la trahison de de son amoureux. Il avait fallu pour le croire qu'elle montât à bord du drakkar et vît Halfdan dévêtu et endormi sur le pont au milieu des fourrures avec à son côté deux coupes vides et un pichet d'hydromel.

C'était leur petit nid douillet, là où ils avaient tant fait l'amour !

Elle n'était donc pas la seule ! Cette découverte lui avait brisé le cœur.

Elle avait éclaté en sanglots au point que Brunehilde avait dû l'entraîner à l'écart. Elle lui en avait été reconnaissante car elle se serait sentie encore plus humiliée si elle avait éveillé Halfdan par ses pleurs. Les guerrières ne pleuraient pas !

En tout cas, le soutien que lui avait apporté Brunehilde lui avait fait prendre conscience qu'elle ne pouvait compter que sur sa mère et ses sœurs.

Elles avaient quitté la région dès le lendemain et Valda avait prié le ciel de ne plus jamais revoir Halfdan.

À la pensée qu'elle aurait pu se trouver dans la même situation qu'Olga et porter son enfant qu'il n'aurait jamais reconnu, elle était à la fois pétrifiée et révulsée. Elle n'était pas étonnée, cependant, car il n'était pas rare que de telles situations se produisent, les hommes de pouvoir, en général, fuyant leurs responsabilités.

Elle avait toujours eu une haute estime d'Halfdan, mais

sa trahison lui avait retiré sa confiance. Après toutes ces années, avait-il changé ? Pouvait-elle de nouveau se fier à lui ? L'offre qu'il lui avait faite aujourd'hui semblait sincère. Il n'était que de le regarder pour se convaincre qu'il rencontrait un grand succès dans son activité. Ses vêtements de soie dignes d'un roi l'attestaient. Un voyage avec lui serait assurément une chance incomparable.

Mais était-il vraiment envisageable de s'embarquer avec lui après ce qui s'était passé entre eux ? Pouvait-elle oublier le passé ?

— Hello !

La voix féminine mais rauque, bien connue, venait de derrière elle.

— Brunehilde ! s'écria-t-elle en se retournant, un sourire éclatant sur les lèvres, qui contrastait avec l'expression grave de sa sœur aînée. Comment s'est passée l'assemblée des jarls ?

— Le roi du Wessex continue ses incursions sur notre territoire et les jarls ne savent toujours pas comment procéder.

— Et Gunnar ? demanda Valda, curieuse de savoir ce que leur nouveau suzerain à tous pensait de ces menaces.

Jusqu'à présent, la plupart des jarls semblaient plus préoccupés par leurs luttes intestines que par l'avancée progressive des Saxons qui ne cessaient de grignoter leur domaine.

La situation était plus qu'inquiétante.

— Il n'a pas dit grand-chose, répondit Brunehilde avec une expression pleine de sous-entendus qui arracha un soupir à Valda.

Gunnar était faible. Il ne tarderait pas à tomber sous la hache d'un autre jarl qui prendrait sa place à la tête des chefs de clans. Son inaction le mettait en péril, mais pas seulement lui. Valda et Brunehilde, qui, en tant que guerrières, étaient à son service, se trouvaient aussi dans une position de vulnérabilité préoccupante.

Dans la mesure où elles faisaient partie de sa garde, elles avaient pour mission de le protéger. Or, pour mettre fin à cette situation périlleuse, Porunn et ses filles devaient quitter York et s'approprier des terres pour elles-mêmes. De préférence au nord de l'Angleterre. Aussi loin que possible de la frontière avec les Saxons.

Si seulement un autre jarl acceptait de les prendre à son service !

Une mouche vola autour du visage de Valda qui la chassa de la main en laissant échapper un juron. Le printemps n'était pas encore arrivé et les mouches envahissaient déjà York.

— Par Odin ! s'écria-t-elle. J'exècre cet endroit !

— Rouen n'était pas mieux.

— Il y faisait, du moins, meilleur. Il n'a pas cessé de pleuvoir ici depuis que nous y sommes arrivés en automne dernier !

Valda souleva d'un air de dégoût son pied botté qui collait à la boue avant de l'y replonger.

— C'est la première fois que la journée est ensoleillée, reprit-elle, mais la ville reste toujours aussi humide. On dirait un marécage !

Brunehilde regarda sa sœur d'un air incrédule comme si elle savait parfaitement bien que la seule chose qu'elle regrettait à Rouen, c'était son ancienne vie.

— Tu détestes tout simplement York, dit-elle, renonçant à exprimer le fond de sa pensée.

Valda haussa les épaules. Elle ne pouvait nier cette vérité qu'elle avait avouée, d'ailleurs, un instant plus tôt.

— As-tu trouvé un travail ?

— Peut-être… Mais rentrons d'abord à la maison de façon à ce que je vous en parle à toutes trois en même temps.

Brunehilde, manifestement étonnée par la réaction de sa

sœur, garda néanmoins le silence tout au long du chemin les conduisant chez elles. Elles ne furent pas longues, d'ailleurs, à atteindre leur petite chaumière en torchis dans le quartier des tanneurs d'York.

Même en se voilant les yeux, Valda aurait toujours su lorsqu'elle arrivait à proximité de leur habitation en raison de la puanteur qui régnait dans cette partie de la ville. L'odeur âcre des peaux d'animaux soumises au traitement des tanneurs emplissait l'air déjà nauséabond caractéristique d'York. Malheureusement, elles ne pouvaient s'offrir rien de mieux.

Lorsqu'elles entrèrent dans leur étroit jardin, Helga leur fit signe du potager où, malgré la pauvreté du sol, elle parvenait à faire pousser quelques herbes aromatiques et des légumes.

Plus féminine que ses aînées, elle était la seule d'elles trois à porter un tablier sur sa robe de laine usée dont les agrafes sur les épaules étaient visibles, dans la mesure où, quelques semaines plus tôt, elle avait été obligée de vendre ses broches en écailles de tortue.

De voir sa jeune sœur aussi démunie était sans doute la chose la plus difficile à accepter pour Valda. Peut-être parce qu'à la différence d'elle-même, elle ne se plaignait jamais. Elle aurait voulu lui offrir de nouvelles broches ainsi que des rangs de perles de verre pour les relier, mais c'était impossible. Elles avaient, en effet, à peine de quoi se nourrir. En se dirigeant vers la chaumière, Valda toucha instinctivement le pommeau de sa grande épée.

Elles avaient toutes le devoir de travailler dur pour subsister, mais chacune à sa manière et selon ses talents.

Brunehilde et elle-même touchaient une misérable solde au service de Gunnar. Quant à Porunn, trop âgée pour manier l'épée, elle chassait dans les bois entourant la cité. Elles mangeaient ainsi la viande du gibier et en vendaient les peaux. C'était Helga qui s'en chargeait grâce à son talent pour le commerce. Avec son sourire charmeur, elle convainquait sans peine les tanneurs de les lui acheter et puis, occasionnellement, elle leur prédisait l'avenir ou leur proposait des remèdes à base de plantes. Elle tenait, en outre, la maison.

Valda lança un regard dans la salle et, n'y voyant personne, se retourna, faisant face au soleil couchant.

— Où est mère ?

— Je suis ici ! fit la voix de Porunn.

Valda tourna la tête et vit sa mère, un lièvre pendu à sa ceinture, approcher en claudiquant plus que d'habitude.

Ses pièges ne s'étaient pas révélés bien efficaces aujourd'hui, pensa Valda en son for intérieur. Mais peut-être quelque chapardeur lui avait-il prélevé ses proies ? Les enfants de la ville commettaient parfois ce genre de larcin. Qui aurait pu leur en faire le reproche ? Eux aussi avaient faim.

Elles pénétrèrent l'une après l'autre dans la hutte et s'assirent autour du feu en ayant soin de laisser la porte ouverte pour contribuer à l'évacuation de la fumée. De petite taille, la salle était vide à l'exception de deux larges bancs de bois de part et d'autre de l'emplacement du feu au-dessous du trou aménagé dans le toit de chaume.

La nuit, elles réunissaient les bancs pour former un plateau sur lequel elles étendaient des couvertures en fourrure et s'y couchaient, serrées les unes contre les autres pour se tenir chaud.

Valda, ce soir, n'avait rien à mettre dans la marmite. Aussi se contenta-t-elle de la remplir avec l'eau de pluie recueillie dans un tonneau et de nourrir le feu. En se rendant au port, elle avait perdu une journée de travail, mais sa mère et ses sœurs avaient convenu avec elle que cela en valait la peine. La situation ne pouvait pas rester plus longtemps telle qu'elle était.

— Eh bien ? fit Porunn en s'adressant à Valda alors qu'elle dépeçait le lièvre. Comment cela s'est-il passé ?

— Le capitaine d'un navire de commerce pourrait m'accepter au sein de son équipage. J'en saurai plus demain.

Les soupirs de soulagement qu'elle entendit autour d'elle eurent pour effet de lui nouer l'estomac. Elle comprit qu'elle ne pourrait plus refuser l'offre d'Halfdan. Or, d'une certaine manière, elle appréhendait terriblement de se retrouver à bord de son drakkar.

— Et en plus un navire de commerce ! fit Helga en ajoutant des quartiers de panais et des herbes au ragoût de lièvre. C'est bien mieux qu'un pirate. Ça ne t'aurait pas plu, Valda, de te livrer à des pillages.

— Auras-tu besoin d'emporter de quoi commercer toi-même ? demanda Porunn en jetant un regard vers leurs couvertures en fourrure.

— Je peux vendre mon épée, répondit Valda qui savait qu'elles ne possédaient pour ainsi dire rien en dehors de ces vieilles fourrures et de quelques couvertures de laine.

Sa mère et ses sœurs levèrent sur elle des regards aussi étonnés que désapprobateurs.

— Ce n'est qu'une épée ! fit Valda avec un haussement d'épaules.

— Mais… C'est…, balbutia Brunehilde qui ne trouvait pas les mots pour exprimer sa stupéfaction.

Valda devinait, cependant, sa pensée. Il s'agissait du cadeau que Jorund lui avait fait lorsqu'elle avait renoncé à le suivre. Un don autant pour la remercier des services qu'elle lui avait rendus que pour lui manifester son admiration.

— J'ai pensé, en la recevant, que cela valait la peine de la garder, expliqua-t-elle. Elle a été fabriquée en Neustrie avec du bel acier et, de toute façon, j'avais besoin d'une arme pour rejoindre la garde de Gunnar, mais j'ai toujours eu honte de garder une aussi belle épée. Helga n'a-t-elle pas vendu tous ses bijoux. Quant à toi et maman, vous vous êtes contentées d'armes très simples. J'ai eu tort de la garder aussi longtemps. J'aurais dû la vendre. Je suis désolée.

Porunn fit non de la tête avec fermeté.

— Nous avons assez reçu de toi. C'est toi qui a payé notre traversée jusqu'ici, et pendant tout l'hiver nous avons vécu sur tes économies. Il est hors de question que tu vendes ton épée. Je m'y oppose formellement. Après tant d'années de loyaux services, tu la mérites amplement.

Les yeux brillants de larmes, Helga approuvait.

— Je ne veux pas non plus que tu la vendes, dit-elle, le regard étincelant d'affection pour sa grande sœur. Mes bijoux n'avaient aucune importance à mes yeux, alors qu'il en va tout autrement de ton épée.

— Je n'en aurai plus besoin si nous finissons par acquérir des terres.

— Attends du moins d'être revenue de ton voyage, dit Porunn en lui tapotant le bras. Tu en auras peut-être besoin.

Puis, se tournant vers Brunehilde, elle reprit :

— Qu'en est-il de la réunions des jarls ?

Brunehilde, avant de répondre à sa mère, sortit une miche de pain d'un coffre en bois et en coupa quatre tranches qu'elle distribua à chacune d'entre elles.

— Je les ai tous interrogés… Il semble qu'Ivar soit le seul qui puisse s'intéresser à nous. C'est lui qui règne sur le plus grand territoire. Il s'étend jusqu'au pays des Pictes, mais…

Elle conclut sa phrase par un soupir découragé, et ce fut à Helga, comme elle en avait l'habitude, de prononcer les mots qui n'avaient pu franchir le seuil de ses lèvres.

— Mais il faudra que l'une de nous se marie pour que l'hommage soit juré par un homme et non une femme.

Porunn remit en place une mèche de ses cheveux argentés qui s'était échappée de l'une de ses tresses.

— Ce pourrait être moi qui me marie, dit-elle, à condition que quelqu'un veuille bien de moi.

— Tu ferais cela, demanda Valda, horrifiée.

Comment sa mère pouvait-elle parler ainsi alors qu'elle l'avait toujours entendue dénigrer le mariage ? Elle renoncerait pour une ferme à sa précieuse liberté ?

Helga se pencha sur sa mère et posa tendrement la main sur son épaule.

— Je suis certaine que tu rencontreras encore l'amour, dit-elle. Les runes ne me trompent jamais.

Porunn sourit tristement en remuant le ragoût avec une grande cuillère en bois.

— Je me contenterais d'un mariage sans amour s'il pouvait vous assurer à toutes trois une vie meilleure, mais je crains que ce ne soit vous qui soyez contraintes de me prendre à votre charge. Je suis trop vieille pour manier l'épée et pour porter un enfant. Or, je n'ai pas de cassette ni de bourse pleine.

— Tu as bien plus que ça, rétorqua Valda.

Mais, hélas, sa mère n'avait pas entièrement tort. Bien qu'elle fût encore belle, à sa manière, un peu sauvage, elle ne présentait pas un grand intérêt pour un hypothétique mari.

— C'est donc à l'une de nous trois de se marier, suggéra Helga sans grand enthousiasme.

— Jamais ! s'écria Porunn. D'abord, vous n'aurez pas de dote, et puis je refuse que l'une d'entre vous, n'importe laquelle, se donne à un homme qui ne la mérite pas. Odin ne nous abandonnera pas ! Nous nous sommes battues en son nom avec trop d'ardeur et de courage pour qu'il ne gardât pas en mémoire notre fidélité. Si seulement j'avais su suivre le conseil que je vous ai donné, mes filles, lorsque vous avez grandi : « Ne comptez pas sur un homme pour vous rendre heureuse. Vous risqueriez d'être déçues. »

Sur ces mots, elle jeta dans le feu une bûche que les flammes enveloppèrent voracement.

— Je maudis Bjorn pour ce qu'il m'a fait ! lança-t-elle en conclusion.

Comme le voulait la coutume, en entendant le nom de celui sur lequel Porunn jetait l'anathème, les quatre femmes crachèrent dans le feu.

Cette condamnation poursuivrait Bjorn jusqu'à la fin des temps, le Ragnarök des hommes du Nord. C'était, en effet, sa relation avec lui qui avait plongé Porunn et ses filles dans une telle misère.

Pendant des années, Porunn avait préféré son indépendance à toute autre forme de vie. Aussi s'était-elle refusée obstinément à partager la sienne avec un homme.

En prenant de l'âge, cependant, elle avait éprouvé le désir d'un compagnon même si c'était contraire à ses aspirations profondes. Elle avait cru, ainsi, trouver en Bjorn l'homme qu'il lui fallait, mais il avait disparu, une nuit, en emportant toutes les pièces d'argent qu'au cours des années elle avait accumulées avec ses filles.

Cela avait coïncidé avec la décision de Valda de quitter Jorund et de retourner vivre auprès de sa mère et de ses sœurs que les circonstances de la vie avaient contraintes à habiter dans cette pauvre chaumière.

— Et si nous achetions Ivar ? suggéra Helga. Offrons-lui assez d'argent pour qu'il ne puisse te refuser.

— C'est possible..., fit Brunehilde peu convaincue, mais il me semble honnête et n'a pas rejeté d'emblée ma demande pour entrer dans sa suite. Je sens que le pouvoir de Gunnar diminue et je ne voudrais pas être obligée de livrer un combat sans espoir.

— Tu as tout de même quelque espoir qu'Ivar te prenne ? intervint Porunn.

— Oui, d'autant plus que Gunnar ne cesse, depuis

quelque temps, de se vanter d'avoir des Valkyries dans sa garde. Or, j'ai eu l'occasion de faire la démonstration de mes capacités pendant l'assemblée des jarls où un homme s'est emporté contre lui. J'ose espérer qu'Ivar aura été impressionné et qu'il finira, en effet, par m'engager à son service.

— Je n'en doute pas un instant, fit Valda en riant.

Il avait suffi à Gunnar de voir Brunehilde pour l'accepter dans sa garde. Avec sa grande taille, elle avait plus qu'aucune autre l'apparence d'une Valkyrie.

En ce qui la concernait, cependant, Valda avait dû affronter deux hommes avant qu'il ne la prît à son service. Elle avait remporté chacun des combats, certes, mais sa méfiance l'avait profondément irritée.

— Parle-nous de ce navire marchand, dit Porunn en disposant des bols en bois qu'elle se mit à remplir de ragoût à l'aide d'une louche. Comment est l'équipage ? Est-ce qu'on peut lui faire confiance ?

Le moment de dire la vérité avait, enfin, sonné, et dans la mesure où ses sœurs et sa mère avaient un grand besoin de l'aide qu'elle leur apporterait, elle n'hésita plus à la leur révéler :

— J'en connais le capitaine… Comme, d'ailleurs, vous trois également. Il s'agit d'Halfdan Ulfsson.

Le bruit du feu qui crépitait remplit la pièce alors que les trois femmes tournaient vers elle des regards stupéfaits.

Brunehilde fut la première à se remettre de leur sidération.

— Ce salaud qui t'a trompée ! s'écria-t-elle. Es-tu folle ? On ne peut pas lui faire confiance.

— C'est le passé… Et c'est quelqu'un de confiance… Du moins, aussi longtemps qu'il ne s'agit pas d'histoires de cœur.

Elle eut un petit rire nerveux qui eut une résonance amère dans le silence qui s'était, soudain, abattu sur la chaumière. Valda n'était pas certaine de croire ce qu'elle disait mais, du moins, était-elle assurée d'une chose :

— Il n'y a pas de danger en tout cas, reprit-elle avec fermeté, que je fasse la même erreur.

— Je l'espère bien ! fit Brunehilde d'un ton grinçant. Nous ne pouvons pas nourrir une bouche de plus. Tu as eu une chance de pendue, la dernière fois, de ne pas tomber enceinte…

— Ça suffit ! s'écria Porunn en frappant légèrement Brunehilde sur la tête avec sa cuillère en bois pour la faire taire.

Puis, se tournant vers Valda, elle reprit :

— Es-tu bien certaine de vouloir t'embarquer sur son drakkar ?

— Je ne pense pas avoir le choix, n'est-ce pas ?

— Non, en effet, répondit Porunn en soupirant.

Chapitre 3

— C'est étrange, fit Tostig avec un froncement de sourcils, qu'il ait accepté aussi facilement tes conditions pour rendre sa liberté à Erik.

Tostig était le seul parent qu'Halfdan comptât du côté maternel et, même s'il n'était pas un proche cousin de sa défunte mère, il jouait davantage le rôle d'un père auprès de lui que son propre père. Halfdan suivait ses conseils dans tous les domaines et, en particulier, au sujet de ses relations avec son père de sang.

C'était l'heure du souper et ils étaient assis à une table perpendiculaire à celle qu'occupait le jarl sur une estrade et sous un dais. Ulf, en effet, aimait à manger seul et à l'écart de ses sujets.

— Oui, en effet, reconnut Halfdan d'un air pensif alors qu'il réfléchissait aux événements de la journée.

Il avait fini par réussir à persuader son père d'accepter le paiement de la libération de son frère Erik. Cela s'était mieux passé qu'il ne l'avait escompté. Peut-être même qu'il avait obtenu un peu trop facilement l'assentiment de son père comme le redoutait Tostig. Fallait-il, dans ce cas, craindre quelque vice caché dans leur accord. Halfdan espérait que non. De toute façon, il était trop tard pour revenir en arrière.

— Il se peut qu'il ait pris conscience de s'être trompé ?

suggéra Halfdan bien qu'il fût grotesque d'imaginer Ulf revenant sur l'une de ses décisions.

— Tu le penses vraiment ? fit Tostig d'un ton plein de sous-entendus en regardant dans la direction du jarl.

Celui-ci était, ce soir, d'une humeur joviale inhabituelle. Il festoyait, riant à gorge déployée, comme s'il venait de remporter une victoire majeure.

Un étranger aurait pu penser qu'il se réjouissait du retour de son fils préféré, mais Halfdan n'était pas dupe. Il se doutait que son père s'était joué, d'une manière ou d'une autre, des autres jarls et qu'il en tirerait avantage. À moins qu'il ne fût dans la liesse simplement parce qu'il avait compris qu'il pourrait tirer encore de lui de nouveaux profits. Pourquoi, sinon, aurait-il insisté pour qu'il revînt à York afin de discuter d'éventuelles fiançailles ?

Assis sur son siège sculpté, les lèvres fermes, le visage cisaillé de blessures reçues au combat, Ulf promenait sur l'assistance ses yeux bleus perçants et dominateurs tels ceux d'un aigle.

Avec sa grande taille, ses cheveux blond foncé et ses yeux d'un bleu identique à ceux de son père, Halfdan était communément comparé à Ulf dont on disait qu'il lui ressemblait au moins par l'apparence sinon par le comportement.

Cette ressemblance était à la fois une bénédiction et une malédiction. Son père, en effet, qui le voyait comme une deuxième version de lui-même, mais plus gaie et chaleureuse, avait de l'affection pour lui et s'était toujours mieux comporté avec lui qu'avec son frère. Halfdan, cependant, pour avoir vu la façon dont il traitait les autres, ne pouvait lui rendre son affection ni même le regarder avec respect.

C'était, d'ailleurs, le cas de la plupart des guerriers composant son escorte, si bien que le banquet qui avait lieu dans la grande salle manquait de cette liesse et spontanéité qu'on trouve dans toutes les réunions festives.

La vaisselle disposée sur les tables éclairées par d'innombrables chandelles resplendissait et des mets délicieux s'alignaient sur les plats et, pourtant, chacun mangeait en silence, la tête baissée au-dessus du tranchoir qu'il partageait avec son voisin.

Un flacon de verre et une coupe assortie, objets précieux par excellence, trônaient sur la table du Jarl. C'était le dernier présent qu'il avait reçu de son fils Halfdan, et la couleur rubis du meilleur vin de France les emplissait. Tout cela, vaisselle et boisson, avait été offert dans l'intention de faciliter l'accord passé au sujet d'Erik.

Meubles et objets de décoration contenus dans la grande salle, d'ailleurs, avaient été rapportés de ses voyages par Halfdan, au cours des dernières années, qu'il s'agît de l'argenterie, des coffres et bancs de chêne sculptés ou des riches tapisseries tissées de fils de soie et d'or.

Ulf n'avait jamais été qu'un jarl de moindre importance et il n'avait pu acquérir un territoire au Danelaw, vaste région à l'est de l'Angleterre soumise à la loi des envahisseurs norvégiens et danois, que par la force et grâce à l'or d'Halfdan.

Son pouvoir et sa richesse n'auraient jamais grandi ainsi sans son fils dont le navire cinglait les mers à la recherche de nouvelles prises. Il ne l'en avait, cependant, jamais remercié. À ses yeux, le tribut que son fils lui apportait n'était que l'expression de la fidélité et de la soumission qui lui étaient dues.

Ces abus récurrents de son père laissaient un goût amer dans le cœur d'Halfdan chaque fois qu'il le rencontrait.

Ils étaient tels, d'ailleurs, qu'Erik, plus d'une fois, avait exprimé son désir d'en finir avec lui. Or, il serait certainement passé à l'acte s'il n'en avait pas été dissuadé par Halfdan.

Il comprenait, certes, que son frère aîné eût envie de tuer leur père. Peut-être aurait-il été animé par le même désir s'il avait eu la même vie qu'Erik. Les paroles de sa mère, cependant, lui revenaient constamment à l'esprit chaque fois qu'il envisageait un acte aussi monstrueux : « Sois meilleur que ton père. Sois l'homme qu'il aurait dû être. »

Inconscient des pensées de son fils, Ulf saisit au passage une jeune esclave qu'il attira vers lui et fit asseoir sur ses genoux avant de l'embrasser goulûment sur la bouche. La jeune fille parut terrifiée, et Halfdan, dégoûté, baissa les yeux sur son tranchoir. Il valait mieux ne pas réagir, dans l'intérêt de la pauvre enfant.

— Non, répondit Halfdan avant de mordre dans un succulent morceau de viande à la pointe de son poignard.

Tout en se délectant, il ajouta :

— Mais ce qui compte, c'est qu'Erik retrouve sa liberté.

— Certes, cependant il t'en a coûté cent livres d'argent ! fit Tostig sur un ton cinglant.

— Ça en vaut la peine.

Halfdan, depuis des années, s'efforçait de réduire l'esclavage de son frère en lui obtenant, petit à petit, de plus en plus de liberté. Il avait commencé par le prendre avec lui à l'occasion de ses voyages puis, récemment, il était arrivé à la conclusion que la seule solution était de racheter carrément sa liberté à leur père.

— Ton frère n'aurait jamais dû être réduit à l'état d'esclave ! déclara sèchement Tostig. Ta mère ne l'aurait jamais permis.

Halfdan acquiesça en silence.

Il n'avait que six ans à la mort de sa mère, mais le temps passé avec elle l'avait suffisamment modelé pour en faire l'homme qu'à présent il était. Sigrid était une femme belle, douce et douée de compassion. Ulf ne la méritait pas, et tout le monde le savait.

Avant la naissance d'Halfdan, lorsqu'il était revenu d'un raid avec une jeune esclave qui portait son enfant, Sigrid avait accueilli chez elle la pauvre fille terrifiée et s'était occupée d'elle.

Au début, Anahita, la mère d'Erik, ne parlait pas un mot de norrois, mais les deux femmes s'étaient, néanmoins, rapidement liées d'amitié, ce qui ne manquait pas de rendre Ulf fou furieux. Peut-être avait-il escompté que les deux femmes seraient jalouses l'une de l'autre, en particulier Sigrid, mais il n'en avait rien été. D'une part, Sigrid n'était pas d'une nature jalouse, et puis, lorsqu'elle avait accouché d'Halfdan, elle avait été heureuse d'élever les deux garçons ensemble comme des frères.

Plus tard, s'étant trouvée de nouveau enceinte, elle avait été assistée par Anahita au moment de l'accouchement qui tournait mal. Malgré les efforts de la mère d'Erik, la situation n'avait cessé d'empirer et, au terme de vives douleurs, Sigrid avait rendu l'âme en mettant au monde un enfant mort-né.

Dominé par la douleur, Ulf s'était retourné contre Anahita et, d'un coup d'épée, lui avait arraché la vie puis, dans la foulée, il avait décidé de réduire Erik en esclavage.

Cet acte de cruauté avait horrifié Halfdan qui, à partir de ce jour, n'avait plus vu qu'un monstre sous les traits de son père. En tant que jarl incontesté, cependant, Ulf n'aurait jamais accepté la moindre contradiction ni le moindre reproche au sujet de son comportement, et, tout scandalisé qu'il fût, Halfdan avait dû se soumettre à son autorité.

Halfdan le soupçonnait, d'ailleurs, de profiter de son lien avec Erik pour mieux s'assurer de son obéissance. Il espérait aussi, sans doute, contenir l'expansion de sa richesse et de son influence en tant que navigateur couronné de succès en l'obligeant à verser une somme aussi considérable pour la libération d'Erik.

Ce qui l'avait conduit à envisager de nouvelles traversées pour commercer avec des pays plus lointains d'où il rapportait des objets rares et d'un grand prix, permettant, ainsi, de réunir dans un délai aussi bref que possible la quantité d'argent nécessaire.

Or, maintenant qu'il avait rencontré Valda sur le port et qu'il lui avait offert de la prendre à son bord, il lui fallait absolument prendre la mer non seulement pour tenir parole, mais aussi pour être fidèle à son engagement.

Valda, « la Lame ! »

Elle avait acquis en Neustrie une réputation de tueuse grâce à son maniement rapide et précis de l'épée qui faisait d'elle une adversaire redoutable dans la bataille.

Elle avait toutes ces qualités et plus encore, pensait-il avec un petit sourire triste comme s'il regrettait le temps où il avait pu apprécier ses autres dons.

Mais, peut-être, les dieux lui donnaient-ils une seconde chance de la conquérir ? Or, il ne fallait pas contrarier la volonté des dieux.

Il gardait un souvenir ému de ces nuits de passion passées entre ses bras. Il n'oublierait jamais la première fois où elle s'était donnée à lui, le moment merveilleux où il l'avait pénétrée alors qu'elle s'accrochait à ses épaules, la façon dont elle avait prononcé son nom dans son cou pour qu'il vienne plus profondément en elle…

Tout au long de cet été, ils avaient appris à se connaître et s'étaient donné tant de plaisir l'un à l'autre que plus tard, quand il s'était trouvé dans les bras d'une autre femme, il s'était senti complètement perdu.

Il lui était apparu comme une évidence qu'aucune autre femme ne saurait jamais mieux que Valda qui il était et ce qu'il désirait.

Or, neuf ans plus tard, les sentiments qu'il avait pour

elle n'avaient pas changé. Sa réaction, aujourd'hui, en la voyant le prouvait amplement.

De son côté à elle, cependant, éprouvait-elle les mêmes impressions que lui ? Elle avait aimé un autre homme depuis qu'ils s'étaient séparés. N'avait-elle pas oublié les sentiments qu'elle avait eus pour lui ? Leur dernière dispute avait été si radicale qu'il pouvait craindre qu'elle eût effacé tous les bons moments qu'ils avaient vécus ensemble !

Il avait rêvé de parcourir les mers avec elle, de mener tous les deux une vie d'aventures. De qui pouvait-il rêver de mieux comme compagnon que d'une vaillante guerrière telle Valda ?

Elle avait exigé de lui, cependant, ce qu'il ne pouvait lui donner.

— Je ne veux pas de ton amour dans ces conditions, lui avait-elle dit. Que m'importent tes baisers et tes vaines promesses ?

— Mais que veux-tu ? avait-il demandé.

En réalité, il ne pensait qu'à lui-même. Il était surtout impatient d'échapper à l'île de Gotland où se dressait le donjon de son père pour partir à l'aventure, s'enrichir et se couvrir de gloire sans oublier son frère qu'il voulait prendre avec lui. Or, s'il s'était marié avec Valda, il lui aurait été impossible d'accomplir ses projets.

En s'opposant à son père, il aurait entraîné de désastreuses conséquences. Ulf, en effet, n'aurait jamais accepté de laisser Erik sortir du donjon. Il aurait pu même le tuer de ses propres mains. Et si sa haine ne s'était pas portée sur ce fils qu'il avait réduit en esclavage, elle aurait pu se tourner vers Valda dans le simple but de punir Halfdan en raison de sa désobéissance.

Alors, dans ces circonstances particulières, une petite voix grinçante et mensongère avait chuchoté à son oreille que si la jeune guerrière désirait tant l'épouser, ce n'était peut-être pas parce qu'elle l'aimait sincèrement mais, plutôt, parce qu'elle voulait être l'épouse d'un futur jarl ?

Cette nuit fatale, il avait un peu trop bu et, pour cacher ses propres fragilités, il avait adopté une attitude ironique.

— Ne me dis pas que tu rêves d'une vie de ménagère… J'avais une meilleure opinion de toi.

— Je veux être respectée et qu'on agisse loyalement avec moi. Je veux…

— Tu veux te marier !

Halfdan avait lancé ces derniers mots comme si c'était le dernier choix qu'elle pût faire alors que tout ce qu'elle demandait, c'étaient des preuves de son amour. À cet instant, il avait eu l'impression qu'une main lui encerclait le cou et l'étouffait.

Pendant des années, il s'était évertué à convaincre son père de le laisser partir en mer pour y exercer le métier de marchand. Du moins jusqu'au jour où il serait prêt à se marier et se préparer à assumer le rôle de jarl.

Un tel sentiment d'injustice l'accablait qu'il s'emporta contre Valda et fit preuve de mesquinerie.

— Et si je n'étais pas le fils d'un jarl, voudrais-tu quand même te marier avec moi ?

— Oui, bien sûr, Halfdan. Quelle question !

Manifestement incrédule, il eut un rire moqueur.

— Ta mère ne s'est jamais mariée.

C'était la pire remarque qu'il pouvait faire et il la regrettait encore.

Valda, en l'entendant, s'était raidie et avait dit laconiquement :

— Bonne nuit, Halfdan !

— Tu ne m'as pas compris, s'était-il empressé de répondre. J'admire ta mère.

À aucun moment il n'avait voulu blesser Valda ni dénigrer sa mère, mais il était de notoriété publique que

Þorunn était férocement indépendante et qu'elle avait rejeté toutes les demandes en mariage qu'elle avait reçues. Même lorsqu'elle était tombée enceinte d'Helga, fille d'un jarl, elle n'avait pas voulu s'attacher à ce dernier.

Hélas, il était trop tard. Valda ne l'écoutait plus. Elle avait tourné les talons et s'éloignait.

— Reviens ! avait-il lancé en trébuchant sous l'effet du vin dont il avait abusé. Si tu m'aimais vraiment, tu resterais !

Exaspérée, Valda fit volte-face telle une bête sauvage prête à mordre.

— Tu ne connais rien à la vie ! Tu ne sais pas ce que c'est d'être une femme. Tu n'as même pas idée de ce que tu me demandes.

Il était trop jeune et arrogant pour comprendre le sens de ses paroles. Aussi avait-il lancé sans réfléchir :

— Je ne me marierai pas… en tout cas, pas maintenant !

Elle l'avait fixé longtemps de son regard pénétrant qui de douloureux était devenu froid et glacial. Le souvenir du changement radical de son expression le blessait encore aujourd'hui. Il lui semblait qu'alors il avait assisté à la mort de l'amour qu'elle lui vouait.

— Si tout ce que tu veux, c'est une concubine, je ne serai jamais à toi !

Il aurait dû être plus explicite et lui dire précisément pourquoi il redoutait tant les réactions de son père.

Mais, peut-être, n'était-il pas impossible de s'amender ? En lui rendant service, à présent, il avait encore une chance de se racheter.

La voix de Tostig l'arracha brusquement à sa rêverie :

— Il y a quelque chose de très étrange au sujet de cette alliance que ton père veut que tu contractes.

Halfdan réfléchit un instant avant de répondre :

— Tu as raison. On dirait davantage une négociation concernant un otage qu'une demande en mariage.

À la fin de sa phrase, il désigna du menton l'homme aux cheveux bruns et mince qui se tenait dans un angle de la salle et observait la scène d'un air affligé.

— Le Gallois qui a été envoyé en ambassade pour discuter du projet de mariage n'a pas l'air heureux, n'est-ce pas ? fit-il. Personne n'a encore rencontré ce seigneur du pays de Galles dont je dois épouser la sœur. Il a, paraît-il, la réputation d'être féroce.

« Mon père possède des terres le long des siennes, mais je crois que ce n'est qu'un petit domaine. Je ne comprends pas pourquoi un homme aussi puissant et ambitieux que ce seigneur gallois se contente de marier sa fille au rejeton d'Ulf qui n'est qu'un jarl de moindre importance ? À moins que mon père n'ait pris quelque avantage sur lui, qui le contraigne ? Je ne comprends pas cette situation, et j'ai horreur de ne pas comprendre. »

Tostig sourit.

— Et moi qui m'inquiétait que tu aies accepté aussi vite d'épouser cette jeune fille…

— Si mon père insiste pour que je la prenne pour femme, je n'accepterai de franchir le pas que si cela garantit un avenir plus heureux pour Erik. Et, maintenant, voyons jusqu'où va sa générosité.

Halfdan prit un pichet d'ale et se dirigea vers l'ambassadeur du seigneur gallois et non vers son père, sachant qu'en agissant ainsi il attirerait nécessairement l'attention de ce dernier.

— Parlez-moi de cette jeune personne que l'on veut me faire épouser, dit-il d'une voix forte en s'approchant de l'homme. À quoi ressemble-t-elle ? Est-elle jeune, jolie, intelligente ?

Sur ces mots, jouant au futur jarl arrogant et abusant de la boisson, il porta à ses lèvres la corne qui lui servait de récipient d'ale.

L'homme leva sur lui un regard fatigué et peiné.

— Elle est tout cela à la fois, et bien plus encore…

Intéressant, se dit en lui-même Halfdan, intrigué que le Gallois confirmât la réflexion qu'il s'était faite un peu plus tôt.

Il se rapprocha du jeune homme qu'il observait attentivement. Il donnait l'impression d'être aussi sincère et vrai qu'il était beau. Le genre même de garçon propre à rendre folle amoureuse une jeune fille.

— Qu'entendez-vous par « bien plus encore » ?

Halfdan remplit le gobelet du jeune homme à ras bord et posa le pichet sur la table.

— Est-elle blonde ?

— Non, elle est brune, répondit le Gallois dont les doigts se crispèrent autour du gobelet en ivoire.

— Les yeux bleus ou bruns ? Ma mère les avait bruns… Ils étaient très beaux, chauds et tendres…

— Les siens sont verts comme la mer, murmura le jeune homme avant de vider son gobelet d'un trait.

Son attitude intéressait de plus en plus Halfdan, mais alors qu'il réfléchissait au stratagème qu'il pourrait mettre en place pour échapper à son destin, la voix puissante d'Ulf résonna sous les poutres massives de la grande salle.

— Pourquoi te préoccupes-tu de son aspect, Halfdan ? Je veux que tu l'épouses. Cela devrait te suffire ! Je ne changerai pas d'avis, cette fois. Tu l'épouseras ou ne compte pas que je respecte l'engagement que j'ai pris dans l'intérêt de ton frère.

La menace que venait de brandir Ulf était sans effet sur Halfdan qui avait déjà prévenu son père qu'il ne recevrait plus aucun présent de sa part s'il ne convenait pas avec lui d'un prix pour la liberté d'Erik.

Un sourire crispé aux lèvres, Halfdan ne détourna pas son attention de l'homme devant lui.

— Il m'est agréable de penser que ma future femme est belle, dit-il. Partager sa couche, bien loin d'être un devoir, sera un pur bonheur. Or, j'aime le plaisir et abhorre les devoirs.

En voyant le visage du Gallois s'empourprer sous l'effet de la révolte, Halfdan fut pleinement satisfait. Il ne s'était pas trompé. Il y avait là une mine d'or…

Tournant les talons et laissant le jeune homme fulminer sur place, il se dirigea vers la table d'honneur.

Ulf repoussa sans ménagement la jeune esclave qu'il avait gardée sur ses genoux, et elle en profita pour s'éclipser aussi rapidement que possible. Halfdan éprouva un soulagement. L'évocation de sa mère avait suffi pour calmer le désir de son père, du moins pour ce soir. C'était une ruse qu'il employait de temps en temps avec plus ou moins de succès chaque fois qu'il voyait Ulf s'en prendre à une esclave.

— Que veux-tu ? fit Ulf sèchement.

Halfdan s'assit à côté de lui et prit soin de remplir sa coupe de vin avant de parler.

— Vous me semblez très déterminé à ce que j'épouse cette jeune Galloise, père. Pour les autres, vous étiez moins pressant.

— Ce mariage serait un avantage pour toi comme pour moi. Vas-tu oui ou non accepter cette alliance ?

Halfdan se pencha sur son père pour qu'il fût le seul à entendre ses paroles.

— Vous la voulez absolument, n'est-ce pas ? Peut-être pourrait-elle donner lieu à un autre arrangement entre nous.

— De quoi veux-tu parler ?

— Vous avez accepté de rendre la liberté à Erik contre une certaine somme. Combien vous faut-il pour lui assurer son avenir ?

Ulf but une longue gorgée de vin avant de dire d'un air méfiant :

— Explique-toi.

— Je veux que mon frère ait une terre et un titre.

Un sourire méprisant se dessina sur les lèvres du jarl.

— Entendu. Si tu épouses la Galloise, Erik aura sa terre.

Puis, s'inclinant vers son fils, il reprit :

— Maintenant, parle… Tu vas le faire ?

Halfdan hésita alors que le beau visage de Valda s'imposait à lui. Commettait-il une erreur en acceptant ce marché ? Restait-il un espoir pour son amour ?

Non ! Il ne pouvait prendre le risque de compromettre le bonheur de son frère pour vivre un rêve qui n'était sans doute qu'un vain espoir. Il allait, en revanche, faire tout ce qui était en son pouvoir pour aider Valda. C'était le minimum qu'il lui devait en souvenir de leurs premières amours.

— Oui, répondit-il, enfin, avec le cœur lourd en regardant son père dans les yeux.

Puis, un léger sourire aux lèvres, il ajouta :

— Dès que je serai de retour.

— De retour ? fit Ulf en plissant les yeux d'un air méfiant.

Halfdan savait que son père s'y opposerait, mais s'il voulait tenir parole et emmener Valda dans le périple qu'il lui avait promis, il était crucial qu'il acceptât de retarder la date de son mariage. Aussi feignit-il la surprise.

— Cent livres d'argent ne se trouvent pas sous le sabot d'un cheval, père, dit-il. Je pourrais vous en donner cinquante tout de suite, mais j'aurai besoin de me rendre sur mes terres en bordure du Dniepr pour vous rapporter les cinquante restants.

L'expression d'Ulf s'assombrit.

— Tu pourrais te marier maintenant et payer plus tard pour la liberté d'Erik.

— Où est-elle, cette fiancée galloise ?

Il avait appris par l'un des hommes d'Ulf qu'elle ne

quitterait pas le donjon de son frère tant que la date du mariage ne serait pas définitivement fixée.

— Elle peut être là dans quelques semaines.

— Ce n'est pas demain… Il serait normal que je vous donne la totalité de la somme concernant Erik avant que le mariage ne soit célébré. Cela vous donnera le temps, d'ailleurs, de lui trouver sa terre, de la bonne terre fertile comme celle que vous me donneriez.

« Et il faut que tous les détails de notre transaction soient précisément établis avant qu'elle n'ait lieu. Vous m'avez appris à me méfier, père. Je suis devenu un marchand soupçonneux qui ne paie que lorsque la marchandise lui a été livrée. Le mariage pourrait avoir lieu l'hiver de l'année prochaine. »

— Je n'attendrai pas aussi longtemps ! s'écria Ulf. Je veux que tu te maries avant la fin de cette année !

La voix tonitruante du jarl fit taire toutes les conversations en cours dans la grande salle.

Mais si chaque convive faisait le dos rond, ce n'était pas le cas d'Halfdan qui avait anticipé la réaction de son père.

— Erik est sur la Volga, répondit-il d'un air innocent. Il sera obligé de passer l'hiver dans notre comptoir et ne pourra être de retour ici que l'été prochain.

— Alors prends-le à l'occasion de ton voyage ! hurla Ulf dans un accès de fureur.

Halfdan lui sourit comme s'il voyait en lui son sauveur.

— Bien sûr ! s'écria-t-il. Pourquoi n'y avais-je pas pensé ? Je vais lui envoyer un message pour qu'il m'attende à notre comptoir sur le Dniepr. J'y embarquerai ton chargement d'argent et je prendrai Erik à mon bord. Nous serons de retour en automne, bien avant la date limite que vous m'indiquiez.

Ulf se laissa aller contre le dossier sculpté de son

fauteuil qui s'apparentait à un trône et fixa son fils d'un regard menaçant.

— Reviens l'automne prochain ou ton frère ne verra jamais la fin de l'année. Est-ce bien compris ?

Halfdan hocha la tête. Il avait obtenu ce qu'il voulait, mais la menace de son père lui glaçait le sang.

— Je serai là si la fiancée y est ! répondit-il avec fermeté en essayant de ne pas révéler son angoisse.

Puis, pour s'assurer que son père ne changerait pas d'avis comme il le faisait si souvent, il reprit d'une voix forte pour que tout le monde l'entendît :

— Je serai de retour en automne avec cent livres d'argent. Cet argent achètera la liberté d'Erik et vous lui accorderez une terre dont il sera le seigneur. En contrepartie, j'épouserai la fiancée galloise le jour où elle arrivera à York. Ce sont les termes de notre accord. Jurez que vous vous y conformerez !

Halfdan leva la main tandis que son père accomplissait le même geste.

— Je le jure, dit Ulf, le regard furieux, en même temps que son fils.

Ils crachèrent à terre et se serrèrent la main comme le voulait la coutume.

Un silence de mort était tombé sur la salle alors que tous les regards convergeaient vers les deux hommes. L'air médusé, les convives avaient assisté à un accord qu'ils n'auraient jamais cru possible. Ulf avait accepté, enfin, de libérer son fils aîné ! La nouvelle ne tarderait pas à se propager à travers York.

Halfdan caressait l'espoir de réussir à acheter la liberté d'Erik tout en préservant la sienne. La fiancée galloise, par exemple, pourrait ne jamais arriver à York pour le mariage. Dans ce cas, Ulf ne pourrait punir ni l'un ni l'autre de ses fils. En versant le double de la somme prévue pour la liberté d'Erik, Halfdan pourrait, alors, obtenir celle de se marier avec qui bon lui plaisait.

Mais la solution la plus simple serait, peut-être, de s'entendre avec le représentant gallois qui ne semblait pas indifférent à la fiancée. Pourquoi ne pas lui suggérer de s'enfuir avec elle puisqu'il semblait l'aimer ?

Comme, d'ailleurs, il aurait dû le faire lui-même, il y a quelques années, avec une certaine guerrière de toute beauté…

Chapitre 4

— Bienvenue à bord ! lança Halfdan en sautant de la passerelle sur le quai.

Valda leva les yeux sur l'imposant drakkar et sourit. Le majestueux navire lui convenait parfaitement, pensa-t-elle.

Plus grand que tous les autres navires au mouillage autour de lui, le drakkar donnait l'impression d'avoir été construit pour les longues traversées comme en effectuaient les vaisseaux marchands, mais il était également équipé pour le combat.

Des boucliers ronds, rouge et noir, s'alignaient le long de ses bords ainsi que des coffres en bois disposés aux emplacements de la trentaine de rames et servant, entre autres, à protéger les rameurs en cas d'attaque, en particulier contre les flèches et les traits de toute sorte. Ce qui signifiait que l'équipage s'élevait à au moins soixante hommes, dans la mesure où l'on comptait deux rameurs par rame.

Un superbe mât gréé avec une voile rouge se dressait dans le ciel. Une tête de dragon rouge comme le feu, aux grands yeux verts et découvrant férocement des dents noircies au goudron, était sculptée à la proue du navire d'où elle défiait les océans.

La couleur d'incendie se prolongeait sur les flancs du drakkar jusqu'à une queue recourbée et décorée de runes achevant sa structure à la poupe.

Une tente, rouge également et se déployant à partir d'un dais adossé à la tête de dragon, offrait un confort digne d'un souverain.

Or, Halfdan avait assurément des allures de prince dans ses vêtements encore plus raffinés que la veille, mais il les portait avec un tel naturel qu'on les oubliait pour ne plus se concentrer que sur sa seule et séduisante personne.

Sa tunique, brodée de fils de soie d'un rouge éclatant, faisait ressortir l'or de ses cheveux. Son manteau d'un rouge plus foncé, et qu'une grande broche en or maintenait sur son épaule gauche, était taillé dans de la laine d'agneaux que plus d'un seigneur devait lui envier.

Même ses braies de couleur sombre étaient rehaussées d'une bande de soie brodée autour de la taille et le long des coutures. Une lourde bourse et son épée pendaient à une épaisse ceinture de cuir beurre frais, incrustée de pierreries.

Il n'était pas rare qu'un marin, même voué au commerce, portât une épée au côté, mais la sienne présentait la singularité d'être recourbée comme les armes des Sarrasins.

Valda, qui n'en avait encore jamais vu, était fascinée tant sa poignée et son fourreau étaient richement décorés.

Il portait, en outre, des bottes et des chausses identiques aux siennes, mais d'une qualité bien supérieure, si bien qu'elle ne pouvait en détacher les yeux. Le contraste était tel avec ses propres bottes qu'elle en était honteuse.

Il avait autour du cou un collier en or auquel pendait le marteau de Thor dans le même métal précieux. L'objet n'avait rien à voir avec celui en os qui pendait entre ses seins.

— Il est beau, murmura-t-elle, au comble de l'admiration, le regard fixé sur le bijou. Ton père doit être fier de toi.

Elle savait qu'Ulf était devenu riche et puissant, mais elle n'aurait jamais imaginé que son fils naviguât sur un aussi beau drakkar.

Halfdan cherchait-il à l'impressionner avec ses splendides

vêtements et tout son attirail de prince ? se demanda-t-elle. Mais à quoi bon ? Il était clair qu'elle était dépourvue de tout. À côté de lui, elle avait l'impression de n'être qu'une mendiante.

À la réaction d'Halfdan, qui eut un haussement d'épaules et se gratta le cou, Valda se demanda si elle n'avait pas eu tort de mentionner son père.

Elle remarqua, à cet instant, le bracelet de bronze qu'il portait au bras gauche depuis l'enfance. Il lui avait dit, un jour, que c'était un cadeau qu'il avait reçu de sa mère et que c'était tout ce qu'il avait venant d'elle.

Or, le simple fait de voir cet objet calma Valda.

Il la rassurait car il était le signe que le jeune homme qu'elle avait connu quelques années plus tôt était toujours là et que sous les riches vêtements brodés demeurait un homme qui avait été un enfant, et un enfant qui aimait par-dessus tout sa mère.

— Ce drakkar est magnifique par rapport à ton premier navire, remarqua-t-elle.

— Il n'a pas de peine à l'être. Ma première embarcation n'était qu'un misérable assemblage de planches. Je me demande comment j'ai pu naviguer à son bord sans terminer ma course au fond de la mer.

Elle eut la vision de ce drakkar de fortune qui avait abrité leurs premiers ébats. Leurs noms qu'Halfdan, dans la chaleur de l'été, avait gravés dans la proue avec son poignard y étaient-ils encore visibles ? Les avait-il effacés après leur dispute ou, plutôt, avait-il remplacé son nom par celui d'Olga ?

À peine cette pensée lui eut-elle traversé l'esprit qu'elle l'en chassa. Le drakkar, aujourd'hui, ne servait probablement plus qu'à la pêche, à moins qu'il n'eût été transformé en bois de chauffage. Elle doutait qu'Halfdan y fût attaché. Ses intérêts se tournaient, assurément, vers l'avenir.

Il avait dû tout oublier de cette époque comme, d'ailleurs, elle aurait dû le faire elle-même, mais cela lui était impossible. En le revoyant, tous ses souvenirs lui étaient revenus d'un seul coup. Il était son premier amour. Ce genre de souvenir ne s'oubliait jamais.

Les heures de passion qu'elle avait connues avec lui vivaient encore en elle avec une intensité plus violente que les moments les plus heureux qu'elle avait connus avec Jorund. Certes, cela s'expliquait-il du fait que rien ne s'était jamais passé entre elle et ce dernier.

Elle s'était amourachée de lui mais, de son côté, Jorund n'avait jamais manifesté aucun témoignage d'amour pour elle. Aussi s'était-elle contentée de l'admirer et l'aimer de loin. Son désintérêt pour elle était tel qu'il ne l'avait même jamais gratifiée d'un baiser.

Avec Halfdan, en revanche, ç'avait été tout à fait différent...

— Montons à bord pour fêter nos retrouvailles ! dit-il en claquant dans ses mains pour la sortir de sa rêverie.

Elle sursauta et rougit en s'apercevant que pendant tout ce temps elle n'avait cessé de regarder ses lèvres sensuelles.

Le mot « retrouvailles » finit par pénétrer sa conscience et elle resta un moment pensive. Allait-elle vraiment se lancer dans cette aventure ?

Aucun autre capitaine ne lui avait proposé de l'engager. L'homme sur le quai, la veille, avait raison. La plupart des équipages étaient déjà formés. Elle avait très peu de chance de trouver un navire sur lequel s'embarquer, en particulier un grand drakkar de ce modèle voué au commerce.

Mais supporterait-elle de vivre à côté de lui pendant de longs mois ?

Elle remua la tête pour en chasser ces pensées défaitistes. Bien sûr qu'elle le supporterait ! Elle n'était plus amoureuse de lui et n'avait plus rien à voir avec la jeune fille naïve qu'elle avait été et qui était incapable de résister au charme d'un beau garçon.

Elle se protégerait et s'interdirait de tomber amoureuse de lui. Grâce à son expérience, il lui serait plus facile de résister. Pour éviter toute forme d'intimité entre eux, d'ailleurs, elle n'avait qu'à se remémorer la façon dont il l'avait trahie entre les bras d'Olga.

— Allons, viens, dit-il en lui offrant l'avant-bras.

— Toujours aussi charmeur, fit-elle entre ses dents.

— Avec toi ? Oui, bien sûr. Je le serai toujours.

Il sourit d'une manière si suave qu'autrefois elle en aurait rougi, mais elle n'était plus une stupide jeune fille gouvernée par son seul cœur. Aussi se contenta-t-elle de relever les sourcils d'un air étonné en voyant qu'il insistait pour lui donner l'avant-bras.

D'une certaine manière, il était heureux qu'il lui eût déjà brisé le cœur. Ses manières séductrices, à présent, n'avaient plus aucun effet sur elle. Elle le regarda avec insistance comme si elle cherchait à déceler la part d'imposture qui l'habitait puis se morigéna pour manifester autant de défiance à son égard.

Ce n'était pas de sa faute s'il avait ce comportement. Il n'avait pu supporter la férule de son père qu'en composant en permanence avec lui. Or, ce n'était qu'en se rendant excessivement aimable et charmeur qu'il parvenait à dompter la bête. C'était devenu si habituel pour lui que c'était comme une seconde nature et, probablement, n'avait-il pas pris conscience, autrefois, qu'il jouait avec elle. Elle ne pouvait pas lui en vouloir et encore moins maintenant où elle avait acquis un peu de sagesse.

Halfdan, dont elle avait refusé l'avant-bras, releva les mèches de cheveux blonds qui s'étaient échappées de la queue-de-cheval qu'il avait rapidement faite, le matin même, et qui lui tombaient sur le visage. Une barbe bien entretenue accentuait le caractère autoritaire de sa mâchoire inférieure tandis que son corps bien bâti confirmait cette impression de virilité qui émanait de lui. Avec ses larges épaules, ses hanches étroites et ses longues jambes musclées, il était toujours aussi beau et impressionnant.

Valda prit plus particulièrement conscience, à cet instant, de la similarité entre Jorund et Halfdan. C'était Halfdan qu'elle avait aimé en premier. Était-ce la raison pour laquelle elle avait une préférence pour les hommes de grande taille, aux cheveux blonds et aux yeux bleus ?

Cependant, même s'ils présentaient les mêmes caractéristiques physiques, les deux hommes étaient très différents l'un de l'autre.

Halfdan était un aventurier gai et enjoué qui ne prenait vraiment rien au sérieux et profitait de sa liberté aussi longtemps qu'elle ne lui était pas reprise. Jorund, par contre, était d'un tempérament sérieux et grave, peu bavard et taciturne, il avait un sens aigu de la justice et de l'honneur.

Jamais il ne se serait comporté avec elle avec la légèreté d'Halfdan, mais il est vrai qu'il n'était pas amoureux d'elle comme Halfdan semblait l'avoir été. Elle n'arrivait pas, cependant, à s'en convaincre et il lui avait fallu le voir en compagnie de son épouse pour qu'elle comprît qu'elle n'aurait jamais ses faveurs.

Il regardait sa femme avec une telle expression d'amour que Valda s'était dit qu'elle se serait contentée de la moitié de cette dévotion. Il lui était insupportable, cependant, de rester plus longtemps témoin de cette situation et elle était partie avant de se ridiculiser complètement.

Peut-être était-ce à cause de ces pensées amères qu'elle éprouvât le besoin de lancer cette remarque à Halfdan au moment où ils franchissaient ensemble la passerelle :

— La mer va te manquer lorsque tu seras marié à ta

Galloise. Je ne pense pas qu'on ait beaucoup l'occasion de naviguer dans les montagnes du pays de Galles.

À peine eut-elle parlé que Valda se demanda si c'était la jalousie qui lui avait inspiré ces mots voués à blesser ? Elle méprisait sans même la connaître la femme qui allait épouser un homme aussi beau qu'Halfdan du seul fait qu'elle était la fille d'un seigneur.

Quelle qu'en fût la raison, elle éprouva un sentiment de culpabilité lorsque Halfdan la regarda d'un air crispé. Un sourire magnifique, toutefois, ne tarda pas à remplacer cette expression.

— Et si le destin me réservait des surprises ? fit-il. Peut-être trouverai-je le moyen de prendre encore la mer ? Mais tes doutes sont fondés. Je soupçonne mon père de vouloir me voir gérer ses terres. Elles sont trop vastes et, pour certaines, éloignées d'ici.

Un accent de tristesse traversa sa voix, et Valda éprouva aussitôt une sorte de compassion pour lui.

— Tu es le fils d'un jarl. Tu peux faire ce que tu veux.

Halfdan sauta à l'intérieur du drakkar et elle l'imita. Le pont du navire était bien rangé, les rames remontées à l'intérieur attestant d'un équipage discipliné.

Il fit un signe de la main à un groupe d'hommes qui jouaient aux dés et auquel ils réagirent de la même manière puis, se tournant vers Valda, il répondit :

— J'ai donné ma parole que je l'épouserai.

En prononçant ces mots, il toucha d'un air distrait le bracelet de bronze qu'il portait au bras et sur lequel les hommes avaient coutume de jurer lorsqu'ils prononçaient un serment. Valda baissa les yeux sur l'objet en forme de serpent et ressentit de la déception, de même qu'elle était désolée pour lui. Personne ne devrait être forcé à se marier contre son choix.

Pourquoi s'en préoccupait-elle ? Vu sa position sociale, il était contraint de se marier avec celle qu'on lui désignait.

Quand elle releva les yeux, elle rencontra son regard qui la fixait dans l'attente, semblait-il, d'une réaction de sa part.

— Tel est ton destin ! fit-elle en haussant les épaules sans rien révéler de ses sentiments.

Il sourit tristement comme si elle le décevait puis il s'éclaircit la gorge, et la gêne qui s'était établie entre eux s'évapora comme neige au soleil.

— Viens ! lança-t-il en se dirigeant vers la tente à la proue du navire.

Valda le suivit en pensant à quoi ressemblerait sa vie le jour où il succéderait à son père. Elle avait peine à l'imaginer se préoccupant de ses récoltes et de la façon de les emmagasiner dans ses greniers. Pire encore, elle ne pouvait envisager un instant qu'il eût droit de vie et de mort sur ses sujets. Le poids de ses responsabilités aurait raison de sa bonne humeur et de son sens inné de l'humour.

En grandissant, elle avait désiré, parfois, d'avoir un père, mais jamais du modèle d'Ulf. Elle préférait n'en avoir aucun.

Halfdan, toutefois, maintenant qu'il était pleinement un homme, devait pouvoir présider à ses choix et refuser la vie qu'il n'avait pas envie de vivre. Il n'avait qu'à ignorer les projets de son père à son sujet, renoncer au luxe de son drakkar et envisager une autre façon de gagner sa vie. Il devait, d'ailleurs, avoir déjà accumulé assez d'argent pour suivre sa propre destinée.

Sous la tente, dont le périmètre était entouré de coffres, se dressait un grand lit couvert de fourrures d'ours polaires et de renards blancs. Un brasero permettait de chauffer cet espace les nuits fraîches ou glacées.

Au plus près de la proue se trouvait une table, fixée au sol comme le lit et les coffres, qui était couverte de parchemins où figurait la liste des marchandises transportées. À côté de ces documents se trouvait une pierre solaire qui permettait de déterminer l'emplacement de l'astre quand le ciel était couvert ainsi qu'une grande coupe d'eau qui, Valda le savait, servait à la navigation.

Halfdan frotta deux silex pour allumer les brindilles disposées dans le brasero, et la tente se remplit d'une lumière dansante. Il tira ensuite les pans de la tente et les noua avec des cordons.

— C'est pour éviter les courants d'air, expliqua-t-il devant le regard étonné de Valda.

Incapable de se retenir, elle se mit à pouffer de rire.

— Tu oublies que je te connais, Halfdan. Je me souviens fort bien de ta détestation des courants d'air et, surtout, de ta crainte d'être surpris…

Il laissa échapper un soupir nostalgique.

— C'était le bon temps au milieu des fourrures. J'en ai gardé un souvenir ému.

— Je ne me souviens pas qu'il y ait eu autant de fourrures qu'aujourd'hui.

— Crois-tu que j'oserais te conduire jusqu'à mon lit pour me voir assailli par tes gardes du corps ? Au fait, comment va Brunehilde ? Parvient-elle toujours à réduire ses adversaires en cendre d'un simple regard ?

— Bien sûr, répondit Valda en souriant.

— Je m'étonne que tu aies quitté la Neustrie. Rollon n'a-t-il plus besoin de guerrières comme toi depuis qu'il a signé le traité de Saint-Clair-sur-Epte ?

— Il n'a donné de terres qu'à ses plus fidèles guerriers et rien aux guerrières. Même ma mère qui, pourtant, s'est illustrée dans plus d'une bataille, n'a pas reçu une fermette. Pour entrer en possession de terres, il aurait fallu qu'elle épousât l'un de ses hommes.

— Je comprends.

— Ne trouves-tu pas cela injuste ? s'écria Valda, scandalisée qu'il pût accepter cet état de fait. Nous n'avons reçu que de l'argent en dépit de toutes les années où nous avons été fidèles à sa cause.

Elle n'aurait pas dû lui poser cette question. Elle voyait à son expression qu'il ne voulait pas y répondre.

— Si…, fit-il, l'air indécis.

— Mais ?

Il soupira comme s'il n'avait pas envie de parler de cette question, mais finit par reprendre :

— Ta mère était inconstante et volage. Elle ne supportait pas de rester très longtemps au même endroit. Rollon avait peut-être compris qu'elle n'était pas faite pour être attachée à une terre.

Pensait-il la même chose d'elle ? se demanda Valda en son for intérieur. Était-ce la raison pour laquelle il l'avait si vite oubliée ?

— Tu considères donc qu'elle n'avait pas besoin de recevoir une récompense pour les nombreux services qu'elle avait rendus à Rollon ? Tout simplement parce qu'elle n'a jamais voulu s'embarrasser d'un mari ? Parce qu'elle ne s'est jamais laissé enchaîner, comme tu le dis si bien ? Nous en sommes réduites à soudoyer un jarl pour qu'il consente à nous donner une ferme alors que notre mère mérite bien plus.

— Mais elle a reçu de l'argent… C'est bien une rémunération, fit-il en relevant ses sourcils blonds d'un air vaguement amusé.

Elle jura en elle-même. Halfdan ne pouvait ignorer ce qui leur était arrivé. Pourquoi l'obligeait-il à en parler ?

— Certes, mais il lui a été volé, répondit-elle enfin.

— Ah, oui… Mais, enfin, je suis sûr que votre situation va s'améliorer, surtout si tu te joins à moi pour ce voyage. Ne t'inquiète pas pour ta mère. Elle a un caractère fort et l'esprit aventureux. Elle trouvera son propre chemin. Je suis sûr que tout se passera bien pour elle. Au fond, je l'ai toujours enviée. Elle est si affranchie de tout. Je ne connais personne qui ait autant le goût de la liberté.

Je ne veux pas avoir pitié de lui ! dit Valda en son for intérieur. *C'est lui qui a choisi son destin.*

— À quoi ressemble ta fiancée ? demanda-t-elle, soudain, changeant radicalement de sujet.

— C'est une petite brune, comme toutes les Galloises.

— Est-elle belle ?

— Il semble que oui…, mais je ne l'ai jamais vue.

Il haussa les épaules, et Valda éclata de nouveau de rire.

— Je suis certaine qu'elle l'est. Ton père n'accepterait jamais un laideron pour toi.

Non qu'il aimât à ce point son fils, mais c'était une question d'amour-propre. Il prendrait comme une insulte qu'on voulût lui donner pour bru une jeune fille qui ne fût pas belle.

— Je n'ai pas pitié de vous Halfdan Ulfsson, reprit-elle. Je vous connais. À la fin, vous obtenez toujours ce que vous voulez.

Il fit mine d'être offensé en répondant du tac au tac :

— De même que je refuse de m'apitoyer sur votre sort, Valda, fille de Þorunn ! Vous qui réussissez tout ce que vous entreprenez !

Un sourire éclatant illumina son visage quand il reprit :

— Tu auras ta ferme avant la fin de l'année. Je parierais que tu l'obtiendras même en moins de temps que ça si tu le veux. Mais je t'avoue qu'à l'exception de Brunehilde jamais je n'aurais pensé que vous puissiez avoir envie d'une existence sédentaire. Brunehilde, certes, je pourrais l'imaginer avec son petit coin de terre…

Valda leva les yeux au ciel d'un air excédé.

— Toi et Erik avez toujours été horribles avec elle.

D'ailleurs, comment va ton frère ? Toujours aussi amer et ennuyeux ?

Ce fut au tour d'Halfdan de rire.

— Je n'ai jamais été méchant avec Brunehilde, tu le sais très bien… et, franchement, je crois qu'Erik est honteux du comportement qu'il a eu avec elle, mais, par certains côtés, il est excusable. Mon père le traitait très mal et cela continue. Je ne serais pas surpris qu'il lui présente ses excuses quand il viendra à York pour mon mariage.

— J'en serai ravi, fit Valda qui avait toujours détesté le frère d'Halfdan en raison de ce qu'il avait fait à Brunehilde.

Or, pourtant, cette dernière ne s'en était jamais plainte. Mais elle savait qu'Erik était rejeté dans son propre milieu. Cela la rendait sans doute plus indulgente à son égard.

Halfdan indiqua de la main le seul siège présent sous la tente.

— Je t'en prie, assieds-toi. Ce qui manque de confort et d'agréments sur un bateau est largement compensé par d'autres satisfactions.

— Je n'ai besoin que de gagner la somme nécessaire pour l'achat de la ferme de ma mère, répondit-elle en s'asseyant. Je n'ai ni besoin ni le désir d'agréments comme tu dis.

— Combien te faut-il ?

Elle annonça un chiffre, celui que ses sœurs et sa mère avaient fixé, la veille. Elle espérait réunir assez d'argent pour acheter la terre alors que sa mère et ses sœurs se chargeaient des semences, des outils et des animaux.

Halfdan ne montra presque aucun étonnement en entendant la somme élevée que Valda annonçait.

— Si tout se passe bien, dit-il, tu gagneras sans peine cette somme.

Valda laissa échapper un soupir de soulagement. Ses projets redevenaient possibles et elle brûlait de rentrer chez elle pour rassurer sa famille.

— Quand prendrons-nous la mer ? demanda-t-elle.

Halfdan sortit deux coupes d'argent d'un coffre et les remplit à un tonneau.

— Ne penses-tu qu'à l'argent ? fit-il en donnant une coupe à la jeune femme. Il faut aussi jouir de la vie sinon elle ne vaut pas la peine d'être vécue. Goûte à ce vin. Ce sera un premier pas vers le plaisir.

Elle prit la coupe et leurs doigts se rencontrèrent, suscitant un premier émoi chez Valda qui s'empressa de boire pour ne pas laisser Halfdan voir que pour si peu elle avait le sang aux joues. Elle but une longue gorgée de la boisson boisée au goût de fruits rouges et la savoura avec délectation.

— Délicieux, murmura-t-elle.

Lorsqu'elle leva les yeux sur lui, il la regardait comme s'il savait tout de ce qu'elle éprouvait et ressentait. Entendait-il encore les petits cris de plaisir qu'elle poussait, autrefois, quand il lui faisait l'amour ? Elle-même s'entendait gémir… Ces souvenirs, la nuit, l'avaient gardée souvent éveillée.

Le désir resurgit au plus intime de sa personne et elle s'efforça de lutter contre cette sensation envahissante qu'aggravait le vin, mais il était si proche d'elle et personne ne les voyait sous la tente…

— En effet, il est très bon, confirma-t-il. C'est le meilleur vin de Grèce. Et si tu le bois en accompagnement de fruits et de fromages, tu en perçois encore mieux les arômes.

Sur ces mots, Halfdan souleva le couvercle d'un coffre et en sortit un plat en argent. Ses grandes et belles mains étaient agiles bien que plus souvent employées aux difficiles travaux de la mer et de la navigation.

Valda, baissant les yeux sur elles, pensa à la façon dont, autrefois, elles l'avaient caressée intimement.

Elle était encore plongée dans sa rêverie quand Halfdan lui présenta le plat chargé de fruits secs exotiques, de pains et de fromages. Troublée par la proximité de son corps dont elle sentait l'odeur qu'elle avait tant aimée, elle lui prit le plat des mains et le posa sur la table. Tout se passait entre eux d'une manière trop simple et naturelle. Or, cela la rendait nerveuse comme si elle redoutait qu'à un instant ou un autre Thor allait abattre son marteau qui déterminait le sort des humains.

— Quand lèverons-nous l'ancre ? demanda-t-elle pour dissiper sa gêne.

Halfdan s'assit à son tour sur le lit, sa cuisse pressée contre celle de Valda qui se déplaça légèrement pour interrompre ce contact.

— Demain, répondit-il. Quand le reste de mon équipage reviendra du marché.

— Entendu, fit-elle alors que la tension qui s'était accumulée dans ses épaules commençait à se dissiper.

Elle coupa avec son poignard une tranche de fromage qu'elle plaça sur un morceau de pain et en prit une bouchée, fermant les yeux tant le fromage était onctueux et délicieux. Elle n'avait rien mangé d'aussi bon depuis des mois.

Halfdan avait-il dans ses réserves les meilleurs mets que l'on pût trouver d'un bout à l'autre du monde connu ?

Et si c'était le cas, pourquoi les lui offrait-il maintenant ?

Voulait-il la rendre nostalgique en lui montrant tout ce qu'elle avait perdu en le repoussant ? Mais, de toute façon, son infidélité lui avait donné la preuve qu'ils n'auraient jamais pu être heureux ensemble.

Il ne faisait, au fond, que se mettre en scène. Il pavoisait, ni plus ni moins.

Une autre pensée traversa soudain l'esprit de Valda : Avait-il remarqué à quel point elle avait maigri ?

Il avait peut-être à cœur de lui rendre sa silhouette d'antan. Elle savait, en tout cas, car elle en avait été témoin, qu'il ne supportait pas de voir des familles affamées.

Ulf, parfois, en guise de punition, s'arrangeait pour priver de nourriture certaines d'entre elles. Or, cela scandalisait Halfdan qui, pendant une nuit d'été, en compagnie de Valda, était allé porter du grain à un forgeron, sa femme et ses enfants, lesquels, pour une raison quelconque, avaient déplu à son père.

Elle n'avait jamais oublié l'expression pleine de gratitude des enfants ni les larmes qui avaient brillé dans les yeux du forgeron alors qu'il remerciait Halfdan de les avoir secourus.

Non que la famille fût dépourvue de tout. Elle n'en était pas encore à ce point.

Comme pour confirmer les soupçons de Valda, il toucha du pied un grand panier recouvert d'un linge.

— Il y a là quelques mets pour ta mère et tes sœurs.

— Merci, répondit-elle sobrement quelque peu gênée d'accepter ce cadeau.

Pour dissimuler sa honte, elle porta le regard sur les plans qui couvraient la table.

— Quels comptoirs visiterons-nous ? Hedeby, Birka, Kaupang ?

— Pas exactement, fit-il d'un ton hésitant avant de sourire pour la rassurer.

— Que veux-tu dire ?

— Ce sera un long voyage, cette fois. Ma dernière aventure avant mon mariage. Et il y aura beaucoup d'enrichissement à la clé ! Nous commencerons par nous rendre dans notre vieux comptoir de Gotland puis…

Il s'interrompit en regardant Valda droit dans les yeux.

— Nous cinglerons vers Miklagard ! dit-il, son regard bleu de saphir fixant celui de Valda.

— Miklagard ! répéta-t-elle en s'étranglant avec son verre de vin. Mais c'est au bout du monde !

Halfdan eut un rire de gorge qui résonnait comme la promesse de plaisirs charnels à venir.

— Pas vraiment. Le monde est bien plus grand que tu ne le crois. Lorsqu'on croit en atteindre l'extrémité, on s'aperçoit que ce n'est pas du tout ses limites. Il reste toujours un autre endroit à découvrir au-delà de l'horizon.

Elle n'aurait jamais cru possible la scène qu'ils vivaient et, pourtant, ils étaient réunis de nouveau et sur le point de s'embarquer pour un voyage épique vers la lointaine Byzance ! Ils allaient accomplir ensemble le fabuleux voyage qu'il lui avait toujours promis de faire avec elle.

L'esprit de Valda, soudain, fut soumis à un afflux d'images de paysages qu'il avait évoqués neuf ans plus tôt. À cette époque, il ne s'était encore jamais rendu à Miklagard, mais il avait entendu des voyageurs en parler ainsi que la mère d'Erik. Or, à partir de leurs récits, il en avait élaboré un autre pour le bénéfice de Valda.

Elle entendait encore sa voix juvénile résonner dans sa tête :

La grande cité, la capitale de l'empire Byzantin que les chrétiens appellent Constantinople en souvenir de l'empereur Constantin. On dit qu'à l'intérieur de ses hauts murs réputés inexpugnables se dresse la plus grande et la plus haute église de toute la chrétienté. Nulle part, même en France, on ne trouve une église telle que Sainte-Sophie. Elle est unique au monde.

Les mets exquis qu'elle savourait tout en repensant à ces lointains souvenirs n'étaient que l'attrayante promesse de nouvelles et séduisantes expériences qui l'attendaient.

Située à l'extrémité du monde civilisé, Miklagard avait la réputation de contenir dans ses murs toutes les richesses et tout le luxe imaginables au monde.

Elle les verrait enfin ! Cette pensée coula dans son sang

comme le vin de France qui, dans un délicieux vertige, commençait à lui monter à la tête.

Elle, Valda, née d'un père inconnu et de Porunn, guerrière sans terre et sans fortune, verrait la plus grande ville jamais construite !

L'air lui parut, soudain, plus chaud et étouffant alors qu'elle prenait conscience des implications de ce voyage. Elle prit une longue respiration dans l'espoir de mettre fin à son malaise.

— J'espérais seulement gagner suffisamment d'argent pour acheter une terre, dit-elle d'une voix mal assurée. Combien de temps serons-nous partis ? Si c'est une année, je ne peux pas laisser ma famille pour une aussi longue période.

— Non, ça ne prendra pas une année. Avec moi il ne faut pas plus de six mois pour se rendre à Constantinople et en revenir. Nous serons de retour avant l'hiver.

Se penchant vers elle, il posa la main sur sa cuisse.

— N'as-tu pas envie de la découvrir, la grande cité ? Voir de tes propres yeux l'immense église dont je t'ai parlé avec ses dômes dorés et ses murs intérieurs couverts de marbre ? L'air sous les cieux de Byzance est sec et chaud. Et ce qui ajoute encore au charme de cet illustre port, ce sont les parfums de fleurs, de fruits et d'épices qui flottent dans ses vieilles rues !

La chaleur de la main d'Halfdan traversait les chausses de Valda et se répandait le long de sa jambe jusqu'au plus intime de sa personne. Si elle ne mettait pas rapidement fin à cette situation, elle ne serait, bientôt, plus en mesure de lui résister.

Elle n'arrivait déjà plus à respirer.

— Si, j'en ai envie, murmura-t-elle en le regardant dans les yeux.

Un sourire triomphateur se répandit sur le visage d'Halfdan.

— Je t'avais promis de t'y emmener un jour, n'est-ce pas ?

— Il vaut mieux laisser certains souvenirs dans le passé auquel ils appartiennent, répondit-elle en rougissant.

— Ne dis pas cela, fit-il en lui caressant la joue.

Son expression était affectueuse comme s'il gardait un souvenir attendri de l'époque où ils étaient ensemble. Il passa le pouce sur sa lèvre inférieure et elle retint son souffle avant d'avoir un brusque mouvement de recul de tout le buste.

— Soyons clair ! dit-elle avec fermeté en reprenant le contrôle de ses émotions. Je serai un membre de ton équipage et rien de plus !

Elle posa sur la table la coupe de vin qu'elle avait gardée à la main et se tourna vers lui. Heureusement, il avait battu en retraite et se tenait assis sur les coudes, à demi couché sur le lit.

— Mettons les choses au clair ! Tu vas bientôt te marier avec une autre, n'est-ce pas ? Or, si je t'ai quitté, autrefois, c'est parce que je ne voulais pas du rôle de concubine auquel tu me réduisais et je n'en ai pas plus envie aujourd'hui. Rien ne se passera entre nous pendant ce voyage, Halfdan. Rien du tout ! Si tu penses autrement, je ne monte pas à ton bord !

Il laissa échapper un soupir, et une expression de regret ou de culpabilité, elle n'aurait su distinguer l'une de l'autre, glissa sur son visage.

— Il ne se passera rien, confirma-t-il avec un petit sourire taquin, si c'est ce que tu veux.

Sa réaction ne rassura pas Valda. Il savait, en effet, à présent, qu'elle n'était pas aussi insensible au contact de ses mains qu'elle aurait aimé lui laisser accroire et il était à craindre qu'il n'en profitât lorsqu'ils auraient pris le large.

— Je suis heureux que tu sois là, Valda, reprit-il avec son merveilleux sourire dévoilant ses dents d'une impeccable blancheur. Je ne puis imaginer une meilleure compagnie que la tienne pour vivre mes derniers jours de liberté.

Chapitre 5

— Que font-elles ici ?

La voix d'Ulf, bien que contenue, était assez menaçante pour faire courir un frisson d'appréhension dans le dos d'Halfdan.

Il tourna les yeux vers les femmes qui montaient à bord de son drakkar et eut une moue désapprobatrice.

Elles arrivaient plus tôt que prévu…

Ulf était toujours plus redoutable quand il paraissait calme et pensif. Dans ces cas-là, une simple étincelle suffisait à faire éclater sa colère rentrée. C'était pour cette raison qu'il était aussi craint. Ses accès de fureur étaient imprévisibles.

Halfdan, d'ailleurs, se demandait, parfois, comment son père pouvait supporter d'avoir un fils aussi hostile à la violence guerrière que lui. Il l'avait enrichi, cependant, et se trouvait ainsi pardonné.

Ulf n'était pas que coléreux, violent, insensible et indifférent au sort d'autrui, il était doué aussi d'une excellente mémoire et d'une grande perspicacité lorsqu'il n'avait pas bu. Il était donc évident, en l'occurrence, qu'il avait parfaitement identifié Valda, sa mère et ses sœurs.

Autrefois, il ne s'était guère préoccupé de Valda. En effet, dès l'instant où Halfdan ne l'épousait pas, elle ne comptait pour rien. Pour parer à tout risque, néanmoins, il l'avait contraint de jurer sur la vie de son frère qu'il n'avait aucun projet avec elle. Or, Halfdan savait que si la moindre rumeur avait circulé au sujet de son intention d'épouser la jeune guerrière, Erik aurait été occis pendant son sommeil.

Combien de fois Ulf n'avait-il frappé, affamé et humilié son frère ? Parfois, même, il lui faisait subir ces sévices en réparation de fautes commises par Halfdan.

Lorsque, par exemple, il avait nié d'être venu en aide à une famille dans la nécessité et que pour vérifier son affirmation leur père avait eu recours à l'ordalie, faisant plonger la main d'Erik dans l'eau bouillante. Grâce à Dieu, la main au bout de quelques jours avait guéri, disculpant ainsi Halfdan.

Il avait reçu, ce jour-là, une horrible leçon qu'il n'avait jamais oubliée. C'était la première fois, en effet, qu'il prenait conscience que ses actes avaient des conséquences non seulement pour lui mais aussi pour les autres.

Or, son frère était condamné à toujours subir le pire. À cause de sa naissance, il avait toujours été fui par tout le monde à l'exception d'Halfdan. Les insulaires, pour ne pas endurer la colère d'Ulf, avaient renoncé à manifester leur sympathie pour le fils d'une esclave.

Halfdan avait essayé, certes, de compenser l'ostracisme dont Erik faisait l'objet, mais il avait deux ans de moins que lui et ne pouvait pas faire grand-chose en sa faveur. La situation, heureusement, avait changé à mesure que les deux garçons grandissaient en taille et en force. Ulf, devant les solides gaillards qu'ils étaient devenus, se montrait plus réticent à user de la brutalité à laquelle il avait accoutumé Erik.

Ce dernier, cependant, n'en restait pas moins un esclave sur lequel son maître avait droit de vie et de mort. Aussi avait-ce été un soulagement lorsque Halfdan avait pris la mer avec Erik à son côté.

— Valda se joint à mon équipage pour ce voyage, répondit Halfdan. Sa mère et ses sœurs sont venus lui dire au revoir.

Tout en parlant d'un air détaché, il continuait à trier les marchandises que son père lui confiait pour les vendre dans leurs lointains comptoirs.

Il aurait préféré qu'il ne vînt pas le voir appareiller, mais Ulf avait insisté pour être présent au moment du départ. D'habitude, il ne venait pas le voir lever l'ancre, mais sans doute était-il là pour l'obliger à lui renouveler sa promesse.

Dans l'espoir de détourner l'esprit de son père de la question qui, assurément, le préoccupait, il tapota un ballot de fourrures :

— Nous devrions en tirer un bon prix, dit-il. En particulier, de la peau d'ours.

Ulf, qui n'avait cure de ce que lui faisait remarquer son fils, tourna vers lui un regard menaçant.

— Pourquoi l'ajoutes-tu à ton équipage ? J'ai appris qu'elles sollicitaient tous les jarls dans l'espoir d'une embauche. Tu es trop tendre.

Halfdan se redressa et fit face à son père. Il détestait ces situations, non qu'il eût peur d'Ulf, mais il redoutait que sa haine latente ne s'exerçât sur quelqu'un d'autre que lui-même.

— C'est une remarquable combattante, répondit-il. Or, on dit que les barbaresques foisonnent en ce moment en mer de Marmara. Une guerrière d'expérience en plus ne sera pas de trop.

Ulf répondit en se rengorgeant :

— Ne prétends pas que tu la fais venir à ton bord pour qu'elle te défende !

Halfdan eut envie de rétorquer à son père qu'elle valait mieux que n'importe lequel de ses hommes, mais il ne voulait pas l'irriter davantage et s'efforça, au contraire, de l'apaiser.

— C'est vrai, reconnut-il. Elle pourrait aussi me procurer quelques distractions.

Sur ces mots, Halfdan sourit d'un air espiègle en haussant les épaules d'un air désinvolte. Son père savait se montrer indulgent avec les faiblesses de la chair. C'était l'un des aspects de la nature humaine qu'il comprenait. Il valait mieux, pensa Halfdan, que son père considérât Valda comme une personne insignifiante car quiconque se mettait en travers de ses projets le payait de sa vie.

Il laissa échapper un rire qui rassura Halfdan.

— Soit, dit-il avant d'ajouter son regard bleu d'acier fixé sur celui de son fils : Aussi longtemps qu'il ne s'agit que d'une distraction. N'oublie pas que, cette fois, tu m'as donné ta parole, Halfdan. Il n'y a pas d'échappatoire à l'engagement que tu as pris. J'ai conclu un marché avec le frère de ta promise et il n'acceptera pas qu'on ne tienne pas parole…

Ulf ajouta à mi-voix sur un ton menaçant :

— Ni moi non plus.

Il était rare qu'Halfdan succombât à la colère, mais, cette fois, elle le submergeait.

— Je le sais, répondit-il sèchement en arborant un regard aussi froid que celui de son père.

Ulf fut le premier à baisser les yeux alors qu'il reprenait d'une voix douce et trompeuse :

— Il faut aussi prendre en compte l'avenir de ton frère.

Croisant les bras sur la poitrine, Halfdan considéra son père avec un mépris à peine dissimulé.

— Je vous ai donné ma parole comme vous m'avez donné la vôtre.

— Oui, répondit Ulf d'un ton plus doux.

Un instant, Halfdan crut avoir devant lui l'homme que

son père aurait pu être, mais cette impression fut de très courte durée.

— Un homme doit tenir parole, reprit Ulf. Sinon toutes ses actions sont sans valeur. Tu es mon fils et mon héritier même si tu n'es pas l'aîné de mes enfants. C'est toi qui me succéderas après ma mort.

Après une brève pause, il poursuivit avec un visage de marbre :

— Arrête tes badinages et tiens-toi près de moi comme un futur chef, un meneur d'hommes.

Déconcerté, Halfdan étudiait le visage de son père sans comprendre où il voulait en venir ?

Redoutait-il qu'Erik lui volât son héritage et s'emparât d'un titre dont il ne voulait même pas ? Était-ce la raison pour laquelle il avait tant de haine contre lui ?

Il était vraiment odieux qu'il eût rejeté un fils au profit de l'autre. D'autant plus que les deux frères s'aimaient beaucoup entre eux. Sa méchanceté n'avait eu d'autre effet, d'ailleurs, que de resserrer le lien qui les unissait déjà. Et il avait beau essayer de les dresser l'un contre l'autre, il n'obtenait que le contraire de ce qu'il recherchait.

En fait, leur père, qui ne comprenait rien aux sentiments humains, était incapable de conceptualiser leur amitié fraternelle.

Avant de franchir la passerelle reliant le drakkar au quai, Ulf prononça d'une voix dépourvue de toute émotion :

— N'oublie pas ce que je t'ai dit.

Quand son père se fut assez éloigné, Halfdan tourna son attention vers les femmes qui étaient toujours à son bord. Elles avaient apporté avec elles un chargement pitoyable de fourrures qu'en d'autres circonstances il n'aurait jamais accepté d'entreposer sur le pont de son navire. Mais elles n'avaient manifestement rien d'autre à offrir et il ne voulait pas les humilier en leur refusant le peu qu'elles avaient.

Elles auraient du moins de quoi se nourrir en l'absence de Valda. Il s'était arrangé, en effet, avec des commerçants locaux pour que deux miches de pain et un cuissot leur soient apportés chaque semaine.

Il ne lui avait pas fallu longtemps avant de découvrir où vivait la famille de guerrières, et l'état misérable de la chaumière l'avait conforté dans le choix qu'il avait fait de leur venir en aide.

— Laissez-moi faire, dit-il en prenant le paquet volumineux que Porunn portait comme s'il s'était agi d'un rouleau de la soie la plus fine.

Il le déposa dans un coffre encore vide qu'il réservait à Valda avant de se tourner vers les quatre femmes.

Le temps avait fini par entamer la beauté de Porunn qu'un coup d'épée avait déjà altérée en laissant sa trace le long de la joue et du cou. Ses cheveux gris, encore lisses et brillants, témoignaient de sa bonne santé. Les membres musclés, mais le corps élancé, elle donnait, à la fois, une impression de force et de légèreté. La faible claudication dont elle était affectée ne diminuait pas cet aspect de sa personne.

Halfdan sourit à Brunehilde qui le considérait avec son regard désapprobateur auquel il s'était habitué. Les épaules carrées et les bras musclés, elle était presque aussi grande que lui. Elle n'en était pas moins féminine, cependant, avec sa poitrine qui s'était développée depuis qu'il ne l'avait vue ainsi que ses hanches bien galbées. Il espérait qu'Erik aurait l'occasion de la voir lorsqu'ils seraient de retour à York. Il ne doutait pas qu'en la revoyant il tomberait amoureux d'elle.

Il sourit, ensuite, à Helga qui lui sourit à son tour avec une chaleur qu'aucune des autres femmes ne lui avait montrée depuis qu'elles étaient montées à son bord. La jeune fille avait l'aspect d'une elfe telle qu'il se représentait ces étranges créatures de la forêt : les cheveux blonds plus clairs que les rayons du soleil et fragile comme les premières lueurs de l'aube. En d'autres termes, suprêmement belle et, en même temps, d'un autre monde.

Rien n'échappait à ses yeux d'un bleu pâle et elle continuait de lui sourire avec affection et une sorte de tendre amusement comme si elle connaissait déjà son avenir.

Détournant, enfin, le regard, il le dirigea vers Valda, la femme dont il semblait être appelé à croiser perpétuellement le chemin.

Elle était précisément en train de couver du regard ses sœurs et leur mère.

— Merci d'êtres venues me dire au revoir, dit-elle d'un air un peu las comme si elle était impatiente de les voir regagner le quai.

Porunn n'y fit aucune attention et tendit les bras vers elle.

— Viens, ma grande fille ! Laisse-moi te serrer sur mon cœur. Il va se passer tant de jours avant que je ne te revoie. Veuillent les dieux te préserver de tout danger !

Tout en parlant, elle serrait Valda contre elle de toute sa force.

Ses yeux étaient remplis de larmes quand elle mit fin à son étreinte, mais ce fut alors le tour de Valda de la serrer dans ses bras.

Helga et Brunehilde se joignirent à elles en les enveloppant de leurs bras et toutes quatre restèrent un long moment en silence unies dans un cercle de tendresse.

L'expression de cet amour entre sœurs et entre mère et filles ne laissa pas Halfdan indifférent. Sentant sa gorge se nouer, il porta son regard ailleurs pour faire cesser cette soudaine tristesse et lorsque les quatre femmes cessèrent, enfin, leur étreinte, il était occupé à mettre de l'ordre dans les ballots alignés sur le pont qui, pourtant, avaient déjà été rangés par ses soins.

— Je ferai un sacrifice en l'honneur de Ran pour que votre traversée se fasse sans ennui et le plus rapidement possible, dit Porunn en s'adressant à Halfdan.

Il se redressa et acquiesça de la tête.

— Merci, fit-il, reconnaissant que la mère de Valda eût le souci de leur attirer la protection de la déesse des Océans.

Porunn et ses filles descendirent du drakkar alors qu'Halfdan lançait déjà des ordres. En un instant, les hommes furent à leur poste, prêts à quitter le port.

Quand les amarres eurent été larguées, Valda prit sa place à côté d'un rameur et ils se mirent à actionner leur longue rame au même rythme que les autres équipes.

À son poste à l'arrière du drakkar, Halfdan avait en main la barre du gouvernail et les guidait vers le milieu du fleuve. En peu de temps, ils purent se laisser emporter par le courant et n'eurent plus à ramer tandis qu'ils voyaient York s'éloigner derrière eux.

Heureux de quitter la ville portuaire et de prendre ses distances vis-à-vis de son père, Halfdan respirait avec bonheur l'air frais. L'équipage avait hissé la voile que la brise gonflait. Valda l'avait rejoint et, silencieuse, se tenait près de lui.

Jamais il ne s'était senti aussi heureux qu'en cet instant où il la regardait.

Le vent repoussait les mèches blondes de ses cheveux échappés de ses tresses et, dans la lumière du soleil, ses yeux noisette étaient semés de paillettes vertes et dorées.

— Je n'ai jamais dépassé l'île de Gotland, remarqua-t-elle doucement en regardant au loin devant elle.

À la pensée qu'il serait le premier à lui offrir un aussi long voyage, un sentiment de fierté auquel il ne s'attendait pas lui gonfla la poitrine. Il avait toujours espéré de voir Valda les yeux brillants de joie et de curiosité devant les nouveaux lieux qu'il lui ferait découvrir. Or, le moment était venu de vivre ces instants.

— Gotland sera notre première escale et il y en aura beaucoup d'autres puisque nous suivrons la côte la plupart du temps. C'est plus facile ainsi de se ravitailler. Puis nous remonterons les fleuves des Rus jusqu'à la mer Noire que nous franchirons pour atteindre Miklagard.

Halfdan se tut un instant avant de reprendre :

— Ne te fais pas de souci. Avec le temps, je suis devenu un marin expérimenté.

Il aurait voulu pouvoir lui assurer qu'elle ne serait exposée à aucun danger, mais la vie en mer était imprévisible. Les eaux pouvaient être calmes et, soudain, gonflées par les vents, se transformer en une redoutable tempête.

— Je ne suis pas inquiète, dit Valda, mais surtout heureuse d'être là. Merci de m'avoir acceptée dans ton équipage.

Elle croisa un instant le regard d'Halfdan avant de le diriger de nouveau vers l'horizon.

— Comme tu l'as dit, reprit-elle, ce sera bien de vivre une dernière aventure avant de nous installer chacun de son côté sur sa terre.

— C'est vrai, répondit-il gaiement bien qu'il ressentît de la tristesse à la pensée de devoir se séparer d'elle à leur retour de voyage.

Une petite voix grinçante chuchota à son oreille : « Elle ne sera jamais tienne, d'ailleurs, elle ne peut pas l'être. »

Mais il ne voulait pas l'entendre.

La veille, lorsqu'ils s'étaient effleurés du bout des doigts, il avait lu dans le regard de Valda qu'elle le désirait tout autant qu'il la désirait. Cela avait suffi pour le réconforter. Elle ne lui avait pas fermé complètement la porte de son cœur. Il demeurait une chance qu'ils pussent être de nouveau ensemble…

De son côté, Valda avait des réflexions très similaires à celles d'Halfdan. Elle ne pouvait croire, par exemple, qu'ils se fussent retrouvés pour rien alors qu'ils étaient l'un et l'autre à un moment crucial de leur vie !

C'était le destin et non le hasard qui les avait réunis de nouveau.

En tout cas, elle voulait le croire.

Chapitre 6

Quelques heures de navigation plus tard, ils cinglaient à travers la mer du Nord, le vent d'ouest régulier leur assurant une traversée rapide.

Dispensée de ramer, Valda put faire connaissance avec l'équipage dont un grand nombre de membres étaient originaires de Gotland comme Halfdan. Elle en connaissait déjà certains, d'ailleurs, qui avaient été présents aux côtés d'Halfdan dès ses premières aventures en mer.

Alors qu'elle s'était assise sur le bord du navire et qu'elle regardait les vagues venir mourir contre la coque dans un bouillonnement d'écume, elle se demandait si elle serait restée avec lui au cours de toutes ces années si elle avait accepté sa proposition de partager sa vie comme une simple concubine ?

Sans doute que non. Il ne lui aurait certainement pas été fidèle et elle n'aurait pas pu accepter de vivre avec lui sans avoir l'assurance de sa fidélité. Or, si elle avait découvert de nouveau qu'il la trompait, elle aurait été anéantie comme elle l'avait été à Rouen.

C'était dommage, cependant, qu'en raison de sa sensibilité elle n'eût pu faire l'expérience de cette vie en mer avec Halfdan.

Il se montrait très actif et efficace sur le grand drakkar. Il n'avait en rien le comportement d'un fils de jarl privilégié qui aurait délégué les tâches difficiles et se serait contenté de gouverner le bateau sans prendre aucun risque. Elle le voyait, au contraire, bondir et courir à travers le pont chaque fois que sa présence était nécessaire.

Il avait retiré sa tunique et, torse nu dans le soleil printanier, tenait le gouvernail. Valda ne pouvait s'empêcher de diriger le regard vers ses bras musclés et ses pectoraux. Le sang bouillonnait en elle comme cela arrivait toujours quand elle était près de lui.

Jamais elle ne s'ennuyait en sa compagnie et c'était sans doute cela qu'elle aimait le plus en lui tout en le redoutant car elle ne voulait pas souffrir de nouveau lorsque leurs chemins de sépareraient à la fin du voyage.

Chacun, à bord, se montrait efficace et n'intervenait qu'à bon escient. Plus d'une fois, à l'occasion des manœuvres, Valda craignit d'être gênante ou de ne pas aider autant qu'elle l'aurait voulu. Dans ces moments-là, la plupart des hommes d'équipage ne parlaient pas ou peu. Ils étaient si habitués à ce genre d'opération, et les conditions de navigation étant idéales ils pouvaient tout accomplir dans le silence.

L'un des membres de l'équipage dénommé Tostig était tout de même un peu plus bavard que ses collègues. Or, Valda aimait l'écouter parler. Elle appréciait, en outre, son comportement amical et paternel ainsi que sa manière d'être. Détendu, patient, jamais contraignant avec les autres, il était d'une compagnie agréable même si, parfois, il pouvait de révéler bourru et impatient.

Plus âgé que les autres hommes, il portait une longue barbe blanche tressée qui descendait jusqu'à sa taille et présentait un crâne entièrement dénudé.

Il avait remarqué, dès le début de la traversée, que Valda plissait les yeux dans le soleil. Aussi lui avait-il proposé de se peindre les paupières et le tour des yeux avec du noir de fumée comme il le faisait lui-même. Comme elle avait accepté et proposé qu'il le fît à sa place, il s'y était employé tout en discutant gentiment avec elle.

— Ce sera mon cinquième voyage à Constantinople avec Halfdan, dit-il. Je ne sais pas si j'en ferai encore un autre après celui-là. J'ai tant amassé d'argent, trop en vérité, qu'il faudra au bas mot qu'on sacrifie deux chevaux à ma mort pour m'aider à porter tous mes biens au Walhalla. Mes filles considéreront, certainement, que c'est une aberration. Elles sont devenues chrétiennes, mais respectent nos traditions.

Valda ne put se retenir de rire en entendant Tostig parler de sa mort.

— Peut-être devriez-vous plutôt dépenser vos réserves d'argent, dit-elle.

— En effet, reconnut-il d'un air pensif. Mais comment ? Mes filles sont déjà mariées à des hommes dans l'aisance et n'ont plus besoin de rien. Quant à ma femme, elle est malheureusement déjà morte et, même si j'en avais le désir, je ne pourrais jamais la remplacer. La solution serait que je joue ma fortune et la perde. Cela me donnerait un prétexte pour continuer à naviguer.

— Vous aimer donc faire du commerce avec Halfdan, n'est-ce pas ?

— Je ne prendrais la mer avec aucun autre marin. Halfdan est juste et généreux, mais il aime aussi prendre des risques ! Ça me plaît. Notre vie n'est pas monotone et peut conduire à une mort digne. Il a beaucoup de chance, cependant. Le risque de mourir à son service s'en trouve limité.

Tostig se tut un instant avant de reprendre :

— Et vous, fille de Porunn, que faites-vous ici ? Je croyais que vous aviez trouvé la gloire en Neustrie ? Pourquoi tenez-vous absolument à participer à cette traversée avec Halfdan ?

En prononçant ces derniers mots, Tostig eut une expression qui rappela étrangement à Valda le don de sa jeune sœur.

— C'est pour ma mère et mes sœurs que je tiens à accomplir ce voyage, répondit-elle. Nous voudrions acquérir une terre pour l'exploiter, mais il nous faut d'abord réunir la somme nécessaire puis obtenir l'accord d'un jarl. Le problème c'est qu'il nous faudra beaucoup d'argent.

Valda, en évoquant cette dernière question, ne put, malgré ses efforts, effacer de sa voix une certaine amertume.

— Ah…, fit Tostig en hochant la tête d'un air compréhensif. Mais vous aurez plus qu'il ne vous faut à la fin de ce voyage. Et puis je vous donnerai ma part si je ne meurs pas en route.

Valda, qui n'en croyait pas ses oreilles, se mit à cligner des yeux d'un air incrédule. Tostig ne pouvait pas parler sérieusement.

Ce dernier interpréta sa réaction d'une manière erronée et poursuivit en parlant des périls auxquels ils s'exposeraient :

— Je ne voudrais pas vous inquiéter, mais nous courons le risque d'être attaqués par des pirates tant sur mer qu'en remontant ou descendant les fleuves. Et puis, la possibilité d'être pris dans une tempête n'est pas non plus à écarter.

Il évoqua les manières dont ils pouvaient être condamnés à mourir avec un tel sourire attendri que Valda fut tentée de penser qu'il espérait de tout son cœur que ces dangers se présentent à eux.

— J'aimerais revenir vivante de ce voyage, fit Valda, et revoir ma mère et mes sœurs. D'autant plus qu'elles comptent sur moi.

La jeune femme se déplaça jusqu'à une corde gisant sur le pont qu'il convenait d'enrouler pour la ranger et tira sur une autre servant à border la voile. Tostig lui avait expliqué le rôle tenu par chacun des gréements et elle commençait de comprendre la marche des manœuvres. Elle espérait ainsi être capable dans quelques jours de se joindre aux autres marins sans les gêner d'aucune façon et en travaillant dans le même silence ainsi qu'avec la même efficacité.

En étant occupée, il fallait espérer qu'elle ne serait plus aussi préoccupée par Halfdan dont elle n'arrivait pas à détacher le regard tant son torse nu la fascinait.

— Vous les reverrez, j'en suis certain, répondit Tostig avec un haussement d'épaules. Les dieux ont un faible pour Halfdan.

Incapable de résister à la tentation, elle regarda dans la même direction que lui, c'est-à-dire vers le barreur qui pilotait le drakkar d'une main sûre et plissait les yeux dans le soleil en observant attentivement l'horizon. Il était si beau et séduisant avec son regard bleu comme le ciel et sa carrure d'athlète que le cœur de Valda se mit à battre plus fort.

Conscient qu'on l'observait, il tourna la tête et rencontra le regard de Valda qui fut la proie d'une gêne soudaine et détourna rapidement les yeux.

Elle n'aurait jamais dû s'engager dans cette traversée, mais il était trop tard, maintenant, pour y renoncer.

— Oui, certainement, reconnut-elle après s'être éclairci la voix. Voulez-vous bien continuer à m'expliquer toutes les fonctions du gréement et me montrer les différents aspects du drakkar ? Je veux pouvoir me rendre utile si une tempête survient.

En cas d'attaque, elle savait se battre, mais si la mer se réveillait, elle se sentirait impuissante et avait horreur de cela. Par ailleurs, les explications de Tostig l'empêcheraient de ne penser qu'à Halfdan.

— Ce n'est pas nécessaire, répondit Tostig. Détendez-vous et profitez de la traversée.

Valda se hérissa comme un fauve en pensant à l'implication de ses paroles et, pour fuir les pensées qui lui envahissaient l'esprit, elle se mit à observer les membres de l'équipage qui assuraient méthodiquement, côte à côte, la bonne marche du navire. Non seulement elle était la seule femme à bord, mais elle était également, de toute évidence, le seul nouveau membre de l'équipage. En effet, ils donnaient tous l'impression de bien se connaître et d'être parfaitement à leur aise.

Elle sentit des regards se diriger vers elle et eut un serrement d'estomac. Que pensaient-ils d'elle ?

Un malaise la parcourut, mais elle ne voulut pas le laisser voir et redressa le menton tandis qu'elle répondait à Tostig en haussant le ton :

— C'est vrai que je suis une guerrière et que je ne sais pas grand-chose de la navigation, mais j'aime apprendre et tiens, de toute façon, à prendre ma place parmi vous. Il est hors de question que je reste à ne rien faire.

Halfdan s'efforçait de ne pas suivre des yeux Valda tandis que Tostig lui faisait faire le tour du drakkar. Et il n'était que de voir la façon dont les hommes la suivaient des yeux pour comprendre à quel point elle suscitait leur curiosité. Or, il n'y avait pas d'homme plus curieux que Tostig. Il n'était donc pas surprenant qu'il eût pris Valda sous sa coupe.

D'un tempérament noble et doué de sagesse, Tostig n'était évidemment pas indifférent à la guerrière aux cheveux de feu. Mais ce n'était pas surprenant car, Halfdan le savait, il adorait ses filles qui, elles aussi, avaient des cheveux blonds tirant sur le roux. Sans doute les retrouvait-il dans Valda.

Ulf avait souvent demandé à Halfdan pourquoi il gardait Tostig au sein de son équipage. À ses yeux, en effet, il était réservé aux jeunes hommes de se lancer sur les routes commerciales. Halfdan, cependant, au cours des années, avait eu l'occasion d'apprécier l'expérience de Tostig et il avait observé que les autres membres de son équipage le respectaient.

La sagesse, d'ailleurs, avec laquelle il appréciait les situations difficiles les avaient sauvés plus d'une fois. Il était capable d'interpréter l'aspect changeant de la mer et de prédire les coups de vent. Il savait aussi lire dans les étoiles et orienter le drakkar dans la bonne direction. Toute cette science il l'avait transmise à Halfdan, mais mieux encore, il lui avait appris à être un homme honorable.

Tostig ne redoutait rien de plus que de devenir un vieillard, si bien qu'il n'hésitait pas à s'exposer au combat, mais il n'était en rien imprudent ou inutilement téméraire. Comme il prenait fréquemment des risques, cependant, Halfdan savait qu'il irait un jour rejoindre sa femme. Il perdrait alors le seul parent, à l'exception de sa mère, qu'il regardait avec respect.

À dire vrai, il l'aimait et l'admirait bien plus que son propre père. Et de le voir en compagnie de Valda, qui riait et semblait heureuse de converser avec lui, stimulait son désir pour elle, qui devenait de plus en plus intense. Il se demandait, d'ailleurs, si Tostig n'avait pas déjà deviné ce qu'elle représentait pour lui, c'est-à-dire qu'elle était la jeune femme qui, autrefois, était passée dans sa vie et l'avait rendu incapable de s'attacher à une autre.

Alors que la nuit tombait, Tostig le rejoignit à son poste.

— Je vais te remplacer, dit-il. Il faut que tu dînes. Et passe un peu de temps avec ta femme. Ça te ferait du bien aussi, peut-être, de dormir un peu.

Tostig parlait avec légèreté, mais Halfdan savait où il voulait en venir.

— Elle n'est pas ma femme.

Tostig prit la barre et vérifia leur position en fonction des premières étoiles qui se mettaient à briller dans le ciel crépusculaire.

— Aarne sera ravi de l'apprendre, fit-il remarquer d'un air détaché. Il envisage déjà de lui faire une proposition de mariage.

Les traits d'Halfdan se contractèrent alors qu'il lançait un regard noir vers le plus jeune membre de son équipage qui jouait aux dés avec Valda sur l'un des coffres.

Elle avait gagné la confiance de ses hommes avec une aisance surprenante, mais il est vrai qu'elle était d'une nature liante et qu'elle aimait à rencontrer toutes sortes de personnes très différentes pourvu qu'elles fussent justes et honnêtes. Les seuls individus qu'elle ne supportait pas, c'était ceux qui avaient une trop haute idée d'eux-mêmes.

Il se souvenait de la manière dont elle s'était d'abord moquée de ses avances, considérant qu'elles étaient l'expression pleine d'arrogance d'un fils de jarl trop gâté. Peut-être avait-elle eu raison. À cette époque, il était, en effet, un peu trop orgueilleux et sûr de lui. Il s'en rendait compte, à présent, avec le recul du temps et la maturité qui lui manquait alors.

Valda méritait un homme qui se vouerait sans limites à elle, mais ce n'était pas son cas, il le savait très bien. Et s'il était honnête avec lui-même, il devait la laisser en paix.

Cependant, quelles que fussent ses résolutions, il savait qu'il ne s'y tiendrait pas. Il s'en sentait incapable. Valda exerçait une trop forte attraction sur lui.

Aarne sentit le regard d'Halfdan et, comprenant qu'il ne lui plaisait pas de le voir en compagnie de Valda, il se leva promptement, interrompant la partie de dés.

Alors qu'il se dirigeait vers la jeune femme, Halfdan entendit le petit rire de Tostig dans son dos.

— Tu vas dormir dans ma tente, cette nuit, dit-il.

À peine eut-il parlé qu'il prit conscience qu'elle trouverait peut-être étrange qu'il lui intimât cet ordre devant ses hommes, mais une part de lui-même se moquait de ce qu'ils pouvaient penser tant il était impatient d'avoir Valda pour lui tout seul.

Au diable les précautions ! Il la voulait sienne !

Mais n'avait-il pas juré à son père de revenir avant l'hiver et d'épouser la Galloise ? Dans ces circonstances, Valda n'accepterait jamais de redevenir sa maîtresse.

Elle levait ses yeux noisette où les paillettes vertes et or brillaient plus que d'accoutumé en raison du noir de fumée dont elle avait couvert ses paupières et aussi de la colère dans laquelle sa demande venait de la plonger.

— Ce n'est pas possible, répondit-elle avec fermeté en redressant le menton.

Sacré Tostig ! En quelques heures, il avait réussi à la rendre plus belle que jamais. Cette constatation suffit à faire naître au fond de son âme une jalousie soudaine qui grandissait à une rapidité fulgurante comme une tempête en mer.

Avec la volonté d'assagir cet élan de folie, il s'assit sur le coffre opposé à celui où Valda avait pris place et s'efforça de paraître doux et humble.

— Tu n'es pas habituée à la vie sur un navire..., commença-t-il d'un ton conciliant.

— Je suis membre de ton équipage, rétorqua-t-elle en l'interrompant, et, à ce titre, je veux dormir là où dorment les hommes.

Elle se pencha vers lui et ajouta entre ses dents :

— Je ne suis pas ici en qualité de maîtresse. Compris ?

— Ce n'est pas ce que je te propose, répondit-il avec

un geste négatif de la main. Je pensais seulement que nous pourrions partager la tente. De toute façon, nous n'aurons pas les mêmes quarts et dormirons donc à des heures différentes.

Il s'interrompit en espérant qu'après avoir évoqué le fait qu'ils ne feraient pas les quarts ensemble, elle serait calmée.

Ce fut son tour de se pencher vers elle pour ajouter à mi-voix :

— En dormant sous ma tente, tu éviterais de te trouver dans une situation ambiguë avec l'équipage.

— Parce qu'en dormant dans ton lit je ne m'y trouverais pas ? fit-elle avec un demi-sourire qu'elle aurait voulu effacer de ses lèvres.

— N'as-tu pas remarqué qu'Aarne s'est entiché de toi ?

— Je peux m'en débrouiller toute seule, répondit-elle en levant les yeux au ciel.

Sa réaction soulagea Halfdan qui aborda la question le préoccupant sous un autre angle.

— Tu pourrais apprécier de jouir d'une certaine intimité quand tu t'occupes de toi et de tes besoins.

Valda, un instant, eut l'air choqué, comme si elle entendait dans le propos d'Halfdan une évocation du besoin qu'autrefois ils avaient eu l'un de l'autre. Ce n'était évidemment pas ce qu'il avait voulu dire, mais il eut la satisfaction de voir jaillir l'étincelle du désir dans son regard. Un froncement de sourcils lui succéda quand elle prit conscience du véritable sens de ses propos.

Je l'ai prise au piège ! s'esclaffa-t-il en son for intérieur.

Depuis qu'ils avaient quitté York, il l'avait vue, une ou deux fois, se rendre avec un seau d'eau derrière les coffres dans lesquels il avait entreposé leur cargaison.

— Pourquoi refuserais-tu une offre que toute autre femme serait heureuse d'accepter ? demanda-t-il, cherchant par tous les moyens à la convaincre d'accéder à sa demande.

Levant de nouveau les yeux au ciel, elle finit, néanmoins, par hocher la tête en signe d'acceptation.

— D'accord. Je veux bien faire ma toilette sous ta tente mais je n'y dormirai pas.

— Tu disposes donc d'une couverture en fourrure dans laquelle tu te glisses pour passer la nuit, n'est-ce pas ? Une fourrure huilée, bien sûr, qui empêche l'eau de pénétrer ?

— J'utilise mon bouclier pour me protéger de la pluie.

— Tu préfères donc laisser vide un lit confortable pour dormir sous un bouclier ?

Il espérait emporter l'adhésion de Valda en lui démontrant l'absurdité dc son choix. Elle pouvait se montrer entêtée, mais elle n'était pas dénuée de bon sens. C'était, d'ailleurs, une qualité qu'il appréciait chez elle. Cette faculté de juger des situations avec calme et pondération. Elle était en cela l'inverse de son père et, même, d'Erik dont, d'une certaine manière, le comportement était toujours imprévisible.

— Entendu, dit-elle enfin en soupirant. Je dormirai sous ta tente, mais seule.

— Bien sûr ! fit-il en souriant, mais sans laisser voir l'exaltation dans laquelle le mettait la pensée qu'elle dormirait la nuit même dans son lit.

— Qu'avons-nous pour dîner ? demanda-t-il, changeant de conversation maintenant qu'il avait obtenu son accord.

— Pain, fromage et hareng fumé accompagné de lait de beurre, répondit-elle en lui tendant une assiette prise dans une pile à côté d'eux. Il n'y a ni vin ni fruits. Vos hommes m'ont dit que tout avait été vendu au marché d'York.

— Notre régime est toujours moins bon en se rendant à Miklagard qu'en en revenant.

— Je n'en doute pas.

Ils se mirent à manger alors qu'au-dessus de leurs têtes de nouvelles étoiles apparaissaient. Le souvenir de leurs longues conversations sur son premier navire revint en mémoire à Halfdan qui éprouva un regain de désir.

Il brûlait de l'embrasser, de presser les lèvres contre sa bouche pulpeuse dont il se souvenait des merveilleux baisers. Il voulait aussi effacer le pli amer que les nombreux hivers y avaient laissé aux commissures.

Neuf, pour être exact. Or, le chiffre neuf était sacré. Il recelait toutes sortes de significations plus prometteuses les unes que les autres…

— Parle-moi de ta vie, Valda, depuis le jour où tu as quitté Gotland.

Il était impatient de connaître tous les détails de son existence dont il ne savait que les grandes lignes.

Elle mit de côté son tranchoir et empoigna la corne qui lui servait pour boire.

Après quelques gorgées de lait de beurre, elle prit la parole :

— Il n'y a pas grand-chose à dire, sinon que j'ai servi sous la bannière de Rollon…

— Comment se fait-il que tu aies fini par être au service de Jorund ?

Il aurait voulu se couper la langue pour avoir prononcé le nom de son ancien amant, mais il n'avait pu s'en empêcher car il ressentait un besoin irrépressible de connaître la vérité. Peut-être était-ce dû à la complicité de la nuit qui, maintenant, les enveloppait, mais il trouvait l'audace de lui poser les questions qu'il n'osait pas évoquer dans le jour.

— Oh ! fit-elle, le souffle soudain coupé. Eh bien…, je le connaissais depuis l'enfance. Sa mère combattait aux côtés de la nôtre, mais après sa mort il a rejoint son père pendant quelque temps. Ce n'est que lorsqu'il est revenu servir sous la bannière de Rollon que nous nous sommes revus et avons renoué amitié. Il est devenu rapidement un chef dans nos rangs et comme il a grandi au milieu des guerrières, il en mesurait les qualités. Il était, ainsi, particulièrement conscient de ce que je valais.

— Ils sont rares ceux qui t'estiment à la hauteur de tes capacités, n'est-ce pas ? fit Halfdan qui connaissait déjà la réponse à sa question et éprouvait du mépris pour ces hommes inférieurs que l'orgueil rendait aveugles.

— Ils ne sont pas nombreux, en effet, répondit-elle avec un petit rire, et même ceux-là ont de la peine à reconnaître ma supériorité… D'ailleurs, toi non plus tu n'as pas de femmes dans ton équipage.

— Tu es la première, c'est vrai, fit-il en haussant les épaules. Mais lorsque j'ai quitté l'île de Gotland, aucune femme n'a voulu venir avec moi.

Valda cherchait, manifestement, à éviter de parler de Jorund, constatait Halfdan, et lui-même préférait ne pas évoquer avec elle les derniers instants de leur relation même s'il avait besoin d'en savoir davantage sur ce qu'avait été cet amour.

— Que voulais-tu dire lorsque tu me précisais que tu n'avais pas ta place près de Jorund ?

Tandis que Valda, qui hésitait, gardait le silence et réfléchissait à la réponse qu'elle allait donner, le drakkar craquait et la brise nocturne en faisait bruire la voile.

Halfdan aurait voulu être en paix, mais derrière son visage apparemment calme se cachait un cœur tourmenté qui, habité à la fois par l'espoir et le désespoir, attendait la réponse de la jeune femme.

Au fond, se demandait-il, voulait-il vraiment connaître la vérité ?

— Avec le temps et en vivant à son côté, j'ai fini par avoir des sentiments pour lui, dit-elle, enfin, se décidant à parler. Puis, lorsqu'il s'est marié, j'ai compris qu'à ses yeux je n'avais jamais été qu'une amie.

— Il t'a repoussée ? fit Halfdan qui se découvrait,

soudain, une haine insondable pour celui qu'on appelait le Géant.

Un rire amer jaillit des lèvres de Valda.

— Il n'y avait rien à repousser ! Mes sentiments n'ont jamais été partagés. Il me voyait et ne m'avait jamais vue que comme une amie.

Prenant enfin conscience que rien ne s'était jamais passé entre elle et Jorund, Halfdan éprouva le besoin d'avoir la confirmation de ce qu'il devinait :

— Vous n'avez donc jamais été…

— Jamais ! interrompit fermement Valda avant de boire une longue gorgée de lait de beurre.

— Cela a dû être dur pour toi.

— Ça l'a été encore plus quand je me suis rendu compte de tous les avantages que je perdais en me séparant de lui. Si je ne m'étais pas laissé gouverner par mon seul cœur, je vivrais heureuse en Neustrie. Je serais toujours le lieutenant en second de Jorund et ma famille m'aurait rejointe après s'être fait voler ses réserves d'argent. À cause de mon choix, nous sommes dans une quasi-misère et obligées de renaître de nos cendres. Au fond, tout cela à cause de mon orgueil.

— J'aime que tu sois orgueilleuse et j'admire ta grandeur d'âme. Tu as le respect de toi-même et tu veux être respectée. C'est une grande qualité.

Après cet aveu, Halfdan reprit :

— J'espère tout de même que tu n'es pas trop malheureuse de n'être plus la seconde de Jorund.

— Non. Très sincèrement, je crois que je l'aimais pour de fausses raisons.

— Que veux-tu dire ?

— Je n'avais de sentiments pour lui que parce qu'il représentait tout ce que je désire.

Cet aveu eut l'effet d'une lame traversant la poitrine d'Halfdan.

— Il était fiable, digne de respect, indépendant. Il ne désirait rien de plus qu'une terre où vivre en paix. Personne ne nourrissait des rêves plus semblables aux miens. J'ai cru avoir trouvé mon double.

— Personne, aucun homme, ne saurait être égal à toi, Valda.

Cette dernière ne put se retenir de rire.

— Pas même toi ? s'esclaffa-t-elle.

— Moi en particulier, répondit-il avec un sourire contrit. Tu mérites tellement plus que je ne peux te donner.

L'insupportable tension qui s'établit entre eux conduisit Valda à y mettre fin.

— Je vais aller me coucher, dit-elle en se levant. Bonne nuit, Halfdan.

Couchée dans le lit de son ancien amoureux, Valda, qui repensait à tout ce qu'il lui avait dit, avait beau se tourner et se retourner, elle ne trouvait pas le sommeil.

S'était-il moqué d'elle ou se croyait-il sincèrement indigne d'elle ?

Son odeur était imprégnée entre les draps du lit. Une odeur entêtante, légèrement musquée avec une pointe d'iode et d'épices. Exaspérée de ne pas avoir de réponse aux questions qu'elle se posait, elle repoussa la couverture en fourrure et s'assit dans le lit. Ce fut à cet instant qu'elle remarqua que le bois de la tête de lit présentait des inscriptions qui y avaient été gravées.

Elle en approcha les yeux, mais ne put rien lire faute d'une lumière suffisante, la lune, qui s'était levée mais qu'obstruait le drap de la tente, n'offrant pas assez de clarté.

Elle passa le doigt sur la surface du bois et s'aperçut

qu'elle était lisse comme si à force de suivre le tracé des inscriptions une main l'avait polie. Était-ce une manie qu'avait développée Halfdan pour s'endormir ? À force de déplacer l'index sur la gravure, elle finit par en identifier le début et la fin…

Elle ne pouvait le croire !

Le souffle coupé, elle poursuivit son investigation. Il s'agissait de runes. D'initiales entrelacées pour être exact. Elle se souvenait qu'autrefois Halfdan avait gravé leurs initiales sous cette forme dans le bois de son premier drakkar.

De toute évidence, il avait utilisé certaines pièces de bois qui en provenaient pour fabriquer son mobilier, mais il n'avait pu que placer délibérément à la tête de son lit cette planche portant leurs initiales.

Ce qui signifiait que leur amour avait compté pour lui et, peut-être, comptait encore ?

Cette pensée lui fit peur, car elle se sentait soudain fragile et vulnérable.

Pourquoi avait-il conservé cette pièce de bois ? Ne l'avait-il fait que parce qu'il gardait un souvenir attendri de ses premières amours ?

Ce ne pouvait être que ça. De la sentimentalité, rien de plus. Il était impensable qu'il fût encore enamouré d'elle. Il avait d'ailleurs couché avec une autre fille pendant ce même été où il lui témoignait son apparente passion.

Peut-être, cependant, s'était-il cru sincèrement amoureux d'elle ? Était-ce la raison pour laquelle il parlait avec autant de délicatesse de leur relation et qu'il avait le sentiment d'avoir été plus affecté par leur séparation qu'en vérité il ne l'avait été. Il arrivait qu'on se fît des illusions quand on se croyait amoureux. Est-ce que cela ne lui était pas déjà arrivé deux fois à elle-même ?

À deux reprises, elle était tombée amoureuse d'hommes

qui ne l'aimaient pas en retour. Mais, du moins, n'avait-elle pas eu le même sort qu'Olga !

Elle en frissonnait d'horreur quand elle pensait à cette pauvre fille. Elle ne l'aimait pas et l'avait toujours regardée comme une gamine arrogante et trop gâtée, mais personne ne méritait d'être rejetée comme elle l'avait été. Particulièrement dans la mesure où elle portait l'enfant de son amant. Comment Halfdan avait-il pu se montrer aussi ingrat ? Son comportement dans cette circonstance ne correspondait pas au souvenir qu'elle avait gardé de lui, mais il est vrai qu'elle ne l'aurait jamais cru capable de la trahir.

Elle aurait pu, en effet, se trouver dans la même situation qu'Olga. Grosse et abandonnée. Sa famille l'aurait prise en charge, certes, et elle ne se serait pas trouvée dans l'obligation de trouver un mari pour sauver son honneur, mais sa vie aurait été profondément bouleversée. Elle n'aurait plus été en mesure de combattre et aurait dû se reposer sur ses sœurs et sa mère pour assurer sa subsistance ainsi que celle de son enfant. Tout leur avenir aurait été affecté par son erreur.

Grâce aux dieux elle avait évité un tel malheur. Ce n'était pas, en tout cas, le fait de sa sagesse.

Elle avait eu tout simplement de la chance, mais elle ne pouvait pas prendre de nouveau le risque d'être enceinte. Brunehilde ne l'avait-elle pas mise en garde, d'ailleurs, au sujet du danger de revenir avec un petit bâtard d'Halfdan dans le ventre. Sa grande sœur avait la tête sur les épaules. Elle était plus raisonnable qu'elle et le serait certainement toujours.

Sa vie, au fond, ressemblait aux cycles de la lune, l'amour et l'espoir alternant comme la présence ou l'absence de l'astre dans le ciel. Or, elle redoutait de perdre la tête si elle devait traverser de nouveau une période d'alternance de ce type.

Pour s'en préserver, le mieux était d'éviter toute conversation avec Halfdan. Heureusement, ils ne seraient jamais ensemble ou presque jamais, car quand il serait occupé avec le navire, elle serait en train de dormir. Il ne lui restait qu'à s'efforcer d'oublier les peines du passé et à se projeter dans l'avenir.

Elle et lui dormiraient, de toute façon, à des heures différentes et ne seraient jamais occupés aux mêmes tâches ni au même moment. Il ne lui restait qu'à ignorer sa douleur et aller de l'avant.

Ne pourrait-elle faire comme s'il n'était pas là ?

Certainement. Elle n'avait qu'à orienter toutes ses pensées vers sa famille et son avenir.

Le passé n'était qu'une terre qu'elle n'avait plus aucune envie d'explorer.

Chapitre 7

Grâce au remarquable drakkar d'Halfdan et à son brillant équipage, ils allaient atteindre l'île de Gotland en une semaine.

Or, Valda se voyait dans l'obligation d'apprendre à connaître chaque membre de cet équipage. C'était une nécessité quand on était appelé à travailler côte à côte dans un espace aussi réduit qu'un navire.

Ces hommes, bien que bruyants et tapageurs à certains moments, n'en étaient pas moins distrayants à d'autres. Apparentés pour un grand nombre, ils lui rappelaient ses sœurs lorsqu'elles se querellaient toutes les trois.

On comptait plusieurs pères avec leurs fils tels que Frode et Aarne, et des frères tels Bori, Odger et Svend. Mais il régnait une telle ambiance familiale sur le drakkar qu'en dehors des ressemblances physiques, il était difficile d'établir qui était allié à qui.

Tous les membres de l'équipage étaient de braves gens qui avaient en commun d'aimer l'aventure et d'avoir à cœur d'offrir une meilleure vie à leurs familles.

Ils n'avaient fait escale qu'une seule fois pour se ravitailler et remplir leurs réserves d'eau. Le village muni d'une jetée était facile d'accès, et ses habitants joviaux qui, manifestement, connaissaient bien Halfdan et son équipage, semblaient heureux de commercer avec eux.

L'arrêt avait été bref et, bientôt, ils avaient repris leur route en direction de la mer Baltique, le drakkar fendant les vagues avec une étonnante agilité.

— Serons-nous à Gotland avant la nuit ? demanda Valda à Bori alors qu'ils cinglaient à travers les eaux de la Baltique et qu'elle distinguait l'ombre d'une terre à l'horizon.

Bori acquiesça de la tête en souriant.

— Ce sera notre plus rapide traversée !

Son frère, Odger, vint le rejoindre. Il lui ressemblait énormément avec cette exception que sa barbe rousse était un peu plus longue. Ce qui ne manquait pas d'irriter Bori.

— Les dieux sont avec nous, reprit-il. Jamais les vents ne nous ont été aussi favorables.

— C'est Valda qui nous porte chance, interrompit Olger. Nous devrions compter plus de femmes dans notre équipage. Je crois qu'au retour de notre voyage je demanderai la main de ta guerrière de sœur. Nous serons ainsi assurés d'avoir des traversées rapides et sans encombre.

— Je ne te conseille pas d'épouser Brunehilde, répondit Valda. Elle te mangerait tout cru !

Un large sourire illumina le visage de Bori, mais alors qu'il se voyait déjà confronté à la sensualité de Brunehilde, son frère lui décocha un coup de poing dans le bras.

— Tu oublies qu'il y a quelques semaines tu promettais à Astrid de l'épouser ! Ne t'intéresse qu'à une seule femme à la fois. Qui trop embrasse mal étreint !

Odger tourna le regard vers Halfdan à la barre.

— Nous n'avons jamais mis autant de voile. Il est pressé de revenir à York où, si tout va bien, son mariage sera célébré en octobre prochain. Espérons que rien ne nous retardera.

C'était le moment choisi de rappeler à Valda qu'elle n'avait aucune raison d'espérer après qu'elle avait découvert leurs initiales entrelacées gravées dans le bois du lit d'Halfdan. Il était peut-être sentimental et gardait un souvenir ému de l'époque où ils étaient ensemble, mais il n'en était pas moins promis à une autre. Elle avait entendu certains membres de l'équipage affirmer que son mariage aurait lieu le jour même de son retour à York.

Elle devait garder cette information en tête et ne pas se laisser aller à rêver à l'impossible !

Cependant, alors qu'ils avaient atteint Gotland et qu'ils voguaient le long de ses rivages, elle ne pouvait s'empêcher de penser à leur premier été ensemble. Des souvenirs enchanteurs remontaient du fond de sa mémoire en revoyant l'île pour la première fois depuis neuf ans.

Peu accidentée et couronnée de pins, elle offrait un paysage de petites fermes et de lacs d'eau douce peu profonds. La côte rocheuse alternait avec les dunes et les petites baies aux plages de sable que Valda avait explorées avec Halfdan.

Plus au nord se dressaient d'énormes piliers de pierre. Or, ils avaient échangé leur premier baiser à l'ombre de l'un d'eux après qu'ils s'y étaient rendus dans une barque. Elle se souvenait qu'ils s'étaient ensuite régalés de baies sauvages et qu'ils avaient bu de l'hydromel avant de rentrer chez eux.

Elle espérait qu'ils longeraient cette côte le lendemain lorsqu'ils quitteraient Gotland pour poursuivre leur voyage en direction du pays des Rus.

Un frisson courut dans son dos quand Halfdan, qui avait confié la barre à Tostig, s'approcha d'elle. Il ne dit rien, se contentant d'observer intensément la côte qui présentait une courbe. Ils la longèrent puis une enclave apparut vers le fond de laquelle ils se dirigèrent. C'était là que se trouvait le comptoir mis en place par Ulf pour leur servir d'escale lors de leurs voyages en mer Baltique.

Était-ce la raison pour laquelle il était venu près d'elle ?

s'interrogea Valda. Voulait-il être à son côté quand ils découvriraient le lieu de son enfance et celui où ils s'étaient aimés ?

Halfdan ne bougeait pas et ne disait rien, si bien que le silence devint trop pesant pour Valda qui se surprit à parler.

— Le comptoir de ton père s'est beaucoup développé depuis que je ne l'ai vu, dit-elle.

— En effet, il ne ressemble plus à celui que tu as connu.

Situé à mi-chemin entre les routes de l'Occident et celles de l'Orient, le comptoir était dans une position idéale pour le commerce et ne pouvait être appelé qu'à se développer.

Le drakkar pénétra dans le port avec grâce et sérénité tel un cygne géant, et l'équipage entra en action. Aarne, une grosse corde dans les mains, fut le premier à sauter sur le ponton en bois et à amarrer le vaisseau alors que les autres hommes, qui avait affalé la voile au dernier moment, mettaient de l'ordre dans le gréement.

En dehors d'Halfdan, Tostig, Valda et Aarne étaient les seuls qui allaient mettre pied à terre pour vendre leurs produits et en acquérir d'autres.

Le port ressemblait à celui d'York par la multitude de ses petites maisons, bâties côte à côte selon un plan géométrique, et comme à York on entendait le bruit des artisans. La fumée des diverses forges s'élevait au-dessus des toits et y formait comme un nuage. La saleté était la même, l'odeur aussi infecte, mais, à la différence d'York, elle était fréquemment dispersée par le souffle venu de la mer.

La ville s'étirait jusqu'au sommet de la colline dominant le port et, sur trois côtés, était ceinte de remparts. Les seuls accidents de terrain de la campagne plate qui l'environnait étaient les tertres funéraires. Le moutonnement qu'ils formaient s'étendait jusqu'à la forêt fermant l'horizon.

Valda trouvait ce paysage aussi beau que triste. Le nombre de tertres avait été multiplié depuis la dernière fois qu'elle avait été à Gotland, mais la population en était, à l'époque, bien inférieure à aujourd'hui. Avec l'expansion du port et des échanges commerciaux, il était normal que de plus en plus de marins transitent par l'île et que le nombre d'habitants grossisse.

— Ton père doit être satisfait, fit remarquer Valda.

— Oui, il l'est.

Valda s'était attendue à une réponse plus nuancée, mais le visage d'Halfdan n'exprimait ni orgueil ni désapprobation, il laissait simplement entendre qu'il acceptait cet état de fait.

— Préférais-tu l'ancien comptoir ? demanda-t-elle.

Elle se demandait si sa mère était enterrée sous l'un des tertres qui offraient à l'œil ce paysage singulier de centaines de petites collines. Elle ne savait à peu près rien d'elle sinon que les épouses d'Ulf avaient une espérance de vie très courte.

La mère d'Halfdan, toutefois, avait survécu plus longtemps à son mariage que celle qui l'avait précédée et celle qui lui avait succédé. Celles-ci n'avaient eu le droit de vivre à son côté que deux ou trois ans.

Un sourire, qui surprit Valda, était apparu sur le visage d'Halfdan après qu'elle lui eut posé sa dernière question.

— Non, répondit-il. Je suis favorable au progrès. Le changement et les nouvelles expériences sont enrichissants et permettent de mieux comprendre le passé.

Valda se demanda en quoi consistaient ces nouvelles expériences ? Avaient-elles remodelé sa vision de leur passé ?

— Et qu'as-tu appris pendant toutes ces années où tu as navigué sous d'autres cieux ?

Il eut un rire de dérision.

— Très peu…

Son visage devint sombre tandis qu'il dirigeait le regard vers les tertres funéraires.

— Enfin, reprit-il, j'ai au moins compris que la vie

et la liberté étaient les seuls trésors qui méritaient d'être recherchés.

Elle ne s'était pas attendue à entendre une réflexion aussi profonde et empreinte de sagesse dans la bouche d'Halfdan. Elle n'avait jamais vu en lui que le jeune homme beau, léger, comblé par la vie. Cette constatation de même que la découverte des initiales gravées dans le bois du lit entamaient la résolution qu'elle avait prise en montant à bord de ce navire.

Le drakkar étant à quai, le groupe susnommé descendit à terre avec ballots et coffres pour se livrer au commerce habituel. Ils avaient à proposer des poteries et bijoux fabriqués par les artisans d'York ainsi que plusieurs armes provenant de France.

Halfdan, qui marchait à côté de Valda, semblait toujours disposé à converser avec elle. Ayant respecté à la lettre la volonté de la jeune femme, ils avaient passé très peu de temps ensemble sur le bateau, mais ça n'avait, peut-être, fait qu'attiser le désir qu'ils avaient l'un de l'autre.

Valda, en ce qui la concernait, restait submergée par l'émotion quand elle était aussi près de lui. Aussi promenait-elle le regard autour d'elle pour tenter de penser à autre chose qu'à la chaleur de son grand corps et à son odeur musquée qui l'envoûtait.

En voyant d'autres navires qui débarquaient leur marchandise, il vint à l'esprit de Valda qu'Halfdan se distinguait des autres marchands par l'absence d'esclaves dans son équipage. Elle-même, qui avait vécu longtemps en Neustrie, n'était pas habituée aux esclaves. Le fait de vivre au milieu des Francs, qui avaient embrassé la foi chrétienne, avait vraisemblablement changé son point de vue à ce sujet.

En tout cas, en voyant les misérables hommes chargés comme des ânes exécuter les ordres de leurs maîtres, elle était remplie de compassion. Et pourtant, l'esclavagisme était monnaie courante au pays des Vikings et ailleurs, aussi, en particulier en Orient. La réflexion d'Halfdan au sujet de la liberté laissait à penser qu'il n'était peut-être pas favorable à ce genre de trafic humain.

Curieuse de connaître son opinion, Valda se décida à l'interroger à ce sujet.

— Tu n'as aucun esclave à ton bord, dit-elle, mais as-tu l'intention à un moment ou un autre d'en embarquer ?

Il leva les yeux sur Valda puis les dirigea vers l'endroit du marché où, justement, des esclaves étaient vendus aux enchères.

— Non. Je n'en ai pas besoin. Je gagne assez d'argent avec le commerce d'objets de luxe.

— Ton père, pourtant, a toujours eu des esclaves et on dit que de les vendre en Orient rapporte beaucoup. N'a-t-il aucune autorité sur ta cargaison ?

— Pourquoi serait-ce le cas ? fit Halfdan, légèrement déconcerté par la question de Valda qui craignait de ne l'avoir déçu par ses questions.

Il laissa échapper un soupir et reprit :

— Je ne suis pas mon père et ne le serai jamais. Il faut que tu t'en souviennes.

Rassurée, transportée de joie même, Valda répondit :

— Je ne l'oublierai pas et j'en suis très heureuse. Mais j'avais besoin de te le faire dire. Il y a tant de marchands qui font le commerce des humains sans le moindre état d'âme. Peut-être que je suis opposée à l'esclavage parce que j'ai vécu plusieurs années en terre chrétienne ? Je ne vois pas, en effet, comment on pourrait trouver honorable de se livrer à un tel trafic.

— Je suis bien placé pour le savoir, fit Halfdan.

— Ah ! Mais oui… Ton frère… Ça a dû être dur pour lui de grandir en étant considéré comme le fils de l'esclave…

Elle hésita à poursuivre, se demandant si elle pouvait évoquer le passé. Personne n'avait jamais osé demander à Ulf pourquoi l'un de ses fils était beaucoup moins bien traité que l'autre.

— Je connais ton père, reprit-elle. Et puis les insulaires étaient plutôt enclins à ignorer Erik.

— Il était plus que mis à l'écart, renchérit Halfdan, les traits du visage tendus. Il n'était rien de plus qu'un esclave, et c'est toujours le cas.

— Vraiment ? Je n'arrive pas à le croire.

— Il faut savoir que l'enfant d'une esclave devient la propriété de son maître. Or, c'est le cas d'Erik.

— Sauf qu'il est le fils de ton père. La plupart des enfants nés d'un homme libre et d'une esclave sont reconnus et élevés comme les enfants du père !

Elle s'interrompit pour se remémorer tout ce qu'elle savait sur Ulf. Il n'était réputé ni pour sa compassion ni pour sa tendresse. Halfdan était si différent de lui que c'en était incroyable.

— Certes, reconnut Halfdan après un instant de silence, mais mon père est convaincu que la mère d'Erik est responsable de la mort de ma propre mère et qu'Erik, en qualité d'aîné, représente une menace pour moi en tant qu'héritier. Ce qui est une aberration.

— Nous n'avions pas conscience de cette méfiance à l'égard de ton frère, dit Valda en se demandant ce que Brunehilde ressentirait en apprenant la vérité sur Erik.

Elle comprenait mieux, soudain, l'attitude qu'il avait eue l'été où elle l'avait connu et elle se sentait remplie de compassion pour lui. C'était étrange, car jamais elle n'aurait imaginé qu'un jour elle éprouverait de la pitié pour le fils aîné d'Ulf.

Halfdan posa la main sur son épaule, où il exerça une petite pression qui eut un effet dévastateur.

Trop consciente de la réaction de son corps qui allait à l'opposé de ses résolutions, elle se raidit.

— On n'en parlait jamais ouvertement, dit-il d'une voix douce, mais il ne porte pas de bracelet au bras gauche ni le nom de notre père. D'ailleurs, ce dernier agit comme s'il n'existait pas. Et quand il prend conscience qu'il est bien en vie, il le brime ou le brutalise. Si Erik s'échappait, notre père enverrait des hommes d'armes à sa poursuite qui auraient pour mission de le tuer sur-le-champ.

« Je ne souhaite à personne une vie comme la sienne, mais il y a, néanmoins, une lueur d'espoir, mon père ayant accepté que je lui verse une somme d'argent pour acheter sa liberté. C'est, d'ailleurs, en partie pour cette raison que je me suis lancé dans ce dernier voyage. »

Avant que Valda ne pût approfondir la question que venait de poser la surprenante réponse d'Halfdan, ils furent interrompus par les cris enthousiastes d'une femme qui venait vers eux dans un grand élan de joie.

— Hello, Halfdan ! Sois le bienvenu ! Je viens d'apprendre que ton drakkar était à quai ! Quelle bonne surprise de te voir à Gotland !

— Dagrun ! s'exclama Halfdan, visiblement ravi de voir la jolie femme vêtue richement de soieries et couverte de bijoux.

Valda, les lèvres serrées, observait sans sympathie la femme qui semblait venir de la maison forte dominant le port.

— Il y a trop longtemps que nous ne nous sommes vus, reprit Halfdan, mais tu n'as cessé d'embellir depuis la dernière fois que je suis venu ici. J'ai donc bien fait d'attendre.

Valda pensa avec dépit qu'elle s'était crue à tort la préférée d'Halfdan. Elle s'était bien leurrée au cours de toutes ces années en s'attribuant ce rôle privilégié. Il aimait toutes les femmes et avait l'art de les charmer. Cela expliquait qu'il n'eût pas besoin, comme d'autres, d'esclaves pour satisfaire ses besoins.

La parure d'argent de Dagrun fit entendre un mélodieux cliquetis alors qu'elle se jetait au cou d'Halfdan. Sa coiffe composée de dirhams percés reliés par des fils d'argent tombait en cascades de part et d'autre de son charmant visage tandis que quatre colliers d'argent superposés entouraient son long cou. Sa robe était enrichie de fines broderies de soie et ses broches en écaille de tortue décorées de pierres précieuses. Des rangs de perles de verre teinté les reliaient.

L'expression de ravissement qu'elle lisait sur le visage d'Halfdan conduisait Valda à se demander s'il n'y avait pas une intrigue amoureuse entre eux ?

Cela lui semblait étrange de le voir avec une autre femme. Cette situation, en tout cas, la blessait et l'irritait beaucoup plus qu'elle n'aurait pu l'imaginer.

— Il faut que tu descendes chez nous pendant ton escale, dit Dagrun en prenant les mains d'Halfdan dans les siennes.

— J'espérais que tu me le proposerais. Ta maison est la plus accueillante de Gotland.

La jeune femme se rengorgea de satisfaction alors qu'Halfdan lui adressait son plus séduisant sourire.

Elle n'avait encore prêté aucune attention à Valda qui se contenait pour ne pas lui sauter au visage toutes griffes sorties.

— J'espère que tu as quelque chose pour moi ? fit Dagrun d'une voix enjôleuse en tendant le visage vers Halfdan.

— Oui, certainement, murmura-t-il.

Valda se demandait comment elle pourrait supporter plus longtemps l'attitude de cette femme et la réaction d'Halfdan à son égard. Il n'était pas son amant et encore moins son mari, mais Dagrun n'avait pas plus de droit sur lui qu'elle. En fait, il appartenait déjà à une jeune femme inconnue qui vivait au-delà des mers.

— Allez, venez ! fit Dagrun d'une voix aiguë en les entraînant vers sa maison. Nous allons organiser un festin. Mon mari nous rejoindra ce soir. Il passe la journée sur nos terres.

Valda se demanda si cette annonce était susceptible de perturber Halfdan, mais son expression souriante ne s'altéra en rien. Elle s'accentua même lorsqu'il croisa son regard désapprobateur.

— Dagrun est la fille d'un jarl et l'épouse d'un autre, lui chuchota-t-il à l'oreille. Elle passe l'été ici avec son mari. C'est pour profiter de la saison commerciale. Ils comptent parmi mes plus gros clients. Tout ce qu'elle porte, c'est moi qui le lui ai vendu.

— Elle a manifestement un faible pour les bijoux en argent, murmura Valda avec une pointe de dédain.

— Ne sois pas jalouse, ma chérie, répondit Halfdan en lui passant la main le long du bras.

— Je ne le suis pas ! rétorqua-t-elle, le regard noir.

Mais elle s'écartait déjà d'Halfdan sous le regard amusé de Tostig qui les suivait avec Aarne.

La soirée dans la grande salle du manoir de Dagrun en compagnie de son mari ne fut pas aussi désagréable que Valda l'avait anticipée. Le ragoût de chèvre, le pain et l'ale étaient aussi savoureux qu'abondants. Or, c'était fort agréable après les rations de viande salée à bord du bateau.

Harald, nettement plus âgé que Dagrun, semblait heureux de faire don à sa jeune femme de tout ce qu'elle désirait et, pour le plus grand soulagement de Valda, elle paraissait intéressée essentiellement par ce qu'Halfdan avait à lui proposer et non par sa personne.

Obsédée par la joaillerie, elle voulait tout posséder, en particulier les bijoux les plus rares et les plus exotiques. Elle avait une prédilection pour les perles de cornaline de Perse dont elle admirait les tons roses et orangés qu'elles diffusaient lorsque Halfdan les exposait à la lumière du feu.

Valda ne fut pas longue à comprendre pourquoi Dagrun préférait acheter les bijoux à Halfdan plutôt qu'à un autre, et la raison n'en était pas du tout ce qu'elle avait initialement pensé.

Il ne se contentait pas, en effet, de vendre ses colifichets. Il en accompagnait la vente de récits dignes d'un skald itinérant, le trouvère de Scandinavie. Dagrun et son mari écoutaient bouches ouvertes lorsqu'il évoquait la route de la soie et ses voyages épiques.

Valda, d'ailleurs, s'était trouvée embarquée dans le monde imaginaire qu'il créait par la magie des mots. En l'écoutant, elle s'était efforcée de ne pas entrer dans son récit et de se convaincre qu'il ne s'agissait que d'histoires et de légendes, mais il parlait avec tant de verve qu'elle avait fini par se laisser charmer et croire à l'authenticité de ses propos.

Les hommes et les lieux qu'ils évoquaient avaient tant de relief et de vie qu'elle s'était mise à rêver avec un frisson d'impatience aux lointaines contrées qui les attendaient.

— Chaque perle, extraite dans une mine au fin fond de l'Asie, a été sculptée par les mains habiles d'un maître artisan, expliquait-il en caressant les bijoux avec une tendresse telle que Valda croyait sentir sa main glisser le long de son corps.

Elle ne pouvait le nier, elle avait toujours du désir pour lui.

— Et, pour parvenir jusqu'ici, poursuivait Halfdan, elle a traversé d'immenses forêts humides peuplées d'animaux étranges et fabuleux.

Il se tut et l'on n'entendit plus que le feu craquer dans l'âtre.

— Raconte encore ! fit Dagrun.

Un sourire charmeur étira lentement la commissure de ses lèvres et il baissa le ton comme si ce qu'il avait à dire ne dût tomber dans aucunes autres oreilles que celles de ses hôtes.

— Il y a une mer immense qu'aucun drakkar ne peut traverser…

Il leva la main, et du sable s'échappa de son poing fermé, suscitant les ovations sourdes des participants au dîner.

— Depuis quand tient-il ce sable dans sa main ? demanda à mi-voix Valda en s'adressant à Tostig.

Quelqu'un dans l'assistance, aussitôt, réclama le silence.

Valda se demanda s'il avait tiré le sable de la petite sacoche en cuir pendue à sa ceinture et s'il en avait toujours avec lui ?

Décidément, elle qui avait cru déceler un autre aspect d'Halfdan, un côté plus noble et honorable, était une nouvelle fois déçue. C'était une véritable incarnation du dieu Loki, le dieu du panthéon de la mythologie nordique qui se caractérise, entre autres, par son art de créer des illusions. Le numéro qu'il interprétait commençait à ébranler la confiance qu'elle était sur le point de lui renouveler.

Pourrait-elle jamais croire ce qu'il lui disait ?

— C'est un vaste territoire sans eau, si sec que pas même un brin d'herbe n'y pousse, et qui s'étend à perte de vue. La chaleur y est insupportable. Elle est si forte qu'on pourrait y cuire son pain en le déposant sur une pierre. Un homme, s'il s'y engageait seul, y mourrait de soif avant de l'avoir traversé tant les dunes qui le composent se succèdent à l'infini.

« On l'appelle le désert, et nombreux sont ceux qui s'y sont aventurés et, sous l'effet de la chaleur, y ont perdu tout sens de l'orientation, si bien qu'à force de tourner en rond ils y sont morts de soif. Il arrive qu'on y croise leurs os desséchés vaguement recouverts d'un sable fin et brûlant. »

Dagrun, horrifiée, retint son souffle, mais Halfdan n'avait pas terminé.

— Pour le franchir, j'ai dû me lier d'amitié avec les tribus locales. Elles sont montées sur d'étranges créatures à quatre pattes et au dos bossu qui survivent avec très peu d'eau et savent s'orienter à travers ces étendues de sable qu'elles ont traversées maintes fois au cours de leur vie. Il faut du courage, néanmoins, pour leur faire confiance et s'engager dans cette fournaise inhospitalière.

Halfdan resta pensif un moment puis il présenta les perles au feu jusqu'à ce qu'elles eussent leur rare aspect translucide rose orangé.

— Cette teinte évoque pour moi le lever du soleil dans le désert quand l'astre paraît au-dessus des dunes, qui fuient devant le regard jusqu'au bout du monde, et qu'il ne tardera pas à les chauffer à blanc.

Il remua la tête comme s'il sortait d'un rêve et présenta les perles à Dagrun.

— Comme tu le vois, elles n'ont accompli un si long et périlleux voyage que pour revenir devant toi et te permettre de tenir dans tes admirables mains le soleil levant de l'Orient…

Les longs doigts fins de Dagrun se refermèrent sur les perles. Un regard amoureux vers son mari était le seul effort qu'elle eût à produire pour qu'elles fussent siennes. Les deux hommes s'accordèrent sur un prix et Halfdan poursuivit la présentation de ses trésors.

Alors que Valda était encore étourdie de la somme considérable que le jarl avait accepté de payer, Halfdan s'employait à proposer le bijou suivant avec le même art consommé.

Il s'agissait d'un anneau portant une grosse pierre sur laquelle étaient gravées des inscriptions dans une langue que Valda ignorait totalement. Il s'agissait du parler des Sarrasins, expliqua Halfdan, et les signes qui étaient tracés sur la pierre étaient l'expression de la louange divine.

— Comment l'as-tu acquis ? demanda Harald, le mari de Dagrun.

Halfdan se lança aussitôt dans un récit aussi captivant que le précédent, et Valda prit conscience que la moitié de l'intérêt de ces bijoux provenait des légendes extraordinaires auxquelles ils étaient associés. Elle se représenta Dagrun et Harald, de retour sur leurs terres, se faisant avec fierté l'écho d'Halfdan devant leurs amis médusés. Le caractère exotique de ces objets participait incontestablement à leur prestige. Mais, en ce qui la concernait, Valda les appréciait pour leur unique beauté.

— Je n'ai pas acheté cette bague, reprit Halfdan en la présentant à la lumière du feu pour qu'elle s'éclairât de l'intérieur.

Un murmure sourd sortit des lèvres de tous ceux qui écoutaient. Même Valda était curieuse de savoir la suite de son récit car elle le tenait pour un marchand et non un pirate.

— Laissez-moi vous expliquer, poursuivit Halfdan, devinant la conclusion que son auditoire devait tirer de son entrée en matière. Nous descendions le Dniepr, qui se jette dans la mer Noire d'où l'on atteint la grande cité de Miklagard, lorsque nous avons aperçu sur la rive orientale une caravane poursuivie par des nomades. Elle espérait manifestement leur échapper en atteignant le fleuve.

« D'habitude, dans de telles circonstances, nous poursuivons notre route sans prêter attention aux événements qui ont lieu le long des berges du fleuve tant qu'ils ne nous concernent pas, mais nous avions eu une journée facile.

Tostig et moi, en cette fin d'après-midi, avions le goût de l'aventure. »

Valda ne pouvait en être sûre, mais elle soupçonnait que le sens de l'honneur, en l'occurrence, avait conduit Halfdan à intervenir pour sauver les malheureux marchands. Du moins aurait-elle aimé que sa motivation eût été de cet ordre, mais sommeillait, hélas, en lui un petit Loki dans lequel elle n'avait aucune confiance.

— Nous avons décidé de louer nos services, reprit Halfdan. Nous nous sommes bien battus et avons mis en déroute les assaillants.

Il ne s'étendait pas sur le combat, pensa Valda, peut-être parce que ce genre de récit n'impressionnait pas un jarl ou parce qu'il n'avait aucun goût de glorifier la violence ? Elle espérait que c'était cette dernière raison qui prévalait dans son cas. En tant que guerrière, elle avait toujours remarqué que les hommes qui parlaient le plus fort de leurs prouesses étaient ceux qui s'étaient tenus le plus éloignés possible de la mêlée.

Halfdan s'interrompit pour créer un effet dramatique avant d'ajouter :

— L'un des nomades, néanmoins, avait échappé à notre attention et réussi à s'approcher de l'un des attelages, le plus richement décoré. Il tentait de pénétrer à l'intérieur quand je le frappai à mort. Or, quelle ne fut pas ma surprise de découvrir une princesse perse à l'intérieur de l'habitacle !

« Très impressionnée par notre ardeur au combat, elle nous remercia vivement et me donna cette bague. Nous poursuivîmes notre chemin jusqu'à Miklagard au côté de cette caravane pour nous assurer qu'elle arrivât sans encombre à bon port.

« Bien sûr, la princesse m'a prié avec insistance de prendre place à côté d'elle. Je crois qu'elle voulait m'avoir à son service pour assurer sa sécurité et qu'elle n'aurait pas négligé non plus de m'avoir auprès d'elle pour d'autres raisons. »

Valda manqua de peu de s'étrangler avec son ale et essaya de masquer son émotion en toussant.

Halfdan lui adressa un sourire discret avant de soupirer d'un air de regret.

— J'aurais pu couler des jours heureux dans un somptueux palais entouré de luxe et de douceurs, mais j'ai décliné l'offre.

— Pourquoi ? demanda Dagrun dans un murmure comme si elle craignait en parlant trop fort de rompre le charme qu'Halfdan avait créé.

Il parut hésiter et but une longue gorgée d'ale pour se donner du temps avant de répondre. Il ne semblait pas décidé à révéler la vérité et Valda se demanda s'il reprendrait la parole. Il reprit son récit, cependant, et un profond silence se fit autour de lui alors que chacun retenait son souffle.

— La raison de ce refus ? Eh bien, c'est que je n'aurais jamais pu donner mon cœur à cette princesse. Je n'en étais plus le maître. Il avait été brisé depuis longtemps. Une moitié appartenait à la mer…

Il se tut, et Valda sentit son cœur se serrer.

— Qu'est-il arrivé à l'autre moitié ? demanda Dagrun, le regard embué de larmes.

Halfdan soupira de nouveau alors qu'un sourire amer se dessinait sur ses lèvres.

— Je n'étais qu'un jeune homme naïf et benêt quand je suis tombé amoureux d'une splendide guerrière. Malheureusement, elle n'a pas voulu prendre la mer avec moi. C'est elle qui possède toujours l'autre moitié de mon cœur.

Bouleversée, la poitrine oppressée, Valda serrait entre ses mains sa corne d'ale. Tout chavira autour d'elle, et elle se crut de retour sur cette plage de sable où tous ses rêves s'étaient éteints.

— Comme c'est triste, Halfdan ! laissa échapper Dagrun tandis que Valda fermait les yeux.

Elle n'en pouvait plus… Elle en avait trop entendu…

Son seul désir était de fuir cette salle, mais elle avait l'impression d'être rivée au banc sur lequel elle était assise.

Il ne l'aimait pas ! Comment pouvait-il prétendre le contraire ?

Ignorant, toutefois, du tourment qu'il provoquait chez elle, il poursuivait d'une voix douce et, apparemment, sincère :

— Ne me prends pas en pitié, ma chère Dagrun. Je ne le mérite pas. À cette époque-là, j'étais arrogant, égoïste et stupide comme la plupart des jeunes gens. Je l'ai laissée s'échapper et n'ai pas cessé de le regretter. Si bien que je dois combler le vide resté dans mon cœur par les voyages et en donnant du plaisir aux jolies femmes auxquelles je rapporte ces trésors.

Un éclatant sourire illumina le visage de Dagrun alors que Valda avait l'estomac retourné. Soudain elle eut l'impression que son sang, qui avait reflué de ses membres, y retournait à toute force et elle s'arracha à son siège.

Elle s'esquiva discrètement tandis qu'avaient lieu les derniers marchandages autour des bijoux d'Halfdan. Dagrun et Harald ne furent pas les seuls, ce soir-là, à acquérir les souvenirs rapportés de l'Orient. Des convives se précipitèrent vers Halfdan pour lui acheter des colifichets d'un coût moins élevé.

Il n'y avait rien d'étonnant à ce qu'il parvînt à leur vendre tout ce qu'il avait à leur offrir, pensa Valda, car c'était du rêve, en même temps, qu'il leur cédait. Les mêmes illusions qu'autrefois il avait tenté de lui vendre.

Chapitre 8

Sortie du manoir, Valda était allée s'asseoir sur un tonneau dominant le port et, depuis quelques instants, elle s'employait à affûter la lame de son épée à l'aide d'une pierre à aiguiser. Elle ne voulait plus entendre le bruit des réjouissances dans la maison forte derrière elle et frottait la pierre avec plus d'énergie que nécessaire pour produire un son plus élevé et propre à le masquer.

Sans l'autorisation d'Halfdan, elle ne pouvait pas s'éloigner de lui, sa mission étant de le défendre en toute circonstance, mais elle ne s'était pas sentie capable d'entendre plus longtemps ses mensonges. Il lui avait fallu sortir de la salle et fuir ces réjouissances qui lui étaient devenues insupportables. Ici, sur ce tonneau, elle pouvait, du moins, prétendre qu'elle montait la garde et n'avait cherché qu'un peu de silence et de fraîcheur.

En tout cas, si elle voulait mettre fin à sa mission auprès d'Halfdan, Gotland était sa dernière chance, les routes commerciales menant à York passant à proximité de l'île. Elle n'avait pas d'argent pour payer la traversée, mais elle pouvait louer ses services…

Elle s'arrêta d'affûter son épée alors qu'elle devenait la proie de l'indécision. Si elle abandonnait son poste auprès d'Halfdan, en effet, elle ne pourrait pas soutenir sa famille.

Elle manquerait à ses engagements envers ses sœurs

et sa mère parce qu'elle avait le cœur trop fragile pour supporter une petite contrariété ?

Le jour où elle avait été blessée sur le champ de bataille, elle s'était montrée plus courageuse !

Pendant des années aussi, elle avait dû faire face à la vanité des hommes jaloux de ses talents de guerrière. Les critiques étaient venues, parfois, de ses subalternes, mais elle n'avait jamais cessé d'avoir confiance en elle-même. En tout cas, jusqu'à aujourd'hui.

Au milieu du désarroi qui l'accablait, pour ne pas perdre pied, elle répétait sans cesse en son for intérieur qu'elle ferait tout pour sauver sa famille.

C'était autant une affirmation qu'une promesse. Aussi devait-elle persévérer, car sans l'argent qu'elle rapporterait de ce voyage sa famille ne parviendrait jamais à s'extraire du fossé où elle était tombée. Elle donnerait une terre à ses sœurs et sa mère, même si elle devait souffrir pendant trois ou quatre mois. Cela en valait bien la peine.

Et si Halfdan se faisait des idées fausses sur leurs anciennes amours, elle n'en garderait pas moins les pieds sur terre car elle savait qu'il affabulait à leur sujet !

Elle lui avait peut-être brisé le cœur en le quittant, mais ce n'était rien par rapport à l'agonie qu'elle avait éprouvée quand elle avait vu Olga sortir de sa couche. Et s'était-il contenté d'Olga ? Avec combien d'autres l'avait-il trompée cet été-là ? Ce souvenir était si humiliant et douloureux que, même après toutes ces années, elle ne pouvait l'évoquer sans que ses yeux ne se remplissent de larmes.

La pierre à aiguiser grinça le long de la lame, faisant écho à l'amertume dont elle avait le cœur rempli. Après la trahison d'Halfdan, elle avait cru ne plus jamais pouvoir aimer. Et puis elle avait rencontré Jorund…

Pourquoi les hommes étaient-ils si décevants ?

Son père, d'abord, l'avait abandonnée, puis ç'avait été le tour d'Halfdan et, enfin, Jorund.

L'épée grinça de nouveau sous l'action de la pierre.

Jorund était très différent d'Halfdan et, certainement, de son père dont il devait être carrément l'opposé. Les traits principaux de son caractère, en effet, étaient l'honnêteté, la sincérité, la loyauté et le courage. Cependant, il n'avait pas voulu d'elle.

Était-elle fautive ? L'avait-il rejetée parce qu'il savait qu'il n'avait qu'un geste à faire pour qu'elle fût à lui ou, plutôt, parce qu'il redoutait qu'elle ne fût trop indépendante et forte de caractère, à l'exemple de sa mère ?

Mais, de toute façon, il ne l'aimait pas. C'était la volonté des dieux qu'il la repoussât. Il n'y était pour rien si elle avait souffert de son refus.

Dans le cas d'Halfdan, c'était très différent…

Et, aujourd'hui, de quel droit parlait-il ainsi ? Comment osait-il prétendre l'aimer d'un amour éternel qu'il n'avait jamais ressenti ?

La guerrière de sa jeunesse ! C'était bien d'elle dont il parlait. Elle en était certaine. Il n'y avait qu'elle, d'ailleurs, pour tomber amoureuse ainsi et croire à de fausses promesses.

La colère la dévorait comme un feu ardent quand elle pensait aux propos qu'il venait de tenir. Depuis quand était-il devenu la victime de leur relation ?

Elle s'était toujours montrée honnête et loyale avec lui. Elle lui avait donné son corps et son cœur pour qu'à la fin il n'en fît rien. Comment osait-il prétendre être celui qui avait souffert de leur séparation ?

Avait-il oublié qu'il l'avait trompée ? Tout cela était d'une insupportable injustice qui la rendait folle.

Elle aurait aimé être une Valkyrie brutale et sans pitié. Elle n'hésiterait pas, alors, à lui faire payer ses mensonges.

Au moment où ces pensées lui traversaient l'esprit, le vent se leva comme s'il réagissait à sa colère et s'unissait à son besoin de vengeance. L'air frais du large dissipa l'odeur écœurante de la tangue et le risque de pluie. Elle regrettait qu'ils se fussent arrêtés à Gotland. Trop de souvenirs étaient associés à cette île. Sans doute avaient-ils un effet sur Halfdan. C'étaient eux qui le rendaient autre et lui faisaient accroire qu'il l'aimait.

Sans sa présence, elle aurait été heureuse de traverser les mers en quête de contrées lointaines. La vie à bord d'un navire ne lui déplaisait pas, en particulier à bord de ce drakkar dont l'équipage était d'un commerce agréable. En outre, les tâches qu'elle devait accomplir l'intéressaient, sans compter qu'elle aimait le piment qu'un certain danger conférait aux longs voyages vers les terres méconnues.

Les jours jusqu'à maintenant lui avaient semblé agréablement fatigant, si bien que les nuits étaient un moment délicieux où elle se laissait bercer par les flots comme un enfant dans les bras de sa mère.

Elle sursauta à cette pensée. Était-elle en train de tomber amoureuse de la mer ?

Une situation à laquelle, en fin de compte, elle était accoutumée, pensa-t-elle avec une certaine ironie : aimer sans retour.

Elle se reprit aussitôt et jeta les épaules en arrière. Il n'était pas question de se laisser aller. Ce voyage ne serait qu'une aventure, mais une aventure dont elle rapporterait assez d'argent pour assurer la sécurité de sa famille. Elle voulait vivre sur une bonne terre et en finir avec cette existence incertaine où elle pouvait trouver la mort à tout instant. Elle ne voulait plus subsister avec l'incertitude du lendemain. Ce qu'elle désirait, c'était un avenir stable et assuré.

Une voix grave et masculine interrompit ses réflexions.

— Ça va ?

Le ton avec lequel Halfdan avait parlé donnait l'impression qu'il était réellement concerné par elle, mais elle n'avait plus aucune confiance en lui.

— C'est moi, plutôt, qui devrait te poser cette question, répondit-elle. Je suis étonnée qu'avec un cœur brisé tu puisses briller ainsi en société !

— Valda…, fit-il avec une nuance de tendre reproche.

Elle lui lança un regard de défi alors qu'un sourire forcé étirait ses lèvres. Il était hors de question qu'elle lui laissât voir son désarroi.

— Il faisait trop chaud dans cette salle, dit-elle en rangeant son épée dans son fourreau. J'ai éprouvé le besoin de sortir respirer l'air de la mer.

Halfdan s'assit à côté d'elle sur le tonneau. Il était beaucoup trop près et elle rageait intérieurement de voir son corps réagir aussi promptement à sa présence. Elle sentait battre son cœur alors que des frissons lui couraient dans le dos.

Le souvenir de leurs nuits d'amour sous le ciel constellé s'imposa à elle alors qu'elle cherchait des yeux un refuge dans la voûte céleste. Elle était restée longtemps, autrefois, la tête dans le creux de son épaule à regarder le ciel.

— Y a-t-il une part de vérité dans tous les faits que tu rapportes ? demanda-t-elle.

— Sache, en tout cas, que ce que j'ai dit à ton sujet, je le pense.

Elle tourna la tête vers lui pour tenter de lire sur les traits de son visage baigné par le clair de lune.

Comment pouvait-il parler ainsi après ce qu'il lui avait fait ?

Il ne jouait plus. Ce n'était plus le séducteur qui faisait tourner la tête à Dagrun mais simplement Halfdan, le jeune homme qu'elle avait aimé et l'homme qu'elle ne pouvait s'empêcher de désirer. La sincérité et le regret étaient pleinement dessinés sur son visage.

— Tu m'as peut-être abandonné la moitié de ton cœur, dit-elle dans un murmure, mais moi je t'ai donné tout le mien.

À peine eut-elle fait cette confession qu'elle se mit à suffoquer. Elle avait soudain conscience d'à quel point elle la rendait vulnérable.

Aussi s'empressa-t-elle d'ajouter :

— Il y a neuf ans !

— Vraiment ?

— J'insiste, il y a neuf ans, répéta fermement Valda en baissant les yeux sur le port devant elle.

Elle espérait qu'il se retirerait et la laisserait seule rassembler ses esprits. Elle ne voulait pas qu'il vît à quel point elle était bouleversée.

Quand, d'ailleurs, cesserait-il d'évoquer le passé ? Elle n'avait pas besoin qu'il lui rappelât comme elle avait manqué de sagesse. Elle ne l'éprouvait déjà que bien assez chaque matin où elle se réveillait dans son lit.

Elle avait l'impression qu'il jouait avec elle comme un chat avec une souris. Il n'enfonçait jamais assez ses griffes dans sa chair pour l'occire, mais suffisamment tout de même pour la faire geindre.

Il ne l'aimait pas, du moins pas vraiment. Sinon il n'aurait pas agi ni même parlé ainsi. N'avait-il pas avoué ne lui avoir donné que la moitié de son cœur ? Sans compter qu'il était d'ores et déjà fiancé à une autre.

Halfdan laissa échapper un soupir.

— Alors, tu ne m'aimes plus ?

— Non.

— Parce que tu es toujours amoureuse de Jorund ?

Sa voix dans la nuit était rauque comme si cela lui coûtait de poser cette question, mais elle ne pensait pas que l'allusion à Jorund le faisait souffrir. Elle le blessait plutôt dans son orgueil.

Elle fut sur le point de lui mentir, mais ne put prononcer les mots qu'elle avait sur le bout de la langue et se contenta d'une réponse laconique et sincère :

— Non.

Manifestement soulagé, il reprit sa respiration et ils restèrent assis en silence, écoutant le roulement des vagues au loin.

Alors qu'elle s'abandonnait à la contemplation de la mer qui brillait comme un miroir sous le clair de lune, il lui prit le menton entre le pouce et l'index, et l'obligea à tourner le visage vers lui, la forçant, ainsi, à faire face à son passé.

— J'aurais dû t'épouser, dit-il.

— C'est sans doute mieux que tu t'en sois abstenu, répondit-elle.

Il ne lui aurait pas été fidèle, elle en avait la certitude. Or, elle ne l'aurait jamais accepté. En tant que guerrière, elle plaçait la loyauté au-dessus de tout.

Il se pencha vers elle et pressa doucement les lèvres contre les siennes. Elle aurait dû le repousser mais en était incapable. Elle attendait ce moment depuis trop longtemps.

Le souvenir de leurs baisers d'autrefois la submergea et elle ne sut plus si elle était aujourd'hui ou retournée dans le passé tant lui étaient familiers l'odeur de sa peau et le contact de ses lèvres.

Cédant à l'impatience de son corps qui voulait se blottir entre ses bras, elle se serra contre lui.

— J'aurais dû t'épouser, murmura-t-il de nouveau en lui caressant la joue et les tresses de ses cheveux.

Comme il la prenait dans ses bras, renonçant à lui résister, elle se laissa aller et écarta les lèvres…

Aussitôt leur baiser s'enflamma, leurs souffles se confondant dans la fraîcheur de la nuit. Elle l'enlaça et, soulevée par la fièvre du désir, le serra contre elle. Elle savait trop bien comment il savait la rendre heureuse…

Et il y avait si longtemps que ça n'avait pas eu lieu.

Elle se tourna sur le tonneau pour être face à lui et, glissant les mains sous sa tunique, palpa son corps chaud, les muscles saillants de sa poitrine qui s'étaient développés depuis qu'elle l'avait connu. Son excitation grandit encore si cela fût possible. Elle ne doutait pas de connaître un indicible plaisir entre les bras de l'homme qu'il était devenu.

Elle laissa la main descendre sur ses parties génitales dont elle sentait la puissante érection. L'idée lui vint qu'il pourrait la prendre là, devant le manoir de Dagrun. Or, elle savait que s'il avait cette audace et la renversait sur le sol, elle se donnerait à lui sans hésiter tant elle était impatiente de mettre un terme à toutes ces années d'abstinence.

Avait-elle perdu la tête ? Que dirait-on d'elle ? Que Valda, la fille de la fière Porunn, était retombée amoureuse d'Halfdan Ulfsson ? Qu'elle n'avait pas résisté à son charme ?

Il y eut une ovation à l'intérieur du manoir puis on entonna un chant. Les voix fortes, discordantes, trahissaient l'abus d'ale. La chanson gaillarde eut un effet immédiat de rejet de la part de Valda. Elle se dégagea des bras d'Halfdan comme si elle sortait soudain d'un rêve et, toute tremblante, s'efforça de réfléchir à la situation dans laquelle elle s'était mise.

C'était allé trop loin !

Halfdan se mit à tirer sur le linge qui lui enveloppait les seins.

— Non ! fit-elle en le repoussant. Je ne peux pas ! Pas encore. Et puis… Tu vas te marier. Tu as donné ta parole à ton père.

Elle sauta du tonneau et s'éloigna de quelques pas. Elle avait besoin de cet espace entre eux pour recouvrer ses esprits et ne pas sombrer.

Halfdan, surpris par la réaction de Valda, restait assis à sa place et la regardait d'un air déconcerté.

— Et j'y serai fidèle, dit-il d'une voix résolue mais chargée de tristesse comme s'il était la proie au fond de lui-même d'un affreux déchirement. J'en suis désolé... Si je pouvais changer les choses, je le ferais tout de suite.

Il se tut un instant avant de reprendre d'une voix hésitante :

— Mais nous pourrions tout de même être heureux ensemble...

— Que veux-tu dire ? fit Valda en fronçant les sourcils.

— Je ne suis pas certain que celle que l'on m'a promise soit si encline que ça à ce mariage... La situation pourrait changer...

Encore de fausses promesses, pensa Valda en son for intérieur.

Halfdan se leva et s'approcha de la jeune femme.

— Mais pourquoi ne pas nous octroyer un peu de bonheur tant que nous le pouvons, dit-il en tendant la main vers elle.

Il lui prit le bras, mais elle se dégagea aussitôt.

— Tu n'as pas changé, Halfdan, lança-t-elle avec colère. Tu es toujours aussi égoïste et déloyal.

La porte du manoir s'ouvrit et un couple de jeunes gens en sortit. Dès que la porte se fut refermée derrière eux, ils s'étreignirent et s'embrassèrent avec passion. Valda, en les voyant, eut un serrement de cœur. Elle croyait se revoir neuf ans plus tôt avec Halfdan.

— Je vais me coucher, dit-elle en lui tournant le dos.

— Pourquoi « déloyal » ? marmonna Halfdan, déconcerté. Je ne comprends pas.

Valda, qui n'avait fait qu'un pas, se retourna vers lui.

— Je ne t'ai jamais quittée, reprit-il. Je t'ai proposé de partager ma vie. C'était, à l'époque, tout ce que je pouvais t'offrir, mais tu as refusé. Si j'avais voulu t'épouser, mon père s'y serait opposé farouchement. Aussi t'ai-je demandé de me laisser le temps de trouver une solution. Mais tu as préféré me fuir dans l'espoir de trouver mieux ailleurs. N'est-ce pas ce que tu as cherché auprès de Jorund ? Une terre et un titre ? Ne te montre pas méchante avec moi maintenant parce que tu as fait le mauvais choix !

— Tu parles de choix ! s'écria Valda. Tu ne m'en as laissé aucun ! Tu ne m'as rien offert ! J'avais envie d'une vie stable. Tu le savais très bien, et tout ce que tu m'as proposé n'était que de vaines promesses.

Elle leva les yeux au ciel comme si elle y cherchait une solution.

— Ce qui vient de se passer ne se reproduira plus, dit-elle. C'était une erreur que je regrette profondément. Sache que je ne veux pas être ta maîtresse. Cette époque est derrière nous. Si tu ne peux pas l'accepter, je ferais peut-être mieux de retourner tout de suite à York.

Valda retint son souffle en attendant sa réponse. Tomberait-il d'accord avec elle ? La laisserait-il sortir de sa vie aussi facilement qu'il l'avait fait neuf ans plus tôt ? De même, d'ailleurs, qu'il avait agi avec l'enfant qu'il avait eu avec Olga.

Halfdan avança vers elle avec raideur et détermination, les mâchoires serrées, le regard dur. Instinctivement, Valda posa la main sur la poignée de son épée. Non qu'elle eût peur de lui, mais par son attitude il lui rappelait qui elle était : une guerrière à son service, pour le moment, et qui devait venir en aide à sa famille.

— Tu fais partie de mon équipage, Valda, dit-il d'une voix autoritaire.

Ses paroles restèrent en suspension dans l'air glacé de la nuit et en les entendant Valda eut l'impression qu'il venait de la marquer au fer rouge comme si elle était devenue, soudain, son esclave.

— Eh bien, répondit-elle. Traite-moi comme n'importe quel matelot.

— C'est exactement mon intention. Ce soir, tu n'iras pas sur le bateau. Nous avons été invités à passer la nuit chez Dagrun et son mari. Tu dormiras comme les hommes sur les bancs de la grande salle.

Sur ces mots, il prit la direction du manoir où il entra sans inviter Valda, qui le suivait, à passer devant lui.

Chapitre 9

Après qu'elle l'eut repoussé si fermement à Gotland, Halfdan était un peu surpris, mais surtout soulagé, que Valda eût accepté, néanmoins, de poursuivre le voyage à bord du drakkar.

Il s'en voulait tout de même de s'être laissé dominer par le désir. C'était une erreur de la pousser ainsi dans ses derniers retranchements. Cela avait dû être déjà assez dur pour elle de prendre conscience que tout n'était pas fini entre eux et qu'elle restait fortement attirée par lui. Il n'était pas nécessaire d'ajouter à cela la démonstration pleine et réelle de sa faiblesse en sa présence.

D'une nature irascible, elle s'était évidemment emportée quand elle avait compris qu'en lui cédant elle révélait tout l'empire qu'il avait gardé sur elle. Habituée à ne pas montrer ses sentiments et à témoigner de sa force comme il convenait à une guerrière, elle n'avait pu que se révolter en constatant qu'elle était à deux doigts de s'abandonner entièrement à lui.

Il fallait lui laisser une marge de manœuvre, la possibilité de s'esquiver. Il importait qu'elle reconnût d'abord la permanence de leur relation qui avait survécu aux neuf années de séparation. Mais au lieu de donner le temps à la situation de mûrir et à Valda d'accepter la réalité de la passion qui les unissait, il avait succombé à l'impatience de ses sens et s'était vu rejeté comme il le méritait.

Il avait commis là une erreur fondamentale et il faudrait laisser le temps travailler en sa faveur avant d'essayer de nouveau d'être dans une relation intime avec elle.

Quand elle avait reconnu qu'elle n'aimait plus Jorund, il avait cru voir une voie royale s'ouvrir devant lui et n'avait plus hésité à tenter sa chance auprès d'elle. En sentant qu'elle ne lui résistait pas, il avait gagné en audace puis, quand elle lui avait rendu ses baisers avec la même ardeur, il avait connu une exaltation de l'âme sans précédent et s'était convaincu que tout n'était pas perdu entre eux.

Il avait voulu alors avec détermination qu'elle revînt dans sa vie et avait tout fait pour savoir si oui ou non elle accepterait ce retour. Il savait qu'elle l'avait déjà aimé et voyait qu'aujourd'hui encore elle avait du désir pour lui. Alors rien ne justifiait qu'elle ne redevînt pas l'amoureuse qu'il avait connue autrefois et qui le comblait de bonheur. Or, cette joie intense, il l'avait éprouvée au moment où elle avait répondu à son baiser.

Tout n'était pas perdu, surtout s'il parvenait à échapper au mariage que lui imposait son père. Sa fiancée, par exemple, pourrait ne pas arriver si un autre, comme il l'espérait, demandait sa main, et puis il lui restait peut-être aussi une chance de négocier avec son père.

Avant de faire quoi que ce fût dans ce sens, toutefois, il importait de s'assurer que Valda voulût toujours bien de lui, c'est-à-dire de lui dans sa totalité avec ses qualités et ses défauts, le bien et le mal. Il voulait qu'elle l'aimât non pas pour ce qu'il pouvait lui offrir mais pour tout ce qu'il était. Or, cela incluait la fidélité qu'il devait à son frère.

À cet effet, il lui donnerait du temps afin que le désir qu'elle ressentait encore pour lui débouchât sur une réalité plus consistante.

Elle l'évitait de nouveau, mais cela lui était égal. Ils avaient besoin de temps pour reconsidérer la façon dont ils devaient agir l'un envers l'autre.

Or, pour mener cette réflexion, il ne pouvait pas y avoir de meilleures circonstances que celles dans lesquelles ils se trouvaient en ce moment : les mains occupées par la navigation et l'esprit libre de prendre son essor en contemplant l'étendue sans fin de la mer.

Halfdan, cependant, n'avait pas besoin de davantage de réflexion pour se convaincre qu'il voulait que Valda fût de retour dans sa vie. Le seul obstacle à ce projet, c'était l'avenir de son frère. Il ne voulait rien faire qui pût le compromettre, surtout s'il n'était pas assuré que Valda l'aimât vraiment.

Elle avait, certes, au minimum, de l'affection pour lui, sinon pourquoi réagirait-elle de façon aussi passionnée entre ses bras ? La très forte attirance qu'autrefois ils avaient éprouvée l'un pour l'autre les avait conduits sur le chemin de l'amour. Peut-être cette situation se représenterait-elle de nouveau ? Il faudrait du temps, certes, mais, hélas, il n'en disposait guère.

« Je ne veux pas être ta maîtresse », avait-elle affirmé, mais son regard, qui disait le contraire, la trahissait.

D'ailleurs, chaque fois qu'il barrait le poitrail nu, ce qu'il avait coutume de faire lorsque le soleil brillait et que l'air était plus doux, il sentait aussitôt ses regards converger sur lui, ses beaux yeux noisette se détournant dès qu'ils rencontraient les siens. Mais il suffisait de cette brève marque d'intérêt pour le rassurer à son sujet.

Lorsqu'il tentait, cependant, d'avoir une conversation un peu profonde avec elle, elle le contrecarrait systématiquement. Elle pouvait même se montrer discourtoise avec lui, l'ignorant délibérément lorsqu'il s'approchait d'elle. Quoi qu'elle fît dans ces moments, qu'elle fût en train de déjeuner ou de travailler, elle prétendait ne pas le voir. Or, cette attitude l'exaspérait.

Il y avait plusieurs jours déjà qu'ils voguaient à travers la mer Baltique. D'habitude, Halfdan croisait en vue de la côte où il faisait plusieurs escales, mais il avait promis à son père et à Valda d'être de retour en automne. Or, il était toujours plus sûr de profiter le plus longtemps possible des vents réguliers.

Lorsque les premières lueurs de l'aube parurent, cependant, au-dessus des eaux grises du golfe de Finlande, il remarqua que le vent changeait de direction et qu'un air froid et mordant envahissait le pont du drakkar. Au loin, de lourds nuages noirs annonçaient ce qui allait venir. Une tempête se lèverait avant la fin de la journée.

Renonçant à prendre du repos, il rejoignit les matelots qui devaient assurer le prochain quart et qui s'étaient assis sur le pont pour déjeuner.

Comme d'habitude, son regard se dirigea vers la tente dressée à la proue du navire et il fronça les sourcils d'un air interrogateur. En temps normal, à cette heure, Valda était déjà levée.

— Elle sortira de la tente bien assez tôt, dit Tostig en mâchant du poisson fumé et des biscuits secs.

— Pardon ?

— Chaque fois qu'il y a un changement de quart, tu t'assois ici et attends qu'elle sorte, fit Tostig en désignant du doigt la tente.

— Oui, c'est simplement parce que je suis prêt à aller me coucher.

Tostig ne put retenir un petit rire.

— Tu n'as donc pas remarqué le changement de temps ? Il se prépare un grain. Ce n'est pas le moment de dormir.

Halfdan balaya du regard le pont du drakkar et s'aperçut que ses hommes l'observaient avec des airs entendus. Il se sentit mal à l'aise à un point qui ne lui était jamais arrivé. Lisait-on en lui comme à livre ouvert ?

Il n'y avait pourtant rien d'étonnant à cela. Combien de fois n'avait-il pas été distrait par la présence de Valda ? Ne s'était-il pas surpris lui-même en train de la contempler avec une telle fascination qu'il en oubliait ce qu'il était en train de faire ou qu'en pleine conversation il n'écoutait plus son interlocuteur ?

Fermant les yeux, il prit une longue respiration, s'enivrant de l'air iodé alors qu'il croyait entendre sa mère lui parler :

« N'aie jamais honte de toi-même ni d'être le fils de ton père ! »

Lorsqu'il rouvrit les yeux, il se sentait déjà mieux. Adressant un sourire à son entourage, il eut un haussement d'épaules qui semblait dire qu'il acceptait la situation telle qu'elle était et ne ferait rien pour la changer.

On ne pouvait aller contre les inclinations du cœur.

Comme il aimerait tenir une dernière fois Valda entre ses bras... Il ne doutait pas que cela lui ferait un bien immense ainsi qu'à elle. Et puis, qui savait si leur destin n'allait pas brusquement s'inverser ? Tant de changements n'avaient-ils pas déjà eu lieu ?

Le rabat de la tente se souleva et Valda parut sur le pont. Aussitôt elle échangea un regard avec Halfdan, immobile et muet, qui la fixait. Il crut entendre quelques petits rires qui cessèrent immédiatement quand la jeune femme promena un regard sévère sur leurs auteurs.

Elle se dirigea vers les rames, qu'elle contrôla. Précaution inutile, pensa Halfdan qui avait déjà constaté qu'elles étaient parfaitement rangées. Assurément, elle attendait qu'il eût pénétré sous la tente avant de rejoindre les autres marins.

Sans en tenir compte il prit de quoi manger et se dirigea délibérément vers elle. Valda ne put réprimer un soupir d'exaspération en le voyant approcher.

— Tu as l'air fatigué, dit-il en découvrant les cernes sous ses yeux. Peut-être devrais-tu dormir un peu plus longtemps ? J'ai pu me reposer un peu pendant la nuit, qui a été peu agitée. Aussi aujourd'hui n'aurai-je pas besoin de beaucoup de sommeil.

— Je vais très bien, répondit-elle sèchement. J'ai livré bataille après des nuits plus courtes que celle-là.

— Alors il faut déjeuner.

Il lui donna le bol dans lequel il avait placé de la nourriture et elle le prit, comprenant tout de suite dans quel piège elle était tombée quand elle le vit s'asseoir sur le banc des rameurs en face d'elle.

— J'aimerais que tu me laisses prendre mon repas toute seule, fit-elle d'un ton revêche avant de mordre dans un biscuit. Et que tu cesses de faire ça.

— Comment, ça ?

— Ça ! insista-t-elle en faisant un grand geste de la main. Je veux que tu arrêtes de me chercher à la première occasion. Les hommes vont penser que…

Elle ne termina pas sa phrase, se contentant de poser les mains sur les genoux dans un mouvement d'exaspération.

— Pourquoi t'occupes-tu de ce qu'ils pensent ?

Un éclair de colère lui traversa le regard, mettant en relief les paillettes vertes et or qui donnaient à ses yeux l'éclat de pierres précieuses.

— Parce que je n'apprécie pas d'être la risée de ton équipage !

— Je ne comprends pas.

— Je ne veux pas qu'ils aient une mauvaise opinion de moi.

— Pourquoi l'auraient-ils ?

Elle soupira de nouveau en laissant son regard errer sur la mer apparemment calme. L'écume sur la crête des vagues annonçait seule ce qui se préparait.

— Ils vont penser que tu ne m'as engagée que pour que je réchauffe ton lit.

— C'est bien, en effet, ce que tu fais.

— Arrête de te moquer de moi. Tu sais très bien ce que je veux dire. Ils vont penser, en effet, que je ne suis pas assez bonne pour toi.

Halfdan éclata de rire et elle leva sur lui un regard interloqué comme si elle le prenait pour un fou.

— Qu'est-ce qui te fait rire ?

— Tu es une célèbre guerrière qui a une réputation légendaire en Neustrie et tu prétends qu'on puisse dire que tu n'es pas assez bonne pour moi ? C'est plutôt le contraire. S'il y en a un entre nous deux qui n'est pas assez bien pour l'autre, c'est moi. D'ailleurs, mes hommes savent très bien ce que je veux. Ils me connaissent. Et puis je ne sais pas cacher mes sentiments…

Il soupira avant d'ajouter :

— Je n'aimerais rien de plus, Valda, que de t'avoir vraiment dans mon lit. Or, ce n'est pas parce que je te désire follement qu'ils vont mal te juger. Il n'y a rien que je puisse faire pour taire ma passion, mais je n'exercerai aucun ascendant sur toi. J'attendrai que tu changes d'avis à mon sujet avant de te rejoindre dans notre lit. J'aimerais tant savoir s'il y a un avenir pour nous. Les dieux ont peut-être un projet pour nous ?

Sans doute, pensa Halfdan, Valda avait-elle remarqué, à présent, leurs noms gravés dans le bois du lit. Elle savait, donc, quelle place elle occupait dans son cœur.

Rempli de l'espoir qu'elle le prît tel qu'il était, il attendait sa réaction. Il était trop tôt, sans doute, pour qu'elle lui revînt. Aussi fallait-il, maintenant, la convaincre qu'elle ferait le bon choix en agissant ainsi. S'il parvenait alors à la reconquérir, il trouverait un moyen d'échapper à l'engagement qui l'attendait à son retour de voyage.

Valda regarda Halfdan avec stupéfaction.

Comment pouvait-il parler avec une telle légèreté ? Elle l'avait repoussé deux fois déjà et il avait le toupet de revenir à la charge ! La situation allait devenir pathétique s'il continuait d'insister.

— Te moques-tu de moi ? demanda-t-elle.

— Non, répondit-il en souriant. Pourquoi penses-tu cela ?

— Comment veux-tu que je croies à tes prétendus sentiments alors qu'ils ne sont suivis d'aucun effet ?

— Je suis sincère. Je ne te mens pas. Je te désire tout autant qu'il y a neuf ans. Nous allons vivre sur ce bateau pendant des mois, très proches l'un de l'autre. Je ne vois pas pourquoi je te cacherais la vérité. L'expérience m'a appris qu'il était recommandé d'être sincère avec les membres de son équipage.

— Lorsqu'on les désire ?

Halfdan ne put contenir un éclat de rire.

— Oui, particulièrement.

— Je me suis engagée sur ton drakkar pour venir en aide à ma famille, rien de plus.

— Et pourtant ce voyage ne te rapportera pas que de l'argent, tu vivras une aventure extraordinaire, pleine d'émotions et de réjouissances. Ce que j'ai toujours voulu te faire connaître. Alors pourquoi ne pas y associer aussi un peu de plaisir ?

— Nous en avons eu ensemble, autrefois, et cela ne nous a conduit nulle part.

— Non, en effet, reconnut-il avec un sourire douloureux comme si ce souvenir lui faisait autant de mal qu'à elle, ce dont elle doutait fort. Nous n'avions pas les mêmes aspirations.

— C'est toujours le cas.

— Vraiment ? Même après ta déception avec Jorund ?

Les paroles d'Halfdan eurent sur Valda l'effet d'un couteau acéré qu'on lui aurait planté dans le cœur.

— Particulièrement après Jorund, fit-elle en se hérissant. Il est toujours prévu que tu te maries, n'est-ce pas ?

Il acquiesça d'un signe de tête.

— Oui, et c'est pourquoi je veux saisir tous les moments de bonheur que m'offre la vie avant qu'il ne soit trop tard. N'en ferais-tu pas autant ? La vie nous réserve, parfois, de mauvaises surprises. Aussi faut-il savoir jouir du bonheur lorsqu'il se présente à nous. Je comprends que par principe tu ne veuilles pas être ma maîtresse, mais songe aux beaux souvenirs que tu pourrais rapporter avec toi dans ta ferme ?

La lueur espiègle qui brillait dans ses yeux s'éteignit pour laisser place à un expression grave.

— En dépit de tous mes défauts et mes manquements, je sais que je peux te rendre heureuse.

— Oui, pour une courte période.

— En ce moment, c'est tout ce que je peux t'offrir, mais je t'assure que ça en vaut la peine.

Valda garda longuement le silence alors qu'elle se représentait la vie qui l'attendait lorsqu'elle serait de retour dans sa famille et, si tout se passait bien, vivrait sur la terre qu'elle aurait acquise. Or, cette vision la remplissait de tristesse. Il lui était insupportable de penser aux longues nuits de solitude qui l'attendaient.

En fin de compte, Halfdan avait raison. Elle voulait goûter une dernière fois au plaisir avant de pénétrer dans le désert aride de sa future vie. Elle le désirait même plus que tout au monde. Le baiser merveilleux qu'ils avaient échangé quelques jours plus tôt ne faisait que confirmer son sentiment. Combien de nuits n'avait-elle pas passées dans son lit à se tourner et se retourner en rêvant de sentir contre elle sa chaleur ?

Elle le désirait de toute son âme et de toutes les fibres de son corps. Or, sa proposition était tentante…

Soudain, cependant, son amour-propre se réveilla.

Il t'a trahie ! s'écria-t-elle en son for intérieur.

Elle ne pouvait pas lui pardonner ce qu'il lui avait fait sans perdre toute sa dignité. Et de toute façon, quel que fût le plaisir qu'elle était sûre de connaître dans ses bras, elle savait qu'elle ne supporterait pas la séparation qui, nécessairement, suivrait. Elle en avait assez de n'être que la seconde dans sa vie ! Après sa déception avec Jorund, elle avait pris la résolution de n'être que la première dans le cœur d'un homme, sinon de n'être rien.

— Miklagard me suffit en tant qu'aventure, dit-elle, enfin. Je suis très heureuse de m'y rendre et d'en revenir suffisamment aisée pour offrir une terre à ma mère et mes sœurs.

Elle se tut un instant avant d'ajouter d'une voix dure :

— C'est en cela que nous avons toujours été très différents, toi et moi, Halfdan. La loyauté ! Tu as toujours voulu fuir ta famille alors que moi je lui suis toujours restée fidèle et n'ai aucune intention de changer d'attitude à son égard.

Ébranlé par ce qu'elle venait de lui assener, Halfdan baissa la tête alors qu'elle s'éloignait.

Ses paroles lui faisaient mal car elles correspondaient, hélas, à la vérité. Il n'avait cessé, en effet, de tenter d'échapper à sa famille, même à la responsabilité qu'il pensait avoir au sujet de son frère.

Il restait pensif, comme paralysé par l'émotion, et tournait dans sa tête les mêmes questions pour lesquelles il ne trouvait pas de réponses. Pourquoi, elle qui était une guerrière, voulait-elle, maintenant, devenir fermière ? Elle ne serait pas heureuse à soigner les animaux, tisser le lin ou la laine, et cultiver la terre. Alors pourquoi affirmait-elle vouloir retourner vivre avec sa famille sur une terre qu'elle acquerrait avec elle ?

Il pourrait lui offrir une vie tellement plus captivante. La mer recelait nombre de mystères et d'aventures. Or, elle était faite pour cela. Ses yeux ne s'étaient-ils pas mis à briller lorsqu'il avait évoqué Miklagard ?

Elle se comportait comme si dans le passé il l'avait profondément blessée. Mais ce n'était pas le cas. Il ne l'avait jamais trahie puisqu'il ne lui avait jamais fait aucune promesse. Il n'avait fait que lui demander de rester avec lui, rien de plus.

L'expression du regard de Valda quand il lui avait demandé de partager sa couche lui revint en mémoire. Elle avait été sur le point d'accepter. Il en était certain. Il avait lu le désir et la tentation dans ses yeux même s'il y demeurait une nuance de doute. La façon dont elle s'était mordu la lèvre inférieure ne trompait pas. Le souvenir de leurs ébats d'antan lui était clairement revenu à l'esprit.

Elle avait été sur le point de s'abandonner et puis elle s'était brusquement ressaisie. Était-il responsable de ce revirement ? Avait-il dit ou fait quelque chose qui l'avait exaspérée ?

Elle lui avait reproché d'être déloyal, mais quand, précisément, l'avait-il été envers elle ? S'était-elle attendue à ce qu'il défiât son père et l'épousât ?

Il regrettait, à présent, de ne pas avoir eu l'audace de le faire, mais il avait dû prendre en compte la vie de son frère. Comment croire que son père eût accepté de le voir marié à un aussi mauvais parti ?

Il s'y serait évidemment opposé. Il aurait été capable de tuer Valda ou, à défaut, s'en serait pris à son autre fils. Or, même s'il avait tout fait pour l'éloigner et, ainsi, assurer sa sécurité, il n'en restait pas moins sous l'autorité de leur père qui, même à distance, avait le pouvoir de mettre fin à ses jours. Ulf en avait parfaitement conscience et il en usait à loisir s'amusant tantôt à serrer la corde qu'il avait placée autour du cou d'Halfdan, tantôt celle autour du cou d'Erik.

Halfdan laissa échapper un long soupir témoignant de son profond abattement. Il y avait eu trop de non-dits à Gotland, beaucoup trop.

Manifestement, Valda souffrait d'une blessure du passé qui ne s'était jamais résorbée. Il était temps de percer l'abcès s'il voulait avoir l'espoir que la situation évoluât positivement.

Or, il ne doutait pas qu'elle y fût appelée car ils étaient assurément faits l'un pour l'autre, sinon pourquoi les dieux auraient-ils permis que leurs chemins se croisent une deuxième fois ?

Il ne prit aucun repos ce jour-là. Il fallait lutter contre les éléments qui se déchaînaient un peu plus d'instant en instant, mais c'était, heureusement, un bon moyen de ne pas s'appesantir sur les regards sévères que Valda lui lançait à toute occasion.

À mesure que la journée s'écoulait, le ciel s'assombrissait et les vagues venaient frapper la coque du drakkar avec de plus en plus de violence. Sa mâture ainsi que toute sa structure en bois grinçaient et geignaient sous les coups de boutoir de la mer en furie tandis que la voile claquait comme un fouet dans le vent aussi violent qu'irrégulier.

On eût dit que la mer et le ciel s'affrontaient dans un duel impitoyable…

Chapitre 10

Valda ne s'interrogea pas longuement sur la raison pour laquelle Halfdan n'allait pas se coucher au changement de quart. La pluie, en effet, s'était mise à tomber violemment au gré de redoutables bourrasques qui faisaient siffler les cordages.

Il tenait solidement dans sa main la barre du gouvernail, s'efforçant d'orienter au mieux le navire pour qu'il pût monter sur la vague sans être retourné par elle ni submergé.

Tout avait été soigneusement amarré sur le pont pour éviter les accidents. Même la tente avait été démontée.

— Nous allons nous rapprocher de la côte, qui nous protégera des vents forts, dit Bori en s'adressant à Valda tandis qu'il désignait du doigt l'horizon bleuâtre.

— Nous avons profité de la force du vent pour accélérer notre allure, remarqua Svend en écopant avec Bori l'eau de mer, mais, maintenant, il faut se mettre à l'abri, sinon ça risque de tourner mal. Tostig va avoir besoin de toi !

Elle se retourna et marcha jusqu'à Tostig en s'accrochant ici et là pour ne pas tomber alors que le drakkar gîtait dramatiquement. Il plongea du nez, soudain, et elle eut l'impression que son estomac se décrochait. Elle sentit qu'elle perdait pied quand une main solide la saisit au bras, lui évitant la chute.

— C'est ta première tempête ? demanda Tostig.

— Oui, fit-elle. Enfin, la première vraiment mauvaise.

Elle n'avait guère navigué, à l'exception de certains fleuves de la France qu'elle avait remontés avec Jorund et, bien sûr, des traversées avec Halfdan au départ de Gotland et, quelques semaines plus tard, retour sur l'île. Mais elles avaient eu lieu pendant l'été lorsque les eaux sont plus chaudes et calmes.

— Elle n'est pas forte, dit en riant Tostig.

— C'est bon à savoir, fit-elle en souriant.

— Bien sûr, nous ne sommes pas entièrement à l'abri d'un naufrage, reprit Tostig qui observait les vagues blanches d'écume. Mais c'est peu probable. J'ai survécu à des coups de vent bien plus violents que celui-là.

Valda fit la grimace. Elle n'avait pas vraiment envie de mourir noyée. Elle se verrait plutôt rendre l'âme au combat pour être assurée de rejoindre le Walhalla.

— Diminuez la voilure ! ordonna soudain Halfdan.

Il était splendide, calé sur ses deux jambes écartées pour garder l'équilibre, la forte barre sous le bras.

— Enfin ! fit Tostig. Encore un peu, et la voile allait partir en lambeaux.

Un frisson courut dans le dos de Valda. Si la voile s'était déchirée, c'eût été un drame. Elle ne comprenait pas qu'Halfdan eût pris ce risque. Certes, ils avaient vogué avec une rapidité incomparable, mais les voiles valaient cher. Ce n'était sans doute pas dans l'intention d'en changer qu'Halfdan avait entrepris ce voyage, sinon il en perdrait tout le bénéfice.

Tostig fit le tour du navire en vérifiant que chaque cordage était à sa place et solidement noué. Valda le suivait avec prudence de crainte de passer par-dessus le bastingage à la première embardée du drakkar dont la proue ne cessait de plonger et de se redresser au gré des énormes vagues.

Les gouttes de pluie ruisselaient sur les joues de Tostig

rougies par la morsure du vent et le long de sa barbe, mais elles le laissaient indifférent, de même que ses vêtements imprégnés d'eau.

Valda, cependant, ne réagissait pas de la même manière à la violence des éléments. Trempée jusqu'aux os, elle aurait aimé que sa tunique de laine fût plus épaisse et davantage huilée pour mieux la protéger du froid et de l'humidité. Elle avait perdu la résistance des Vikings, comme le disait sa mère, en vivant en Neustrie où le climat était plus doux que dans les contrées nordiques d'où étaient issus ses ancêtres.

L'équipage s'affairait à choquer la grand-voile, qui ne descendait pas le long du mât en raison de la force du vent. Chaque homme qui n'était pas occupé ailleurs devait se joindre à l'effort collectif pour la faire descendre ris par ris. Or, Valda s'était jointe spontanément à eux et, en dépit de la douleur musculaire, elle redoublait d'effort pour démontrer à l'ensemble des matelots qu'elle avait sa place parmi eux.

Une énorme vague passa au-dessus de la proue du drakkar et envahit tout le pont. L'homme, devant Valda, glissa et, en tombant, provoqua le déséquilibre de toute l'équipe qui se laissa entraîner par la tension de la corde sur laquelle tous tiraient.

L'autre équipe tirant sur la voile ne réagit pas suffisamment si bien qu'elle se trouva plus haute d'un côté que de l'autre alors qu'une corde restait accrochée à la poutre transversale vers le sommet du mât.

Valda était trop novice dans l'art de naviguer pour savoir précisément ce qu'il convenait de faire, mais il semblait évident que la plus simple intervention revenait à grimper au mât et libérer la corde.

— Je monte au mât, annonça-t-elle. Je n'en aurai pas pour longtemps.

Tostig fit non énergiquement de la tête.

— Ça ne plairait pas à Halfdan, dit-il avant de tourner le dos à la jeune femme pour défaire un nœud.

Colère et frustration aveuglèrent Valda avec une force égale à la tempête. Elle se moquait de ce que dirait Halfdan. Elle savait de façon certaine, à présent, qu'il ne l'avait acceptée à son bord que pour réchauffer son lit, mais elle avait cru avoir gagné le respect de l'équipage. Or, à travers la réaction de Tostig, elle venait de comprendre qu'il n'en était rien.

Armée de son seul courage et résolue à montrer aux matelots ce dont elle était capable, elle marcha vers le mât. Des chevilles en bois placées régulièrement le long du mât et dépassant suffisamment pour être saisies servaient d'échelle. Sans hésiter, elle se mit à grimper. Les mugissements du vent et le fracas des vagues couvriraient la voix de Tostig s'il insistait et lui intimait l'ordre de redescendre.

Alors qu'elle s'élevait au-dessus du pont, elle s'interdisait de regarder vers le bas, de crainte de se donner le vertige. La vision de l'horizon qui envahissait tout le ciel pour disparaître ensuite ne laissant la place qu'à la mer créait déjà bien assez en elle une impression désagréable et nauséeuse.

Elle retint sa respiration alors que le navire gîtait dangereusement et dut s'accrocher au mât pour ne pas plonger dans le vide.

Une voix familière retentit tout près d'elle :

— Descends d'ici !

Elle lança un coup d'œil en dessous d'elle et vit Halfdan qui escaladait le mât à sa suite.

— Je n'ai besoin de personne ! lança-t-elle bien qu'elle eût l'impression que son estomac se retournait en voyant la distance qui la séparait du pont.

Il ne fallait pas regarder vers le bas, se dit-elle en relevant la tête.

Elle n'était plus très loin de la poutre transversale et voyait précisément l'endroit où la corde était coincée sous une autre. Elle devrait pouvoir la libérer en tirant fortement dessus.

Rassemblant ses forces, elle escalada les derniers degrés…

Le drakkar ne cessait de s'incliner sur un côté puis l'autre tandis que les vagues se succédaient, balayant impitoyablement le pont. La pluie était si forte qu'elle finit par défaire sa tresse, et ses cheveux mouillés lui cinglèrent le visage.

Elle saisit enfin de sa main libre la corde qui était bien plus épaisse qu'elle ne l'avait pensé et dont le chanvre rugueux blessait ses doigts glacés et mouillés. Elle tira plus fort et la corde se dégagea au moment où le navire plongeait. Ses pieds, cette fois, se détachèrent de leurs appuis.

Accrochée au mât par une seule main, elle pendait dans le vide au risque de lâcher prise quand elle sentit une forte poussée dans son dos qui la ramena face au mât. Elle reprit pied sur les chevilles plantée de part et d'autre du mât, mais la main d'Halfdan restait collée à ses reins.

— Descends prudemment ! fit-il en s'écartant pour lui laisser la place.

Elle s'exécuta aussi vite qu'elle le pouvait, mais la descente lui parut interminable d'autant plus qu'elle n'était pas rassurée par la position acrobatique d'Halfdan.

En touchant du pied le pont, elle eut devant elle le visage furieux de Tostig et elle regretta presque de n'être pas tombée à l'eau.

— Personne ne monte au mât sans ma permission, cria-t-il au-dessus du vacarme des vagues et du vent. La prochaine fois, tu m'obéis, salle gosse !

Tous les hommes la regardaient avec désapprobation et

elle comprit que par orgueil elle avait failli perdre la vie et avais exposé inutilement celle d'Halfdan.

— Je suis désolée, répondit-elle, toute tremblante de froid.

Halfdan, qui venait de descendre à son tour du mât, s'approcha d'eux et elle s'attendit à être sermonnée une seconde fois, mais il se contentait de poser sur elle un regard chargé de reproches. Il repoussa derrière ses oreilles les mèches de cheveux qui s'étaient échappées de sa tresse puis laissa glisser les doigts le long de sa joue.

— Valda n'a cherché qu'à nous aider, dit-il en se tournant vers Tostig, mais elle ne recommencera pas.

Plongeant le regard dans celui de la jeune femme, il ajouta d'une voix ferme :

— N'est-ce pas ?

Elle acquiesça de la tête d'un air piteux alors qu'elle se demandait en son for intérieur quelle mouche l'avait piquée pour qu'elle exposât aussi stupidement sa vie.

— J'espère bien qu'elle ne le refera pas ! s'exclama Tostig. Quelle idiote ! Elle se croit intelligente, peut-être ?

Sur ces mots, il retourna à sa tâche ainsi que tous les matelots qui s'étaient arrêtés le temps de voir comment se terminerait l'incident.

Elle n'avait pas été traitée d'idiote depuis l'enfance quand sa mère l'avait appelée ainsi après l'avoir surprise en train de jongler avec des couteaux.

— Ne t'inquiète pas, chuchota Halfdan à son oreille. Il te pardonnera. Mais nous, il faudrait que nous parlions. Nous avons beaucoup de choses à nous dire.

Et lui ? Lui pardonnerait-il vraiment ? s'interrogea Valda en le regardant s'éloigner.

Ses vêtements trempés collaient à ses épaules, soulignant leur forme sculpturale de laquelle elle n'arrivait pas à détacher le regard.

Incertaine quant aux sentiments qui l'animaient, elle continuait de l'observer quand un cri retentit :

— Terre !

Aussitôt, tout l'équipage se mit à son poste pour diriger, sans perdre un instant, le drakkar vers le havre qui les attendait.

Chapitre 11

Ils établirent leur campement sur une côte déserte. Le drakkar était au mouillage dans les eaux peu profondes d'une baie qui leur offrait une protection contre les vents dont la force ne faiblissait pas. Amarrés à de solides rochers, ils ne devraient pas avoir trop de difficulté pour reprendre la mer à la prochaine marée.

La sensation de froid pénétrante n'avait pas quitté Halfdan bien qu'il eût revêtu des vêtements secs. L'origine de cette sensation, en effet, n'était pas l'air glacé qui régnait sur la baie, mais la peur qui s'était installée dans son cœur au moment où il avait cru perdre Valda. Il s'en était fallu d'un rien, en effet, qu'elle ne lâchât prise et fît une chute mortelle sur le pont, à moins que la mer ne l'eût engloutie.

À la pensée qu'il aurait pu être témoin de cette scène et qu'elle l'aurait hanté jusqu'à sa mort, il en était pétrifié d'horreur.

Peut-être se serait-il fâché contre elle si Tostig ne l'avait pas réprimandée si vertement, mais en la voyant si pâle et effrayée par ce qu'elle venait de vivre, il n'avait pas voulu l'accabler davantage. D'autant qu'elle paraissait profondément confuse d'avoir désobéi à son second. Il ne pouvait pas, en outre, l'humilier davantage devant ses hommes.

Un grand feu avait été allumé par ces derniers sur la plage où ils avaient dressé un abri pour Halfdan. Des vêtements pendus à des branches plantées dans le sol séchaient autour du feu tandis qu'une bonne moitié des matelots, profitant des dernières lueurs du jour, étaient partis chasser dans la forêt voisine.

Assise près du feu, à distance des hommes comme si elle voulait éviter leurs regards, Valda était pensive. C'était le moment, enfin, de lui parler et de faire le clair au sujet de quelques ressentiments nés dans le passé, qui semblaient la tourmenter.

— Viens avec moi, dit-il en s'approchant d'elle.

Il n'y aurait eu aucun avantage à lui expliquer pourquoi il lui demandait de l'accompagner. Elle aurait immanquablement argumenté pour ne pas le suivre. En s'étant adressé à elle sur un ton autoritaire, il l'avait contrainte à lui obéir.

Elle pénétra sous sa tente à sa suite et il en ferma le rabat.

— Tu devrais quitter ces vêtements humides, dit-il.

— Ce n'est pas nécessaire. Ils vont sécher.

— Ne fais pas cette tête, fit-il en lui caressant la joue. Tu as commis une erreur, rien de plus.

— Elle aurait pu me coûter la vie et la tienne aussi.

Il haussa les épaules.

— En mer, on risque sa vie tous les jours. Et tout le monde fait des erreurs.

Elle leva sur lui un regard où se côtoyaient l'orgueil et la honte.

— Allons, fit-il en lui prenant le bras. Tout va bien.

— Je n'ai pas le droit à l'erreur, rétorqua-t-elle en dégageant son bras.

— Pourquoi ? Nous y avons tous droit. C'est ce qui fait de nous des humains.

Elle leva sur lui un regard brillant de colère qui faisait ressortir les paillettes vertes et or dans la profondeur de ses yeux.

— Autant que je sache, quand un jeune homme commet

une erreur, on l'attribue à son immaturité, mais quand c'est une jeune femme, on la considère comme une bonne à rien.

— Pas sur mon navire.

— Vraiment ? fit-elle, ironique.

Avait-elle eu ce genre de pensée quand il avait refusé de l'épouser ? s'interrogea Halfdan.

— Je te l'ai déjà dit et je le pense toujours, répondit-il. Aucune femme ne te vaut.

Elle le fixait dans la pénombre grandissante qui régnait sous la tente. Soudain, un éclair les illumina et, un instant après, un grondement de tonnerre assourdissant remplit l'espace.

— Je ne sais pas quoi en penser, dit-elle d'un ton morne. Il me semble que tu as préféré Olga, et probablement pas qu'une seule fois. Et peut-être y en a-t-il eu d'autres ?

— Olga ? fit-il en fronçant les sourcils.

Il eut, de nouveau, l'impression que quelque chose lui échappait.

— La fille d'Olaf ?

— Oui, la fille d'Olaf, dit-elle d'un ton grinçant. Cette pauvre fille ! Elle ne rêvait que de t'épouser. Elle le disait à tous ceux qui voulaient l'entendre. C'est Brunehilde qui me l'a rapporté. Tu as dû lui briser le cœur le jour où tu l'as rejetée. Sans compter qu'elle portait ton enfant. Je ne sais pas ce qui m'avait mis cette idée en tête, mais je te croyais meilleur que tu n'es. Comment as-tu pu abandonner ton enfant et le laisser éduquer par un autre. C'est méprisable !

Comment pouvait-elle penser cela de lui ? se demanda Halfdan, indigné. Était-ce la raison de leur rupture ?

— Je n'ai jamais rejeté Olga, pour la simple raison que je la connaissais à peine. Je ne sais vraiment pas de quoi tu parles.

Un nouvel éclair illumina le visage de Valda, révélant sa souffrance qui altérait ses beaux traits.

— Arrête de me mentir ! s'écria-t-elle, les poings serrés.

Le tonnerre résonna dans le silence alors qu'elle prenait une longue respiration comme pour se calmer.

— Je t'ai vu…, reprit-elle. C'était le lendemain matin après notre dispute. Olga est descendue de ton drakkar sous mes yeux. J'y suis montée à mon tour et je t'ai trouvé endormi et nu sur le pont.

Elle eut un rire amer ponctué d'une sorte de hoquet douloureux.

— Ne prétends pas que je suis l'unique femme de ta vie, Halfdan. À la fin, c'est insultant !

— Qu'inventes-tu ? Je n'ai jamais rien fait avec Olga ! Absolument jamais !

Elle tourna les talons, mais Halfdan la retint par le bras.

— Menteur ! lança-t-elle. Tu te moquais de moi à l'époque et rien n'a changé. Lâche-moi !

Pour toute réponse, il la prit dans ses bras et étouffa ses cris sous un baiser aussi ardent que possessif.

Un instant après, il releva la tête et déclara d'une voix forte avec toute la sincérité dont il était capable :

— Je t'aimais… Je n'aimais que toi !

Le tonnerre fit écho à sa voix et Valda, au lieu de se révolter, resta coite.

— J'ai bu après que tu m'as quitté, reprit-il. J'étais allé chez mon père où j'essayais de noyer mon chagrin dans l'alcool puis je suis retourné au drakkar. J'ai dû m'effondrer de sommeil sur le pont, là où tu m'as trouvé. Olga avait dû me suivre bien que je lui eût dit de me laisser en paix. Peut-être a-t-elle veillé sur moi toute la nuit puisque tu dis l'avoir vue descendre du bateau au petit matin.

— Et tu veux me faire croire qu'elle n'a pas couché avec toi ? fit Valda dont la colère se réveillait.

— Écoute-moi avant de repartir dans tes divagations !

La fermeté de son ton eut raison du courroux de la jeune femme qui, contre toute attente, se calma.

— Olga, c'est vrai, voulait se marier avec moi. Elle était même allée trouver mon père pour l'en convaincre. Or, sais-tu ce qu'il a fait ?

Valda, dubitative, le regard noir même si elle se taisait, fit non de la tête.

— Il lui a ri au nez ! Il avait appris, en effet, par quelque sbire à son service qu'elle avait déjà été abusée par l'un des hommes d'armes de son père. C'était lui qui l'avait engrossée et non moi, comme tu oses le prétendre !

« Olaf avait cru pouvoir tromper mon père, mais ça n'a pas marché. Il était hors de question pour lui qu'il acceptât qu'un bâtard entrât dans la famille. Mais nous avons su tout cela après que tu m'avais quitté. Or, j'ignorais qu'elle t'avait parlé… »

— Je n'arrive pas à te croire, murmura Valda, le visage décomposé, alors que la vérité faisait lentement son chemin dans son cœur et son esprit.

Il lui prit le visage entre les mains et ajouta d'une voix douce comme l'était son geste :

— Interroge qui tu veux dans l'entourage de mon père ou d'Olaf et tu entendras la même version dans toutes les bouches.

Elle retint sa respiration puis laissa échapper un sanglot.

— Alors, tu n'as pas…

Ses yeux s'étaient remplis de larmes et elle ne trouvait plus sa voix.

— Pourquoi ne m'en as-tu jamais parlé ? demanda-t-il.

— Je…, commença-t-elle en levant les yeux au-dessus de sa tête car elle ne pouvait croiser son regard. Je me suis sentie humiliée. Brunehilde était avec moi. Elle m'a dit de ne pas rester et de faire comme si cela m'était égal. Elle ne voulait pas que je te montre à quel point j'étais blessée.

Dans ma famille nous ne montrons jamais nos faiblesses. Et puis cela me semblait si évident que tu avais…

Halfdan avait le cœur serré devant la confusion et la douleur de Valda. Il comprenait, maintenant, pourquoi il ne l'avait pas revue et en était bouleversé.

— Jamais je ne t'aurais trompée ainsi, dit-il d'une voix vibrante.

Pourquoi le destin avait-il été aussi cruel avec eux ? Mais comment avait-elle pu croire cela de lui ? Ne le connaissait-elle pas ? Pourquoi, en outre, n'avait-il pas cherché à la revoir après leur dispute ?

L'orgueil de l'un et de l'autre était sans doute le principal responsable de leur séparation. Cette pensée l'affligeait et il eut l'impression d'avoir le cœur percé de mille flèches en pensant à tout ce qu'ils auraient pu vivre ensemble depuis neuf ans.

À quoi bon, cependant, regarder en arrière ?

Il laissa échapper un soupir. Le temps de la sincérité était enfin arrivé.

— En fait, reprit-il. Il n'y a jamais eu que toi.

Elle eut de nouveau un sanglot et détourna les yeux.

Il lui prit le visage entre les mains et le tourna doucement vers lui. Des larmes roulaient le long de ses joues. Sa belle Valda, redoutable guerrière, audacieuse et sans crainte, pleurait. Or, il ne le supportait pas.

— Je suis désolée, murmura-t-elle. Tu dois me haïr pour t'avoir si peu fait confiance.

— Pas du tout, répondit-il en pressant de nouveau les lèvres contre les siennes.

Ils échangèrent un baiser d'une infinie douceur avant qu'il ne reprît :

— Mais j'aurais aimé que cela se passât différemment, cela c'est vrai. Oublions le passé et regardons ensemble l'avenir. Nous pouvons encore jouir du temps qu'il nous reste à vivre ensemble.

Comme s'il avait craint qu'elle ne lui échappât de nouveau, il serra Valda dans ses bras. Il y eut un court instant d'incertitude où culmina le souvenir de toutes les années perdues, les rêves brisés, les nuits sans sommeil puis, soudain comme par magie, tout s'effaça alors que Valda venait nouer les mains derrière la nuque d'Halfdan et se pressait à son tour contre lui.

Leurs lèvres se joignirent et ils échangèrent un baiser aussi passionné qu'ardent. Valda, en pleine confusion, le serrait de toutes ses forces contre elle tandis qu'impatient de sentir la douceur de sa peau sous sa main il tirait sur sa tunique trempée.

Elle laissa échapper un soupir quand ses mains rencontrèrent ses seins protégés seulement d'une brassière en lin. Il la souleva alors dans ses bras et elle noua les jambes autour de sa taille tandis qu'il la portait jusqu'à la paillasse recouverte de fourrures qui avait été installée sous la tente.

Il voulait lui faire redécouvrir à quel point ils avaient été bien ensemble. Peut-être, alors, resterait-elle avec lui à la fin de leur voyage ?

Il lui retira sa tunique ruisselante d'eau qu'il jeta à terre puis se mit à dénouer les lacets de sa chemise. Elle le laissait faire même si tout arrivait un peu trop vite et qu'elle n'était pas rassurée sur leur avenir.

Elle avait au moins de nouveau foi en lui. La version selon laquelle sa brute de père eût menacé Olga semblait si crédible qu'elle n'avait pas de peine à la croire, et sa confiance en Halfdan s'en trouvait spontanément rétablie.

D'ailleurs, l'idée de la tromperie d'Halfdan ne lui avait jamais paru plausible. Sans l'incitation de Brunehilde à le quitter, elle ne se serait pas définitivement éloignée de lui. Mais elle avait été prompte aussi à la croire en raison du regard négatif qu'elle posait sur elle-même. Elle considérait, en effet, qu'en tant que bâtarde elle n'avait aucun droit et qu'aucun homme ne pourrait l'aimer.

Pourtant, elle s'était trompée et c'était dur d'en prendre conscience après tant d'années. Halfdan l'avait donc aimée sincèrement et c'était pourquoi il avait voulu sillonner les mers avec elle. Au fond, il lui avait été plus fidèle qu'elle qui, après leur séparation, avait jeté son dévolu sur Jorund.

Elle aurait pu être heureuse avec lui au cours de ces neuf ans. Ils auraient parcouru le monde ensemble et bâti une vie à deux. Peut-être se seraient-ils mariés ? Comme l'activité commerciale d'Halfdan était couronnée de succès et qu'il ne dépendait plus exclusivement de son père, ils auraient pu s'affranchir de lui, se marier et avoir des enfants…

Toutes ces pensées la tourmentaient car il n'y avait rien qu'elle pût entreprendre pour réparer le passé. Ces opportunités étaient résolument révolues. Elle aurait mieux fait de se ranger sur l'avis d'Halfdan : il fallait oublier le passé et ne regarder que l'avenir.

Mais peut-être se faisait-elle des illusions en pensant qu'ils en avaient un de commun ? Halfdan serait-il fidèle à la promesse faite à son père et, en fin de compte, épouserait-il la Galloise qui lui était destinée ? Pouvait-elle se contenter de ce simple voyage en sa compagnie puis accepter, ensuite, de le perdre ?

Mais, au fond, avait-elle envie d'abandonner sa famille pour suivre un homme ? Chaque fois qu'elle l'avait fait, cela s'était mal terminé.

Toutes ses réflexions s'interrompirent et elle abandonna spontanément les résolutions qu'elle était sur le point de prendre quand elle sentit qu'Halfdan lui retirait ses bottes et ses chausses.

À peine avait-il laissé apparaître une infime parcelle de peau qu'avide de la sentir et de la toucher il y pressait les lèvres. Rassurée, elle retira sa brassière, laissant apparaître sa somptueuse poitrine. Même si c'était une erreur de se donner ainsi à lui, elle l'assumait car elle savait qu'elle garderait toujours dans son cœur ce moment de bonheur.

Il acheva de la dévêtir et, comme il s'éloignait de la paillasse, elle crut un instant qu'il allait la laisser là, mais il ne s'était écarté d'elle que pour se déshabiller à son tour. Elle soupira de soulagement et s'octroya le plaisir de découvrir l'homme qu'il était devenu.

Il n'était plus le mince et pâle jeune homme d'autrefois, mais présentait le teint hâlé du marin qui avait voyagé jusqu'aux mers lointaines. Un éclair jeta sa lumière blafarde à travers la tente, révélant sa puissante musculature et sa large poitrine couverte d'une toison couleur d'or contrastant avec sa peau. Il avait beau être marchand, il avait un corps de guerrier. Le reflet de la vie aventureuse et dangereuse qu'il menait.

« Tu ne commences à vivre que le jour où tu prends conscience que tu peux mourir », lui avait dit Halfdan.

Ses paroles l'avaient ébranlée. Elle s'était crue jusque-là courageuse. Elle avait dû prendre des risques au combat, mais elle semblait incapable d'en prendre dans le domaine de l'amour.

Son cœur serait peut-être de nouveau brisé, mais après combien d'heures de bonheur et de pure jouissance ?

Il était revenu près d'elle et s'emparait de ses lèvres. Elle ne lui résista pas. Elle était prête à tout endurer pour ces instants de liesse parfaite.

Ses baisers descendirent dans son cou puis s'arrêtèrent sur ses seins dont il se mit à sucer les mamelons. Arquant les reins, elle gémissait sous ses caresses.

Leurs lèvres se joignirent de nouveau et elle le serrait

contre elle, éprouvant un immense plaisir de sentir les muscles de son dos et de ses fesses onduler sous ses doigts. Elle aimait son ventre plat et chaud contre le sien, qui anticipait le mouvement qu'il ne tarderait pas à faire en elle.

Pour retarder cet instant magique, elle trouva un chemin jusqu'à son sexe qu'elle pressa dans sa main. Ferme et vibrant, il n'attendait plus qu'un geste de sa part pour l'investir. Elle avait l'impression d'être de retour sur son premier drakkar, à l'époque de leur prime jeunesse où ils étaient si sûrs d'eux-mêmes et désireux de se combler mutuellement de plaisir.

— Tu m'as tellement manqué…, murmura Halfdan entre deux baisers en passant doucement le doigt sur son clitoris.

— Alors rattrapons le temps perdu, répondit-elle, haletante. Prends-moi, même s'il n'y a pas d'avenir pour nous.

Elle écarta les jambes et, arrachant de sa gorge un gémissement de satisfaction, il la combla de sa rigide érection.

Elle saisit ses hanches et l'invita à entrer en elle et en sortir sans se restreindre. Ses mouvements amples et puissants agissant sur elle comme une drogue qui lui engourdissait l'esprit.

Plantant les talons dans la paillasse, elle souleva les reins pour encore mieux le sentir et se joindre à son mouvement de va-et-vient. Elle devina, bientôt, qu'elle allait atteindre l'orgasme et essaya d'en ralentir l'arrivée pour prolonger la délicieuse jouissance qu'elle éprouvait depuis qu'il l'avait pénétrée.

Halfdan, cependant, conscient du plaisir qu'il lui donnait, prolongeait son mouvement en l'accentuant pour l'emmener à l'apogée de tout ce qu'elle avait vécu entre ses bras.

Alors qu'il lui dévorait de baisers le cou et les épaules, il accentua le rythme de ses reins. Le tonnerre accompagné d'éclairs couvrit le son rauque de leurs respirations et leurs gémissements.

— Viens avec moi, fit-il.

Une vague d'intense plaisir la souleva au même instant et elle ne put retenir de petits cris. Un instant après, il se retira brusquement d'elle et éjacula sur son ventre.

Il glissa sur le côté et l'enveloppa dans ses bras tandis qu'elle lui présentait le dos. La main sur son sein, comme il le faisait toujours autrefois, il s'endormit le visage contre sa nuque.

La sensation était aussi étrange que familière pour Valda qui se croyait dans un rêve. Elle redoutait, cependant, que lorsque le feu de leur passion s'éteindrait, il ne resterait que des cendres et qu'encore une fois elle se retrouverait seule.

Chapitre 12

Ils restèrent dans leur havre en attendant qu'après la tempête des vents favorables veuillent bien se lever. Moins pressé apparemment de retourner à York, Halfdan ne montrait aucun désir de reprendre la mer. Ils étaient à l'abri le long de cette côte. C'était donc un repos bienvenu après une traversée aussi rapide de la mer du Nord et de la Baltique.

Ils passaient leurs journées à chasser dans la forêt ou ils se joignaient à l'équipage pour procéder à certaines réparations sur le drakkar. La nuit, ils faisaient l'amour sous leur tente dans laquelle un brasero rempli de braises diffusait une agréable douceur. Ils croyaient revivre l'été de leurs premières amours, le désir et la passion qu'ils éprouvaient l'un pour l'autre paraissant toujours aussi insatiables.

C'était une telle joie pour Halfdan d'être de nouveau avec Valda qu'il en arrivait presque à oublier les insurmontables difficultés qui se profilaient à l'horizon.

Ils ne parlaient pas de l'avenir, d'ailleurs, comme s'ils craignaient qu'en l'évoquant ils n'entament leur bonheur enfin retrouvé.

Peut-être était-ce préférable de ne pas l'évoquer, pensait-il. Ils venaient tout juste de se retrouver. Leur relation avait besoin de temps pour se conforter et trouver les forces nécessaires avant de se confronter au défi qui les attendait.

Ils avaient besoin de se redécouvrir. Neuf ans s'étant écoulés depuis qu'ils ne s'étaient vus, ils avaient nécessairement changé. Il fallait donc réapprendre à se connaître, écouter les récits de l'autre, découvrir lentement ce qu'il avait fait, ressenti, éprouvé pendant tout ce temps.

Valda, par exemple, portait quelques cicatrices sur son corps, marques indélébiles des batailles qu'elle avait livrées. Or, en les découvrant, Halfdan comprenait mieux pourquoi elle aspirait au repos. L'idée de terres qu'elle exploiterait avec sa famille prenait tout son sens. Et s'il croyait voir s'éclairer son regard quand il lui parlait de ses voyages, peut-être n'était-ce qu'une tentation passagère ou, aussi bien, le fruit de sa propre imagination ?

Peut-être qu'à la fin de leur périple elle le quitterait indépendamment de ce qu'il pourrait lui offrir ? Cette pensée lui était trop pénible. Aussi la chassa-t-il sans tarder de son esprit. Il leur restait beaucoup de jours à vivre ensemble et de pays à découvrir. Or, il était déterminé à montrer à Valda à quel point la vie avec lui pouvait être excitante et réjouissante.

Il aurait aimé séjourner encore sur cette côte, mais les vents avaient changé et soufflaient du nord-ouest. C'était le signe qu'ils devaient reprendre la mer.

Leur provision d'eau et de nourriture étant au maximum, ils soulevèrent les pierres qui leur servaient d'ancre pour les remettre à bord et sortirent de la baie.

Valda ramait à côté de Tostig. De sa place près du gouvernail, Halfdan pouvait admirer la façon dont elle gardait parfaitement le rythme. La force et la volonté jouaient sans doute un rôle déterminant chez les rameurs, mais la synchronisation des mouvements était encore plus importante. Elle sentit son regard sur elle et, un demi-sourire aux lèvres, roula les yeux au ciel.

— Il va nous jeter dans les rochers s'il ne regarde pas où il va ! lança Tostig, de mauvaise humeur, déclenchant les rires de Valda.

Halfdan, qui avait entendu la réflexion de son parent, incurva légèrement leur direction pour s'orienter carrément vers le nord-est. Il n'avait aucune raison de s'inquiéter de l'avenir, pensa-t-il. De toute façon, ce n'était pas sa manière de vivre. À chaque jour suffisait sa peine.

Ils croisèrent pendant deux jours, le temps devenant de plus en plus froid à mesure qu'ils remontaient vers le nord, puis ils atteignirent la Néva qu'ils devaient remonter jusqu'au lac Ladoga. Ils ne pouvaient plus compter que sur leurs rames pour naviguer sur le fleuve, où ils devaient lutter contre le courant.

Ils dépassèrent le comptoir commercial de Staraya Ladoga où ils ne s'étaient arrêtés que pour embarquer quelques provisions puis poursuivirent leur remontée de la Néva à travers le pays des Rus. Ils rencontrèrent plusieurs fortifications le long du fleuve mais personne ne s'inquiéta de leur passage.

Deux semaines s'écoulèrent sans incident tandis qu'ils voguaient sur la Néva au milieu d'immenses forêts. De temps en temps, ils s'arrêtaient le long de la berge pour aller chasser, mais la plupart du temps, ils ramaient en alternant les équipes. Valda et Halfdan dormaient ensemble sous la tente et, comme ce dernier s'y était attendu, l'équipage ne prêtait aucune attention à ce changement.

Parfois, le fleuve, trop large, présentait des eaux si peu profondes qu'il y avait un risque que le drakkar s'échouât. De crainte que cela n'arrivât, Halfdan le faisait haler sur la berge par ses hommes à l'aide de cordages et des rames que l'on plaçait sous sa coque au fur et à mesure de sa progression. Quand ils avaient atteint un endroit où les eaux étaient plus profondes, ils remettaient le drakkar dans la Néva avec soulagement.

Valda, qui n'avait jamais vu cette façon de progresser, en était extrêmement étonnée, mais le long de la Seine jusqu'à Rouen la nécessité pour les drakkars de gagner la terre ferme ne se présentait jamais. Cela exigeait de grands efforts, expliqua Halfdan, mais c'était tout à fait normal sur les routes commerciales orientales. Des comptoirs nombreux, d'ailleurs, avaient jailli du sol aux endroits où il fallait faire rouler les embarcations sur des rames. Aussi y trouvait-on aisément de l'aide contre quelques pièces en rétribution.

Halfdan se réjouissait que Valda fît cette expérience. Il espérait, en effet, qu'elle comprendrait que quel que fût le défi auquel on était confronté, il existait toujours une solution pour le relever.

Ils arrivèrent à Novgorod au début de l'été. Nichée au milieu d'une épaisse forêt, la cité des Rus jouissait d'un port sur la Néva constitué de vastes pontons de bois alors que les habitations se cachaient derrière une haute palissade de bois juchée sur un tertre.

Dès que leur drakkar eut été repéré, des sentinelles montèrent à bord de barques et ramèrent dans leur direction. Les Rus contrôlaient cette région et surveillaient attentivement le trafic sur la Néva, exigeant un droit de passage et le respect strict de leurs lois.

Halfdan les accueillit à son bord comme de vieux amis et leur fit les cadeaux habituels : défenses de morses et fourrures d'hermine. Satisfaits, ils quittèrent le drakkar après d'aimables congratulations.

Quand ils se furent retirés, Valda alla rejoindre Halfdan qui avait repris la barre.

— Je croyais que les Rus exigeaient un droit de passage plus élevé, remarqua-t-elle en regardant s'éloigner les murailles de Novgorod.

— En effet, mais j'ai un lien de parenté avec la famille régnante. Les Rus viennent de Suède, mais il y a longtemps qu'ils ont quitté notre pays. Grâce à la fréquence de mes voyages, j'ai tout de même réussi à garder un lien avec eux. C'est la seule chose dont je puisse être reconnaissant envers mon père, qui n'a cessé de se comporter amicalement avec eux.

— Tiens ? fit Valda avec étonnement. J'aurais plutôt cru que tu lui étais reconnaissant pour ce navire.

En voyant l'expression outrée du visage d'Halfdan, elle comprit qu'elle aurait dû se garder de faire cette remarque.

— C'est mon drakkar.

— Ah, bon ? fit-elle en écarquillant ses grands yeux noisette.

— Celui-ci est à moi, reprit-il. Le premier était à mon père. Il s'attendait à ce que je revienne endetté de mon premier voyage et que je sois contraint de le supplier de m'aider, mais ce ne fut pas le cas. Je suis revenu, au contraire, avec deux bateaux. L'année suivante, je rapportais en argent trois fois la valeur du navire qu'il m'avait confié. Je l'ai donc largement payé. Je continue d'emporter des marchandises pour lui. Cela fait partie de notre contrat… C'est, en fait, la contrepartie pour permettre à Erik de se joindre à moi sur nos routes commerciales.

— Mais alors… Tu ne dépends plus de ton père…

Elle le regardait d'un air stupéfait et il prit conscience qu'il leur restait encore bien des questions à aborder ensemble. Ils ne pouvaient pas, en tout cas, éviter éternellement de parler de l'avenir.

— Non, répondit-il. Pas encore…

Il sourit pour la rassurer, mais il vit qu'elle était encore plus inquiète qu'avant.

— Nous ne serons pas longs avant d'arriver à mon comptoir. Nous en reparlerons à ce moment-là.

— Ton comptoir ?

Il haussa les épaules en affectant d'être indifférent à cette question, mais il était satisfait de voir l'étonnement de Valda et tirait quelque orgueil de ce qu'il avait réussi à accomplir.

— Oui… En fait, c'est un peu plus qu'un simple comptoir commercial car plusieurs tribus slaves se sont installées autour.

Sachant qu'ils l'atteindraient bientôt, Valda ne demanda pas davantage d'informations.

Son étonnement fut d'autant plus grand quand ils y parvinrent que le comptoir, comme l'avait laissé vaguement entendre Halfdan, était bien plus important qu'elle n'aurait pu l'imaginer. Elle remarqua, aussitôt, en effet, une enceinte fortifiée au sommet d'une colline dominant le fleuve et la campagne environnante.

Depuis Novgorod, la forêt n'avait cessé de s'éclaircir jusqu'à quasiment disparaître dans ces régions de plaines aux vastes étendues de prairies qu'une chaîne de montagnes fermait à l'horizon. Le monde paraissait, soudain, sans bornes à Valda qui se demandait si elle aurait envie, un jour, de retourner vivre à York.

Les gens d'Halfdan les accueillirent avec des cris de

joie en voyant le drakkar s'avancer vers le ponton. Des hommes de leur équipage se jetèrent à l'eau peu profonde et marchèrent jusqu'à la grève pour y retrouver femmes et enfants.

Valda remarqua que sous l'influence slave ils étaient vêtus un peu différemment des habitants de Gotland. Leurs coiffes, par exemple, étaient bordées de fourrure et ornées de pierres précieuses sur le devant. Quant à leurs vêtements, ils étaient vivement colorés et abondamment ornés de broderies.

Il était clair que c'était là le lieu de résidence de l'équipage lorsqu'il n'était pas en voyage à travers mers et fleuves.

Deux jeunes femmes richement vêtues coururent vers le drakkar et, au même moment, elle vit Tostig sauter sur le ponton.

— Ce sont mes filles, Lada et Marzanna, lança-t-il en direction de Valda qui, interloquée, ne le quittait pas des yeux ni les deux femmes l'entourant qui le harcelaient de baisers et gestes de tendresse.

Elle eut envie de rire quand elle vit comment les deux grandes filles magnifiques entraînaient leur père loin du bateau en l'admonestant dans une langue qu'elle ne comprenait pas. Il marmonna une réponse dans le même idiome et, ayant pris chacune de ses filles par le cou, se dirigea avec elles vers le manoir.

— Je ne savais pas que Tostig était père de famille, fit Valda en se tournant vers Halfdan. À la façon dont elles lui parlent, je comprends qu'il ne rêve que de mourir.

Halfdan renversa la tête en arrière et éclata de rire de cette manière à la fois si masculine et enfantine, qui lui était propre et qui amusait beaucoup Valda.

En l'entendant, elle ne put se retenir de penser que, plus tard, son rire lui manquerait.

Ils descendirent à leur tour du drakkar, maintenant

solidement amarré au ponton, et remontèrent la rue bordée de boutiques d'artisans et de commerçants. L'ambiance évoquait York mais à une échelle plus petite et conviviale. Sinon on trouvait ici les mêmes métiers. Un artisan s'approcha d'Halfdan pour lui présenter un collier de perles très élaboré et ce dernier le complimenta pour son chef-d'œuvre. Tous semblaient heureux et affranchis de la misère, à la différence de bien des endroits que Valda avait vus.

En approchant des fortifications, elle put mesurer avec son œil expert le nombre d'hommes qui la gardaient et la qualité de leur armement puis, quand ils eurent pénétré dans la cour, elle fut frappée de l'importance du logis seigneurial à la fois grand et massif.

Un ensemble de granges, des étables, des écuries et une forge complétaient les bâtiments au milieu desquels s'activait une population joyeuse et visiblement très occupée.

Ils entrèrent dans le logis où Valda fut surprise par la beauté des tapisseries et par les nombreuses armes qui en décoraient les murs. Une cheminée centrale répandait une lueur rougeâtre accueillante alors que les servants s'affairaient pour la préparation du festin qui serait donné dans la soirée.

Elle découvrait qu'Halfdan, s'il n'était pas encore jarl, jouissait déjà du statut de seigneur.

— C'est un magnifique logis dont tu peux être fier, dit-elle alors qu'elle regardait autour d'elle avec admiration.

— Ça pourrait être ta maison, si tu le voulais, répondit-il en la regardant dans les yeux.

Chapitre 13

Les filles de Tostig, en charge du festin, dirigeaient les serfs avec une compétence remarquable. Sur les tables s'alignaient des rôtis de chèvre et de mouton cuits au feu de bois, des coupes de fruits, des ragoûts et des pains de seigle. De tonneaux, on tirait un breuvage inconnu à Valda, mais s'apparentant à l'hydromel, dont on remplissait des crânes. Toute l'assistance était gaie et enjouée, heureuse de célébrer le retour d'Halfdan et son prochain départ vers la mythique Miklagard.

Après le dîner, Valda et Halfdan s'installèrent devant une petite table à l'écart du bruit des conversations. Assis sur des chaises aux hauts dossiers, ils se faisaient face de part et d'autre du plateau en bois d'un jeu de tafl dont les pièces étaient fabriquées dans du verre bleuté.

Dès la première partie, Valda, après quelques coups habiles, avait capturé le roi d'Halfdan, l'emportant ainsi facilement. C'était un jeu de guerriers, en fin de compte, et elle s'y était toujours beaucoup adonnée.

Halfdan, qui voulait avoir sa revanche, prenait son temps avant de déplacer ses pièces. Et Valda, qui le regardait se concentrer, sirotait sa boisson tout en étant à l'écoute de la vie de cette maison qu'elle ne connaissait pas et dont les habitants différaient un peu des Vikings. Un peu moins blonds bien que très semblables à ces derniers dont ils partageaient les origines, ils vivaient dans un décor plus léché où la soie était très présente et mangeaient une nourriture plus riche.

La présence de croix sur leurs poitrines à côté d'amulettes laissait entendre qu'ils avaient été christianisés mais n'avaient pas encore oublié leurs anciennes croyances. Enfin, il apparaissait qu'ils tiraient leur richesse de l'élevage, les immenses plaines herbeuses qui les entouraient étant favorables à ce type d'activité.

Halfdan voulait qu'elle vive ici, mais comment prendre une telle décision, elle qui avait commis tant de fois des erreurs de jugement ?

Alors qu'elle tournait et retournait ces questions dans sa tête, Halfdan déplaça, enfin, une pièce. Elle comprit tout de suite quelle était son intention et, aussitôt, la contra. Du moins était-elle capable de prendre une décision quand il s'agissait de batailles.

Le voyant froncer les sourcils d'un air déconcerté, elle sourit.

— Tu es trop forte, marmonna-t-il en se grattant la tête d'un air pensif.

Il saisit une pièce mais, après un moment d'hésitation, la remit en place.

— Toi aussi..., dit-elle en haussant les épaules, quand tu te décides, enfin, à prendre une décision.

Il eut un rire contrit et, avec un soupir de contentement, Valda se laissa aller contre les coussins de sa chaise. Elle aimait bien jouer avec Halfdan. Même s'il n'avait pas encore gagné avec elle, elle voyait que c'était un bon joueur et ne doutait pas que lorsqu'il aurait mémorisé tous les coups qu'elle employait pour le battre, il deviendrait un adversaire redoutable.

Elle le vit se mordre la lèvre inférieure et commettre l'erreur fatale qu'elle attendait depuis un moment. Quelques mouvements plus tard, il s'inclina devant elle et perdit son roi.

— Voudrais-tu que je te donne quelques conseils ? demanda-t-elle après l'avoir entendu jurer entre ses dents.

— Oui, s'il te plaît, répondit-il en disposant les pièces sur le plateau. Il ne m'est jamais arrivé de me faire battre ainsi à plate couture. Tu es vraiment maîtresse dans cet art. Il faut que j'apprenne tes coups.

— Ton problème, répondit-elle en inclinant la tête avec modestie, c'est que tu ne veux sacrifier aucune de tes pièces. Tu es tellement préoccupé par le fait que tu ne veux en perdre aucune que tu oublies l'essentiel.

— C'est vrai, reconnut-il avec son sourire dévastateur. Je veux tout garder.

Une tristesse infinie emplit le cœur de Valda qui eut l'impression qu'ils ne parlaient plus de leur partie de tafl.

— Tu ne peux pas tout avoir, Halfdan, dit-elle.

— Pourquoi pas ? fit-il alors que son sourire s'effaçait.

— Le but du jeu est de prendre le roi de l'adversaire. Tu dois tout faire pour le sauvegarder. Rien d'autre.

— Continuons la partie, répondit-il en déplaçant une pièce d'un air résolu. Je trouverai un moyen de m'en sortir.

Les traits de son visage étaient plus déterminés que jamais. D'habitude son optimisme était contagieux, mais, cette fois, il ne servait qu'à attrister Valda.

Il avait dû être profondément affecté lorsqu'elle était sortie de sa vie sans un mot et qu'il l'avait crue incapable de faire le moindre sacrifice, mais on ne pouvait pas changer le passé.

— Non, dit-elle d'une voix douce en se calant contre le dossier de sa chaise. Je n'ai plus envie de jouer… Je n'ai pas bien compris, tout à l'heure, quand tu as parlé de ton frère. Sa liberté dépend-elle de ton mariage ?

Il redressa la tête et leurs regards fusionnèrent. Sans

doute comprit-il de quel tourment elle se trouvait être la proie car il écarta le jeu de tafl et lui prit la main.

— Viens, dit-il. Allons dans notre chambre. J'ai beaucoup d'explications à te donner.

Une cloison à pans de bois et torchis à laquelle pendaient des tapisseries séparait la chambre d'Halfdan de la grande salle. Un grand lit en bois encastré dans le mur et muni d'un rideau ainsi que plusieurs coffres constituaient l'ameublement. Un brasero rempli de braises rougeoyantes diffusait une faible mais chaude lumière.

— Est-ce dans cette pièce que tu envisages de me garder si j'accepte de rester avec toi ? demanda-t-elle, le cœur gros alors qu'elle promenait le regard autour d'elle.

— Ça ne te plaît pas ?

— Je préfère le drakkar..., répondit-elle en soupirant avant d'ajouter d'une voix douce : je préfère surtout être avec toi.

— Eh bien, tu le seras toujours si c'est ce que tu désires, fit-il avec un large sourire.

Elle aurait voulu sourire à son tour mais en était incapable. Elle avait besoin de connaître un détail non négligeable.

— Envisages-tu toujours de te marier quand tu seras de retour à York ?

— Je l'ignore, répondit-il d'un air morne.

Valda hocha la tête et s'assit au bord du lit, les yeux baissés vers le sol. Il n'avait encore pris aucune décision au sujet de leur avenir.

— Il ne s'agit pas que de moi. Le destin d'Erik aussi est en jeu.

Valda retira ses bottes et replia les jambes sous ses fesses alors qu'elle ne quittait pas des yeux Halfdan qui s'était mis à aller et venir dans la chambre.

— N'as-tu pas assez d'argent pour lui offrir la liberté ? Est-ce la raison pour laquelle tu as accepté ce mariage ?

— Si, j'en ai assez.

Sa réponse lui fit l'effet d'une insulte qui la blessait terriblement dans son amour-propre. S'il avait les moyens d'affranchir Erik, pourquoi acceptait-il les conditions de son père ?

Halfdan s'arrêta de marcher et retira sa tunique de soie qu'il jeta dans une corbeille près de la porte puis il retira à son tour ses bottes et alla s'asseoir près d'elle sur le lit.

— Alors, pourquoi ne le fais-tu pas ?

— La liberté de mon frère est assurée, répondit-il en lui prenant les mains comme s'il la suppliait de le comprendre. Je suis riche, mais mon père exige une somme abyssale qui équivaut à, à peu près, toutes les richesses que j'ai accumulées depuis que je fais du commerce. Ça vaut la peine, néanmoins, car, bientôt, il n'aura plus aucun pouvoir sur moi ni sur mon frère.

Il s'interrompit avant de reprendre :

— Je ne sais comment t'expliquer... Nous n'en avons jamais parlé dans le passé. Tu ignorais qu'Erik était un esclave, n'est-ce pas ?

— Oui, fit Valda en fronçant les sourcils tandis qu'elle essayait de se remémorer ce qu'elle savait au sujet de son frère. Pour moi il n'était qu'exclu de la société comme une sorte de paria. Nous savions que ton père ne l'avait pas reconnu. Autrement dit que sa naissance lui avait déplu. C'est pour cela qu'il ne dînait jamais dans la grande salle et n'y dormait pas davantage. Il était cantonné aux cuisines et aux écuries. Ma famille ne le comprenait pas, comme tu t'en doutes, n'est-ce pas ?

Elle pensait à Brunehilde qui avait pris la décision de lui parler et était revenue pâle et inquiète de leur entrevue. Après ce jour, elles l'avaient toutes quatre évité.

— J'avais entendu dire qu'il n'était pas le fils de ton père, reprit-elle.

— C'est faux, répondit fermement Halfdan. Il l'est de façon certaine. Sa mère, Anahita, n'était guère plus âgée qu'une enfant quand elle est tombée en captivité. Ulf avait pillé les terres de son père pour se venger d'une offense dérisoire et par pure méchanceté avait emmené la pauvre enfant dont il a abusé sans le moindre remords. Erik est né à la suite de cette relation. Il est de deux ans mon aîné. S'il avait été reconnu par Ulf, il aurait été l'héritier légitime de son titre et de ses richesses, et non moi.

— Tu n'y es pour rien.

— Certes, mais mon père n'a cessé d'essayer de créer une rivalité entre nous pour mieux nous séparer. Il nous forçait ainsi à nous mesurer l'un à l'autre dans toutes sortes d'activités tels la course, la nage, l'aviron, l'escalade et, bien sûr, l'escrime. Je…

Il s'interrompit avant de reprendre en rougissant d'un air coupable :

— Après la mort de ma mère, pour gagner l'estime de mon père, je me suis acharné à battre Erik sans comprendre que la plupart du temps il me laissait gagner.

— Vous n'étiez que des enfants. Nous avons tous fait la même chose.

Les traits du visage d'Halfdan devinrent douloureux quand il reprit :

— Aurais-tu continué à frapper ton adversaire quand il était à terre ? Aurais-tu écouté ta mère si elle t'avait incitée à le faire ?

Valda, horrifiée, fit non de la tête.

— Mon père nous poussait dans ce sens, mais Erik a toujours refusé de me blesser sérieusement. Il ne me frappait que pour montrer à notre père qu'il jouait le jeu mais mesurait toujours la force de ses coups. Un jour, sachant que j'étais le meilleur nageur de nous deux et que par contre je ne pourrais jamais le battre à l'épée, Ulf m'a demandé de lancer un défi à mon frère.

« Mais c'eût été trop beau s'il avait choisi l'été pour nous confronter. Il a demandé que la compétition ait lieu le lendemain. Or, nous étions en plein hiver. Il a fallu casser la glace du lac et y creuser un sillon pour que nous puissions y nager. Je n'étais pas préparé à cette épreuve. J'ai été rapidement en difficulté dans cette eau glacée. À la différence de mon frère qui avait été élevé à la dure, j'étais habitué au confort du manoir de mon père. Sans le secours d'Erik, je me serais noyé. Quand il a vu que je n'allais pas bien, il a interrompu sa course et m'a sorti de l'eau quand il aurait pu m'y laisser mourir.

« Je lui ai demandé, plus tard, pourquoi il avait agi ainsi, et il m'a répondu qu'il ne le savait pas, mais moi je le sais. Il est naturellement bon et généreux. Il est bien meilleur que moi. Je lui dois tant que maintenant c'est à moi de l'aider. Je vais lui donner ce qui lui revient. »

Des larmes brillaient dans les yeux d'Halfdan, et Valda eut un élan de tendresse envers lui.

— Je comprends mieux, maintenant, dit-elle en le prenant dans ses bras. Peut-être devrions-nous nous séparer avant que ça ne devienne trop dur.

— Non. Reste avec moi, s'il te plaît, au moins jusqu'à la fin de ce voyage… Je vais essayer de trouver une solution pour nous…

Il posa les mains sur les jambes de Valda qu'elle avait croisées sur le lit et remonta les mains jusqu'au sommet de ses cuisses puis, se penchant sur elle, il déposa un tendre baiser sur le côté de son cou.

Une question revint à l'esprit de Valda : pouvait-elle envisager de laisser de nouveau derrière elle sa mère et ses sœurs ?

Pour vivre avec un homme qui ne serait jamais vraiment

à elle ? En tout cas, pas comme elle le souhaiterait, car ses sentiments pour lui étaient redevenus aussi forts qu'ils l'avaient été au sommet de leur passion.

Cet attachement viscéral qu'elle avait pour lui justifierait-il qu'elle dérogeât à ses principes ?

Elle voulait une maison, une famille… La sécurité qu'elle n'avait jamais eue dans son enfance. Pourrait-elle l'avoir ici ? Dans ce pays si éloigné de la Neustrie où elle avait vécu ? Elle aurait tout le confort, c'était certain, mais cela lui suffirait-il ?

Non, de toute évidence, mais elle voulait, néanmoins, être avec lui.

— Halfdan, murmura-t-elle, pleine d'indécision.

Il glissa les mains sous sa tunique et la fit passer par-dessus sa tête.

Sentant son indécision, il la fit se coucher sur le dos et s'étendit sur elle. Dressé sur les coudes, il la contempla un moment sans rien dire puis se pencha sur elle pour lui effleurer les lèvres d'un baiser avant de descendre le long de son cou et de s'arrêter sur le renflement de sa gorge au-dessus de la bande de tissu qui enveloppait ses seins.

Il plongea ses yeux bleus profonds comme la mer dans ceux de Valda tandis qu'il glissait les doigts entre le tissu et sa peau. Une légère traction et le vêtement glissa libérant la poitrine dont les mamelons dressés appelaient ses baisers.

Elle laissa échapper un long gémissement quand il en emprisonna un entre ses lèvres et se mit à le titiller du bout de la langue.

— Je peux te rendre heureuse, dit-il dans un souffle en frottant les lèvres contre les pointes de ses seins.

Elle fit non de la tête alors même qu'elle arquait les reins dans l'espoir qu'il comprendrait et descendrait le visage vers le bas de son ventre, mais il se contenta de retirer sa propre tunique et s'empara des lèvres de Valda.

Après un long et enivrant baiser, alors qu'elle lui caressait le dos et les épaules, il se redressa et murmura :

— Laisse-moi seulement la chance de te le prouver. C'est tout ce que je te demande.

De tendre, le moment devint érotique en quelques instants et leurs regards se remplirent d'un insatiable désir, dans la mesure où chacun savait vers quels sommets de volupté ils s'acheminaient.

Se refusant toujours à lui répondre, elle se mit à défaire le nœud du cordon qui retenait ses chausses. Laissant échapper un juron, il la retourna sur le ventre, mais elle fut plus que satisfaite de se retrouver dans cette position.

Elle se dressa sur les coudes et les genoux, et lui lança un regard par-dessus son épaule. Ses cheveux s'échappaient par vagues incandescentes de sa tresse qu'il avait dû défaire, et elle, pour mieux le voir, remua la tête, imprimant à son corps un mouvement terriblement suggestif.

— Je jure que je peux te rendre heureuse, insista-t-il, le regard brillant de désir.

Un sourire enjôleur naquit sur le visage de Valda alors qu'il se penchait sur son dos.

— Je te donnerai tout ce que tu voudras, fit-il avant de lui couvrir les épaules de baisers.

Elle redressa les hanches et pressa les fesses contre son érection en murmurant d'une voix de gorge :

— Tu peux toujours essayer…

— Tu as envie de moi ? fit-il. Eh bien, dis-le !

Tout en parlant, il plongea le bras entre ses jambes avant de la masser selon un mouvement circulaire.

Elle gémit voluptueusement mais s'enferrait dans le refus de lui répondre comme si elle en faisait un jeu. Tout en remuant les fesses, elle les pressait contre son sexe qu'elle brûlait de sentir en elle, mais lui aussi jouait et lui refusait cette satisfaction.

Comme il ne cessait de la masser entre les jambes, la respiration de Valda devint haletante.

— Je t'en prie, supplia-t-elle.

Il accéléra le mouvement de ses doigts jusqu'à ce qu'elle devînt folle de désir.

— Oui, oui…, s'écria-t-elle. Je te veux en moi !

Sur ces mots qu'il devait attendre, Halfdan acheva de se dévêtir et pénétra Valda de toute sa longueur. Elle atteignit l'orgasme en quelques instants et fut presque aussitôt rejointe par Halfdan qui laissa échapper un cri rauque au moment où il se retirait pour éjaculer contre ses reins.

Valda s'étendit sur le ventre avec un soupir d'extrême contentement. Rien n'égalait le plaisir qu'elle connaissait entre les bras d'Halfdan. Elle s'était donnée à lui vierge et n'avait fréquenté aucun autre homme après leur séparation. Or, elle était si bien avec lui qu'elle savait qu'elle ne pourrait pas faire l'amour avec un autre. Ses besoins et ses désirs étaient en parfaite harmonie avec les siens. Il savait ce qu'elle attendait et le faisait au moment précis où elle le désirait.

Ils se glissèrent sous leur courtepointe et tirèrent sur eux la couverture en fourrure avant de s'endormir enlacés dans les bras l'un de l'autre.

Peut-être, s'interrogea Valda dans un demi-sommeil, devrait-elle se concentrer sur ces dernières semaines qu'il lui restait à vivre avec Halfdan et cesser de s'inquiéter au sujet de la peine de cœur qui se profilait à l'horizon. Elle était inévitable, mais, du moins, pouvait-elle connaître le bonheur pendant quelque temps.

Lorsqu'elle retournerait vivre auprès de sa famille, elle aurait au fond du cœur des souvenirs qui auraient une valeur de trésor. D'autant plus qu'elle pouvait associer ces moments à ceux de leurs amours d'antan qu'elle s'était interdit de savourer. Elle pourrait, enfin, se nourrir de ces merveilleux instants passés et présents, qui l'accompagneraient jusqu'aux derniers jours de sa vie.

Oui, c'était cela qu'elle voulait ! Jouir pleinement de ces quelques semaines ensemble avant que cette existence si savoureuse ne prît fin et qu'une autre commençât.

Avant de sombrer dans un sommeil profond, il lui vint vaguement à l'esprit qu'Halfdan aurait pu commencer d'éjaculer en elle avant de se retirer ?

Il n'avait dû laisser que très peu de semence, cependant, sans doute pas de quoi s'inquiéter…

Chapitre 14

Le lendemain matin ils se levèrent de bonne heure et se firent apporter dans leur chambre un baquet que des servants remplirent d'une eau chaude et parfumée.

Au sortir du bain, Valda, après avoir séché ses cheveux et les avoirs longuement peignés, s'employait à faire ses tresses tout en regardant Halfdan, encore nu, s'affairer dans la chambre.

— J'ai quelque chose pour toi, dit-il en ouvrant un coffre.

Il en sortit un paquet enveloppé de tissu qu'il posa près d'elle sur la paillasse.

— Pour moi ? Je n'ai besoin de rien.

— Cela pourrait te servir.

Comme elle ne se tournait pas vers le paquet, il ajouta :

— Il s'agit d'une armure.

La façon dont elle se précipita vers l'objet en question le fit rire.

Elle déchira le tissu pour révéler un heaume et une cotte de mailles. Rembourré à l'intérieur et d'un acier de première qualité, le casque présentait une protection nasale ainsi qu'autour des yeux. C'était le genre de heaume qu'elle avait porté dans les batailles avant de vendre son équipement, à l'exception de son épée et de son bouclier.

— C'est magnifique, dit-elle en passant la main sur les

rivets et anneaux de la cotte de mailles, mais je ne peux pas accepter un aussi beau cadeau… C'est trop…

— Pourquoi laisserais-tu ce bel armement se couvrir de poussière dans un coffre ? Ce n'est pas sa place. Il doit servir. Il a été fabriqué pour protéger une personne qui comptait beaucoup aux yeux de son commanditaire. Le laisser rouiller dans son coffre serait une insulte faite au forgeron talentueux qui l'a conçu.

Un sourire se dessina sur les lèvres d'Halfdan visiblement satisfait de son plaidoyer.

— Pourquoi ne le portes-tu pas, s'il est si exceptionnel ?

— Il n'est pas assez grand. Ma mère me l'a fait faire quand j'étais un jeune homme. Elle pensait que j'avais atteint ma taille d'adulte, mais j'ai continué de grandir. Je tenais de mon père et non de sa famille.

Pour illustrer son propos, il gonfla le torse et les biceps.

— J'ai une armure qui est toujours à bord du drakkar, mais, heureusement, j'ai rarement l'occasion de la porter. Je t'en prie, Valda, prends celle-ci. Ma mère serait satisfaite de savoir qu'elle protège la femme que j'ai…

Il s'interrompit et reprit :

— Pour laquelle j'ai de profonds sentiments.

Cette dernière nuance dans la bouche d'Halfdan échappa, par bonheur, à Valda qui, particulièrement touchée par la valeur sentimentale de ce cadeau, le regardait avec une immense tendresse.

— Merci, dit-elle enfin.

Satisfait, Halfdan se dirigea vers un autre coffre duquel il sortit de modestes vêtements qui n'avaient rien à voir avec ceux qu'elle l'avait vu porter jusqu'à maintenant. Il se débarrassa de son collier en or ainsi que de ses bagues qu'il rangea dans le coffre avant de le refermer à clé.

Constatant que Valda le regardait d'un air interrogatif, il dit :

— Tu t'étonnes que je n'emporte pas ma tenue d'apparat à Miklagard ?

— Tu ne veux peut-être pas attirer l'attention dans des contrées qui te sont moins connues ? Cela aurait du sens.

— En effet, mais ce n'est pas la bonne raison.

Elle leva les yeux vers les poutres du plafond d'un air d'impatience, mais, comme il ne donnait pas d'explication, elle reprit :

— Eh, bien ?

— Je porte des vêtements de soie pour mes clients et non pour moi, répondit-il en s'habillant avec la tenue qu'il venait de prendre dans le coffre. Je suis un marchand. Il faut bien que je montre ma marchandise à mes clients si je veux qu'ils me l'achètent. Tu as dû remarquer que je suis toujours en chemise ou torse nu quand je navigue.

Son sourire suffisant laissait entendre qu'il avait remarqué avec quel intérêt elle l'observait pendant la traversée.

En quittant leur chambre, Valda se demandait si, décidément, tout n'était pas jeu dans la vie d'Halfdan. Si elle finissait par accepter sa proposition, ne la mettrait-il pas, elle aussi, dans un coffre jusqu'au jour où il aurait de nouveau besoin d'elle. Elle en éprouvait un peu de honte, mais elle devait reconnaître qu'elle n'arrivait toujours pas à lui faire entièrement confiance. Mais, en fait, en dehors de sa mère et ses sœurs, en qui avait-elle eu jamais une confiance totale ? En Jorund, certainement, et cela avait été pour elle un désastre.

Elle avait accepté de laisser Halfdan tenter de la séduire assez pour la convaincre de continuer à partager sa vie après que leur voyage serait arrivé à son terme, mais elle doutait qu'il y parvînt. Elle n'était pas une étoffe de soie qu'on présente à ses clients ni un objet précieux qu'on enferme dans un coffre.

Après le déjeuner, ils sortirent dans le frais matin pour se rendre au port. Le comptoir était déjà animé comme une ruche, chacun vaquant à ses occupations.

— Il faut que nous laissions ici le drakkar, expliqua Halfdan alors qu'ils descendaient la passerelle conduisant au bateau.

— Je ne comprends pas, fit Valda d'un air étonné. N'avons-nous pas d'autres fleuves à descendre ? Et puis, il nous reste encore une mer à traverser.

— Oui, mais nous ne faisons que changer d'embarcation.

Il pointa du doigt trois bateaux à faible tirant qui se balançaient près du fier drakkar avec son effrayante tête de dragon en figure de proue.

L'absence de tente dans chacun d'entre eux démoralisa Valda.

— Mais pourquoi ?

Devant son expression navrée, Halfdan ne put contenir un éclat de rire.

— Notre lit va te manquer ?

Elle se contenta de hausser les épaules d'un air gêné.

— À moi aussi, reprit-il en soupirant, mais la dernière partie de notre voyage est exténuante. Or, le drakkar est trop grand et lourd. Nous ne pourrions pas le traîner le long des berges partout où le niveau de l'eau est trop bas.

— Ce sont des endroits dangereux ?

— Oui. Les nomades qui se déplacent dans les prairies représentent notre plus grande menace. Ils vivent de leurs troupeaux, mais ils n'hésitent pas à s'en prendre aux voyageurs pour les dérober. Tu pourrais avoir besoin de ton épée. J'espère que non, mais garde-la toujours à ta disposition au cas où le danger, soudain, se présenterait.

Valda, en même temps qu'il lui faisait cette recommandation, remarqua qu'il portait plusieurs dagues à sa ceinture en plus de son alfange.

Elle vibra soudain d'impatience et, instinctivement, posa la main sur la poignée de son épée qu'elle gardait toujours près d'elle.

— Cela ne m'inquiète pas.

— J'en suis certain, sinon je ne t'aurais pas proposé de m'accompagner, mais sache que j'évite autant que possible toute forme de dissensions. C'est, d'ailleurs, aussi dans cet esprit que nous continuons notre voyage sur ces trois embarcations discrètes qui donnent à penser que nous ne transportons pas de cargaison de valeur. Et puis, comme je te l'ai déjà dit, elles seront plus faciles à déplacer quand, sur le chemin du retour, il faudra les hisser jusqu'au sommet de certaines collines.

L'équipage était en train de décharger le drakkar pour répartir la cargaison entre les trois bateaux et ils se joignirent à lui. Leurs marchandises les plus précieuses avaient déjà été vendues au cours du voyage et il ne leur restait essentiellement que des fourrures et de l'ivoire à commercer.

Une fois le chargement terminé, Valda se rendit compte du peu d'espace qu'il restait pour les vingt hommes composant l'équipage de chacune des embarcations. Ils n'auraient guère que leur emplacement sur le banc de rameurs et, la nuit, il faudrait dormir, le dos plaqué au bastingage. Adieu la tente des plaisirs ! Ils ne disposeraient que de petits abris de toiles graissées qu'ils installeraient sur la berge des fleuves. Misérables conditions ! Et pour couronner le tout, ils devraient être constamment sur leurs gardes, de crainte de n'être assaillis pendant leur sommeil.

— Pourquoi souris-tu ? demanda Halfdan en sautant derrière elle sur le pont du bateau.

— Ça va être drôle, répondit-elle en lui lançant un regard par-dessus son épaule.

— Tu as trop écouté Tostig, fit Halfdan qui comprenait que la remarque de Valda était caustique.

Puis, tout ayant été installé à l'intérieur des bateaux, ils défirent les amarres et reprirent le cours du fleuve.

— Dans combien de temps atteindrons-nous Miklagard ? demanda Valda alors qu'elle ramait avec les autres hommes.

Ils avaient dû renoncer à la voile dans ce passage où le fleuve était peu profond et devaient se garder des rochers le long des berges.

Si elle avait pu penser que la suite du voyage dans ces nouvelles conditions pourrait être drôle, Valda déchantait.

Elle n'aimait pas se plaindre mais ses vêtements étaient sales et couverts de poussière. Depuis plusieurs semaines, maintenant, elle n'avait dormi que sur des sols durs. Les journées semblaient interminables sous le soleil implacable alors qu'ils s'orientaient toujours plus vers le sud en suivant le cours du Dniepr.

Elle était capable de supporter cet inconfort, mais ce qui la peinait le plus, c'était de n'avoir aucune intimité avec Halfdan. Ils n'avaient, en effet, pas fait l'amour une seule fois depuis qu'ils avaient quitté son comptoir. C'était, certes, normal, dans la mesure où ils dormaient côte à côte avec les autres membres de l'équipage sur le bateau quand ils n'étaient pas rassemblés autour d'un feu sur la berge du Dniepr, leurs regards scrutant l'horizon de crainte de n'y voir surgir un danger.

— Bientôt, répondit Halfdan qui se tenait debout près d'elle à la proue de l'embarcation.

Une longue perche entre les mains, il sondait les hauts-fonds. Il la plongea dans l'eau, à cet instant, et fut forcé de pousser contre le lit du fleuve pour éviter les rochers situés sur leur passage. Valda se joignit aux autres membres de l'équipage pour compenser le mouvement qu'il avait imprimé au bateau et éviter que la quille ne frottât contre les hauts-fonds.

Leur embarcation se trouvait en tête de la petite flottille, Tostig commandait la seconde, et la troisième était aux ordres d'Aarne.

— Serons-nous forcés de porter les bateaux à un moment ou un autre ? demanda-t-elle en observant avec inquiétude le lit du fleuve en aval encombré de rochers.

À mesure qu'ils progressaient vers le sud, ils avaient traversé toutes sortes de pays marécageux, accidentés, plats et, à présent, le lit du fleuve devenait de plus en plus étroit et les eaux tumultueuses blanchissaient d'écume en bondissant sur les rochers.

Halfdan fit non de la tête en souriant d'un air entendu, ce qui n'eut d'autre effet que d'inquiéter Valda encore davantage.

— Halfdan ? fit-elle sèchement.

— Tu peux te préparer, dit-il en riant. Il va y avoir du mouvement.

— Je me préparerais mieux si je savais ce qui m'attend !

L'humour d'Halfdan commençait de l'exaspérer. Elle avait mal aux bras et aux épaules à force de pousser sur sa rame pour remettre le bateau dans la bonne direction. Or, elle voyait que leurs conditions de navigation allaient bientôt s'aggraver.

— Nous allons nous retrouver au milieu d'eaux tumultueuses, dit Halfdan. C'est pour cela que nous avons abandonné le drakkar. Au retour, il aurait été impossible de le transporter le long de ce terrain accidenté, hérissé de rochers, mais avec les plus petites embarcations, on y arrive. Et puis, à l'aller, elles sont plus faciles à manier, en général, au milieu des rochers.

— En général ? fit Valda en lui lançant un regard

glacial. C'est pour cela que tu as insisté pour que je sois sur le même bateau que toi ?

— Je préfère ta compagnie à toute autre ! cria Halfdan.

Valda prit conscience en l'entendant hausser le ton que le tumulte du fleuve se faisait plus fort. Elle tendit la tête pour mieux voir à l'extérieur du bateau et il lui sembla qu'un grondement lointain lui parvenait.

Une boule se forma dans sa gorge alors qu'elle prenait conscience que des rapides les attendaient !

Elle aurait préféré faire face à des hommes en armes.

Après que leur bateau eut dépassé un coude que formait le Dniepr, elle vit apparaître la section du fleuve qu'elle redoutait. Son lit, plus étroit, était pris en étau entre des parois rocheuses tandis qu'en son centre se dressait un îlot constitué d'énormes rochers gris. Les eaux s'écrasaient dessus avant de se séparer en deux bras qui se précipitaient de part et d'autre vers une destination qui échappait à son regard.

Elle jeta un coup d'œil en arrière et constata que les deux autres bateaux avaient ralenti leur allure. Tostig et Aarne, assurément, voulaient créer une distance suffisante entre eux pour leur permettre de franchir un à un les rapides.

— Par là ! s'époumonait Halfdan en poussant avec sa perche pour orienter le bateau vers la rive gauche.

Valda changea de position afin d'avoir plus de force et usa de sa rame de la même manière que les autres rameurs pour assurer la manœuvre.

— Couchez-vous ! cria Halfdan.

Aussitôt l'équipage releva les rames et descendit des bancs pour se recroqueviller dans l'espace réduit qu'offrait l'embarcation au fond de la cale.

Halfdan restait seul debout alors qu'ils filaient vers l'île contre laquelle ils semblaient condamnés à se fracasser, mais au dernier moment il parvint à les en détourner et ils suivirent le mouvement infernal de l'eau qui les conduisait vers les rapides.

À cet instant, seulement, Halfdan, le regard brillant d'excitation, s'assit près de Valda.

— Est-ce que ça ne te rend pas heureuse, d'être en vie ? demanda-t-il d'une voix forte pour couvrir le grondement du fleuve.

— Si, mais j'espère que ça ne va pas changer ! répondit-elle en essuyant les embruns qui lui fouettaient le visage.

Halfdan, qui ne se départait pas de son sourire, soudain, annonça :

— Voilà les choses sérieuses !

Valda reprit sa respiration et fixa le fleuve devant elle sans rien remarquer de particulier.

Un bruit assourdissant d'eau en furie, toutefois, grandissait alors que le fleuve semblait se calmer comme s'il retenait sa respiration. Cette accalmie était, peut-être, encore plus terrifiante à cause du contraste qui existait entre elle et ce qui les attendait en aval.

Au détour d'une courbe que formait le lit du Dniepr, ils découvrirent la cause de ce tumulte.

Une chute d'eau se profilait et Valda se demandait comment leur embarcation ne s'y briserait pas. Mais, pire encore, peut-être, lui succédaient des eaux en furie serpentant au milieu de rochers qui contribuaient à la formation de terrifiants tourbillons.

L'espoir, cependant, se trouvait au-delà de ces épreuves, le fleuve s'y épanouissant d'une manière plus accueillante et sûre pour reprendre son cours reposant aux paresseux méandres.

Le cœur de Valda battait dans sa poitrine quand, en quête d'un réconfort de sa part, elle leva les yeux sur Halfdan. À son agréable surprise, elle constata qu'il la couvait du regard :

— Tout va bien se passer, dit-il d'une voix douce.

Incrédule, elle acquiesça, néanmoins, de la tête.

Était-ce son destin de mourir ici, sur une terre étrangère ? Que deviendraient sa mère et ses sœurs sans son secours ? Seraient-elles obligées de se marier ? Combien de temps attendraient-elles avant d'ériger une stèle en sa mémoire ? Tant de questions lui traversaient l'esprit qu'elle saisit la poignée de son épée pour se rassurer.

Une main ferme, aussitôt, l'en détacha pour l'obliger à s'agripper au bord du bateau.

— Fais-moi confiance, dit-il en plongeant son regard bleu dans celui de Valda. Je te donne ma parole que tout ira bien.

Puis, haussant le ton, il s'adressa à l'équipage derrière eux :

— Tenez-vous fermement !

Valda s'accrocha au bastingage de toutes ses forces quand le bateau commença de baisser du nez au bord de la chute d'eau. Elle eut l'impression que son estomac se retournait, et un air glacé lui remplit la poitrine. Fermant les yeux, elle serra les mâchoires pour ne pas hurler.

Un instant après, le bateau heurta violemment avec un son mat l'eau au-dessous d'eux et des gerbes jaillirent autour de l'embarcation comme une vague. Valda retint son souffle alors qu'une eau froide l'éclaboussait de la taille jusqu'à la tête. À la suite de cette douche inattendue, une joie immense inonda son cœur en constatant qu'elle était toujours à bord du bateau qui, par bonheur, avait résisté. Mais plus encore, ce qui la rendait heureuse, c'était que la main d'Halfdan n'avait pas quitté la sienne.

— Tu vois, fit-il avec un petit sourire.

— Oui, répondit-elle avant de libérer la tension accumulée dans sa poitrine par un rire plein d'allégresse.

Les acclamations de l'équipage dans son dos témoignaient que chacun éprouvait le même contentement qu'elle.

Elle vit le regard d'Halfdan s'éclairer et, au même moment, il s'empara de ses lèvres.

— Ils nous portera chance, dit-il après avoir interrompu ce baiser aussi intense que rapide.

La liesse qui s'était emparée de Valda semblait ne plus vouloir la quitter alors qu'elle prenait conscience qu'elle n'aurait jamais voulu faire ce voyage avec un autre qu'Halfdan.

Ils n'eurent guère le temps, cependant, de savourer leur bonheur car, déjà, leur embarcation était entraînée dans les rapides. Halfdan exerça une tendre pression sur la main de Valda avant de la lâcher.

— À vos rames ! s'écria-t-il.

En un instant, tous furent sur leur banc, leur rame entre les mains, et chacun observait minutieusement les ordres lancés par Halfdan pour soit esquiver les rochers, soit éviter de s'approcher des tourbillons.

Valda, du moins, était-elle trop occupée à manier sa rame pour avoir le temps de s'effrayer. D'ailleurs, le fleuve, bientôt, s'élargit et ses eaux se calmèrent. Ils en profitèrent pour s'approcher de la berge et arrêter le bateau à l'ombre d'arbres afin d'attendre le reste de la flottille. Quand les deux bateaux parurent au loin, tous s'exclamèrent de joie.

Tous ses amis avaient traversé l'épreuve, pensa Valda en son for intérieur. Elle vivait depuis tant de semaines au milieu de ces hommes qu'elle avait fini par tous les bien connaître et éprouvait des sentiments fraternels pour chacun d'eux. Elle serait, d'ailleurs, désolée de les quitter quand le voyage s'achèverait.

Bientôt, les trois navires reprirent leur route. Il ne servait à rien de prolonger leur arrêt le long de la rive de ce fleuve qui traversait des régions infestées de nomades pilleurs et sanguinaires.

Ils remirent à la voile et suivirent les amples méandres du Dniepr qui ne cessait de s'élargir à mesure qu'ils se rapprochaient de la mer Noire au-delà de laquelle ils atteindraient, enfin, la mythique Miklagard.

Après les rapides, la descente du Dniepr devint presque un moment de détente, les bateaux n'ayant qu'à se laisser entraîner par le courant.

En approchant de l'embouchure, ils accostèrent à une île où s'arrêtaient tous les bateaux avant la traversée de la mer Noire.

Ils hissèrent les embarcations sur la berge et dressèrent un camp pour la nuit. La population d'oiseaux étant nombreuse sur l'île et le comptoir près duquel ils campaient étant bien fourni, ils purent se ravitailler et mettre à la broche plus d'un volatile, fruits de leur chasse.

C'était un véritable bonheur de bien manger de nouveau. Leurs réserves, en effet, n'avaient cessé de réduire au cours de leur descente du fleuve, même s'ils y pêchaient quotidiennement du poisson en abondance. Valda était lasse de manger à chaque repas des biscuits ramollis et du poisson.

Ils n'avaient pas besoin de réserves considérables pour la traversée jusqu'à Miklagard, mais Halfdan commanda une grande quantité de provisions qui leur serviraient sur la route du retour.

Il apparaissait à Valda que pour s'assurer un voyage sans encombre, il fallait en premier lieu avoir de bonnes relations avec les différents responsables des comptoirs commerciaux qui jalonnaient la route. Or, Halfdan, qui était toujours aimable et respectueux en plus de sa générosité, excellait dans les relations avec autrui.

Il était l'opposé de son père qui n'obtenait ce qu'il voulait que par la terreur et la violence.

Elle bâilla en levant les yeux vers le ciel d'un bleu limpide.

Pourrait-elle reprendre sa vie d'avant ? s'interrogea-t-elle.

Réussirait-elle à vivre sans lui ?

L'amour qu'elle éprouvait pour lui ne cessait de grandir, jour après jour et, simultanément, la vie qui l'attendait à son retour à York lui paraissait de moins en moins réelle.

En fait, elle n'avait aucune envie de devenir fermière.

Cette simple prise de conscience lui semblait une impardonnable trahison à l'égard de sa mère et de ses sœurs.

Certes, mais elle ne pouvait supporter l'idée qu'Halfdan en épousât une autre qu'elle.

Voulait-elle, alors, absolument être sa femme ?

En admettant qu'il revînt sur le serment qu'il avait fait à son père et fût libre de l'épouser, en se mariant avec lui, elle qui n'avait jamais compté que sur elle-même perdrait toute sa liberté. À mesure, d'ailleurs, qu'elle s'attachait à lui, elle prenait conscience qu'elle était pleine de réticence à la pensée de mettre toute sa confiance dans une seule personne.

Au fond, aimer Halfdan revenait à se laisser tomber dans une chute d'eau, les mains accrochées au bastingage d'un bateau sur le point de se briser, mais avec l'espoir qu'il la sauverait.

Des pensées lugubres l'accablant en dépit de la beauté du coucher de soleil, pour leur échapper elle jeta un regard autour d'elle vers les autres rameurs. Odger et Bori se querellaient pour savoir lequel d'entre eux avait abattu le plus grand nombre d'oiseaux avec son arc tandis qu'Aarne, couché devant le feu, ronflait.

Elle ne s'était pas attendue à trouver autant de bonheur à vivre avec eux.

— Où vont-ils ? demanda-t-elle à Halfdan en voyant trois membres de l'équipage s'enfoncer dans les bois.

Plusieurs autres s'y étaient déjà rendus pour en revenir assez peu de temps après. Il semblait que tous les hommes, à tour de rôle, devaient pénétrer dans les bois, mais pour quelle raison sinon pour des commodités strictement personnelles.

— Ils vont jusqu'à un très vieux chêne où ils font des dons aux dieux, répondit Halfdan.

— Je devrais les imiter.

Elle avait plus d'une raison d'exprimer sa gratitude aux dieux. L'engagement sur le drakkar, qui allait lui permettre de sortir sa famille de la misère, le passage des rapides accompli avec succès et puis le bonheur qu'elle trouvait auprès d'Halfdan.

Il n'y avait qu'un don qu'elle pût faire…

Sa main s'abaissa sur la poignée de son épée.

Le moment était venu…

Il fallait se libérer de l'amertume du passé et accepter que son destin fût tracé par les dieux. Or, le premier geste dans ce sens consistait à oublier entièrement Jorund et toutes les brûlantes déceptions qu'il lui avait procurées.

La logique voulait qu'elle se séparât de l'épée qu'il lui avait donnée et qu'elle en fît don aux dieux. Par sa beauté et la richesse de ses ornements, elle était certaine de les toucher et d'obtenir leur protection.

Halfdan, qui avait fini de dîner, se leva et lui tendit la main.

— Viens. Je vais prendre un arc et te conduire au chêne. Nous offrirons un oiseau aux dieux, que nous enterrerons avec des pièces d'argent.

Elle lui donna la main et il l'aida à se lever.

— Je veux faire moi-même l'offrande. Je dois un cadeau aux dieux de la Mer, Aegir et Ran.

Elle tira son épée de son fourreau et la souleva pour l'exposer aux derniers rayons orangés du soleil.

— En es-tu bien certaine ?

— Nous avons de nombreuses armes, répondit-elle en haussant les épaules.

— Mais aucune n'est aussi belle que la tienne. Offres-en une autre.

— Les dieux sauront que je les ai trompés. Si nous voulons nous assurer leur protection, il vaut mieux leur offrir un objet qui a de la valeur et qui compte pour moi. Je crois qu'ils aimeront mon épée.

Il acquiesça et ils quittèrent le campement en longeant le fleuve au bord duquel poussaient de nombreux arbres. Ils atteignirent un petit bras que formait le fleuve en cet endroit et était orienté vers le sud-est.

Valda souleva son épée qu'elle tint dressée vers le ciel en appréciant son poids et son parfait équilibre.

— Je l'ai reçue en cadeau de Jorund pour me remercier de l'avoir servi en qualité de second.

Halfdan leva les yeux sur l'arme qu'elle exposait à la lumière du couchant et dont la lame brillait d'un éclat mortel.

— Elle est magnifique, fit Halfdan.

— Oui, mais c'est un vestige d'un passé révolu, répondit-elle en replaçant l'épée dans son fourreau d'un geste décidé. Quoi qu'il arrive, cette vie est derrière moi. Je préfère sacrifier cette épée qui en est le symbole pour qu'elle nous assure un retour sans incidents. Il est temps de regarder vers l'avenir. Je ne veux plus vivre dans le passé.

Elle donna l'épée à Halfdan tandis qu'elle se dévêtait avant de défaire sa tresse.

Lorsqu'elle fut entièrement nue, ses longs cheveux d'or embrasés par les derniers rayons du soleil tombant sur ses épaules, il déposa l'épée dans ses mains ouvertes.

Elle se tourna vers le bras du fleuve et y pénétra, laissant l'eau froide l'envelopper comme un amant l'aurait enlacée.

La clarté du couchant jetait une couleur d'incendie sur l'eau quand elle leva l'épée au-dessus de sa tête et prononça une prière à l'attention d'Aegir et de Ran, sa sauvage maîtresse.

Puis, après avoir pris une profonde respiration, elle plongea sous la surface de l'eau afin de déposer l'épée dans le lit du fleuve où elle la recouvrit de sable.

En ressortant hors de l'eau, elle ouvrit grand la bouche pour respirer puis, telle une déesse elle-même, fendit l'eau en marchant jusqu'à la berge où l'attendait Halfdan.

Elle souriait et paraissait détendue, l'esprit léger. Elle ignorait quel serait son avenir, mais elle espérait que le passé était définitivement enterré et qu'elle pourrait jouir sans réserve des dernières semaines qu'elle passerait auprès d'Halfdan.

— Me voici affranchie du passé, dit-elle gaiement en tordant ses cheveux.

Ses bras relevés tendaient en avant ses seins fermes sur lesquels brillaient de petites gouttelettes.

Halfdan, profondément ému par le sacrifice que Valda venait d'accomplir, restait immobile et comme frappé de stupeur.

La façon dont elle affirmait tourner le dos à son passé, donc aux neuf ans où ils avaient été séparés, lui semblait être le signe d'un revirement de sa part. Tout espoir n'était pas perdu entre eux. C'en était la preuve.

Il ouvrit les bras et la serra contre lui.

— Et notre avenir ? fit-il, la voix altérée par l'émotion autant que le désir.

Elle se mordit la lèvre d'un air indécis et, l'expression mutine, répondit :

— Je vais voir…

Une joie immense inonda le cœur d'Halfdan qui avait l'impression qu'un soleil nouveau se levait en dépit de la nuit qui étendait son voile sombre depuis l'Orient.

Il défit la boucle de son manteau et l'étendit au sol, invitant Valda à s'y coucher. En un tournemain, il se retrouva nu comme elle et se coucha sur elle, l'enveloppant de sa chaleur.

Elle l'enlaça et joignit ses lèvres aux siennes tandis qu'il caressait le galbe de sa hanche, glissait la main sous ses fesses pour atteindre son sexe. Elle était prête, plus que prête à l'accueillir…

— Jouissons de chaque instant, murmura-t-elle. Aussi longtemps que nous sommes réunis.

— Oui, fit-il, le cœur serré à la pensée qu'il pourrait être un jour séparé d'elle.

[illegible] Hardin qui avait [illegible]
[illegible]

[illegible]

[illegible]

— [illegible] que nous [illegible]

— Oui [illegible] qu'il [illegible]

Chapitre 15

La mer Noire, contrairement à son nom, était d'un bleu turquoise magnifique comme les yeux d'Halfdan, mais il était fatigant d'y ramer. Le vent, bien que faible, ne leur était pas favorable et une légère houle les retardait. Malgré ces conditions, il ne leur fallut pas plus de deux jours pour la traverser et arriver en vue de Miklagard.

Bâtie sur une péninsule entre la mer Noire et la mer de Marmara, elle était une sorte de sentinelle entre l'Orient et l'Occident. Au sommet de la plus haute de ses collines miroitait dans le soleil le dôme doré de la cathédrale Sainte- Sophie.

— Cette église a été bâtie voilà plusieurs siècles, expliqua Halfdan à mi-voix. Et là, à côté, tu vois le mur de l'hippodrome qui est encore plus ancien. Il remonte au temps de la puissante Rome.

— C'est magnifique. J'ai souvent essayé de me représenter Miklagard, mais je ne la croyais pas aussi imposante ni dans une telle situation géographique.

— J'ai réagi de la même manière que toi la première fois que je l'ai vue. Mais, tu verras, on s'habitue. Ce sont des hommes et des femmes comme toi et moi qui y vivent.

Ils traversèrent un vaste port au pied de la ville puis, pour le plus grand étonnement de Valda, obliquèrent vers le nord.

— Il n'y a qu'un comptoir où nous soyons admis, Rus et Vikings, expliqua Halfdan en voyant son désarroi. Après le siège d'Oleg, le père d'Igor, les Byzantins ont établi des règles strictes régissant le commerce auxquelles nous devons nous soumettre. L'une d'elle nous impose de ne séjourner qu'en un lieu précis, à l'extérieur des remparts, qui est désigné sous le nom de Corne d'or.

Tandis qu'il parlait, elle dévorait des yeux les impressionnants murs de défense qui donnaient à penser que de rares richesses se trouvaient à l'intérieur de leur enceinte.

Non seulement précédés d'un fossé dominé par son propre mur de moindre hauteur, les remparts consistaient en deux énormes murs parallèles qui encerclaient la cité. Ils étaient si hauts et épais qu'il semblait impossible de les pouvoir franchir, mais, en outre, ils étaient surplombés de tours et de créneaux.

— Il fallait qu'Oleg eût un nombre important de combattants pour oser s'en prendre à ce géant de pierres, remarqua Valda d'un air pensif.

— Deux mille embarcations. J'étais, pour ma part, plus intéressé par l'obtention d'un accord commercial que par le pillage.

— Tu as participé à cet assaut ? fit-elle, stupéfaite.

Jusqu'à aujourd'hui, elle ne s'était jamais représenté Halfdan en guerrier.

— Je n'étais pas à la tête d'une force décisive, répondit-il. Je n'avais que quelques bateaux sous mes ordres. Nous nous sommes essentiellement contentés de rançonner et piller les environs. Enfin, jusqu'à ce que l'empereur byzantin consentît à prendre en compte nos revendications. Quand il a compris que son intérêt n'était pas de nous résister, mais de s'accorder à nos prétentions, les hostilités se sont arrêtées.

« Cependant, elles n'ont pas été sans conséquences.

À présent, par exemple, nous ne sommes pas autorisés à porter d'armes quand nous entrons dans la cité. Ils sont toujours méfiants à notre égard. »

Cette information déplut à Valda qui ne se voyait pas entrer dans une cité étrangère sans une arme à son côté pour pouvoir se défendre, le cas échéant.

— Il n'y a rien à regretter, reprit Halfdan. L'accord nous est favorable.

— Je veux bien te croire…, fit-elle avant d'ajouter sur un ton gentiment moqueur : En particulier si tu as participé à sa rédaction.

— Nous sommes exemptés des droits de douane, répondit-il en inclinant humblement la tête, logés et nourris gratuitement, recevons une indemnité pour nos dépenses et, bien sûr, partons avec des provisions pour le voyage de retour.

Elle ne put se retenir de rire.

— Il n'est pas étonnant, dans ces conditions, que ces voyages te soient aussi profitables ! C'était une question que je commençais de me poser, vu tout le temps qu'il te faut pour parvenir jusqu'ici.

— Je te l'ai déjà dit… Je veux tout. Au fond, tant que je n'ai pas ce que je veux, je ne suis pas satisfait.

Valda porta le regard vers la majestueuse cité en se demandant si, à ses yeux, elle n'était pas devenue un nouveau trésor qu'il voulait absolument posséder.

Après qu'ils eurent mis en sécurité leur chargement et pris possession de leurs logements, l'équipage se montra impatient de se rendre dans Miklagard.

La journée n'était pas très avancée et ils avaient passé trop de temps à l'étroit dans la cale de leurs navires. Ils avaient besoin de marcher, s'étirer tout en explorant les marchés et puis, bien entendu, de se rendre dans les fameux bains byzantins.

Ils commencèrent par franchir le pont-levis au-dessus des douves puis gagnèrent la porte extérieure avant d'emprunter l'entrée de la cité qu'encadraient deux fortes tours où de nombreuses sentinelles montaient la garde et que surplombait un arc en plein cintre sur lequel étaient disposées des statues dorées à l'or fin.

Avant même de l'avoir atteinte, ils furent rejoints par des gardes. Valda sourit froidement à l'homme à l'expression inquiète qui la regardait d'un air méfiant. Elle ouvrit tout grand les bras pour le rassurer et lui permettre de voir qu'elle n'était pas armée, mais il s'avança tout de même vers elle dans l'intention visible de la fouiller comme il l'avait déjà fait avec certains des membres de l'équipage. Une main ferme contre son épaule l'arrêta net, cependant, avant qu'il n'eût fait le dernier pas.

Le garde, le regard noir de mécontentement, s'adressa dans sa langue à Halfdan qui, à la grande surprise de Valda, lui répondit dans le même idiome. Elle ignorait ce qu'avait dit Halfdan sur un ton ferme bien que courtois, mais le garde n'insista pas.

Ils pénétrèrent dans la cité dont la découverte émerveillait Valda. Ils étaient peu chargés, n'ayant emporté avec eux que quelques échantillons de leur marchandise. Halfdan, en effet, avait l'intention de se rendre auprès de ses acheteurs habituels pour s'entendre avec eux avant d'apporter ce qu'il restait de leur cargaison.

Valda, qui portait sa plus mauvaise tunique en laine épaisse, tirait dessus pour laisser l'air la rafraîchir. Halfdan lui avait demandé de se vêtir ainsi pour la visite de Byzance et elle en avait tiré la conclusion qu'il voulait par ce biais décourager les voleurs.

Malheureusement, ses vêtements les plus usés étaient aussi les plus chauds.

Or, depuis qu'ils avaient atteint les régions méridionales la température n'avait cessé de s'élever et la permanence du soleil dans un ciel d'un bleu intense avait eu pour conséquence de multiplier les taches de rousseur sur l'arête de son nez, ses épaules, ses bras et son décolleté.

À mesure qu'ils entraient plus avant dans la fascinante cité, les odeurs de l'Orient, les épices, le parfum des fleurs les enveloppaient, flattant leur odorat. Les sons aussi étaient différents de ceux qu'elle avait pu entendre dans d'autres villes du Nord. Cela venait sans doute des langues diverses qui étaient parlées sur le marché, véritable carrefour du monde.

Les tenues aussi étaient variées, de même que l'aspect des gens qu'elle croisait. Il en était de très bruns à la peau hâlée, d'autres d'un blond foncé avec un teint d'ivoire.

Le marché présentait des étals couverts de mets alléchants, gâteaux de miel, aux amandes, à la cannelle et de fruits luxuriants. On eût dit que l'Orient et l'Afrique s'offraient ici.

— Qu'en penses-tu ? demanda Halfdan en s'approchant d'elle.

— C'est étrange, dit-elle, et, en même temps, si familier...

Il sourit et elle se demanda s'il la prenait pour une simplette. Elle se sentait, quant à elle, un peu gourde dans cet environnement si différent de ce qu'elle connaissait.

— Tous les hommes font du commerce, remarqua-t-il. Ce ne sont que les produits qu'ils vendent qui changent.

Plus ils progressaient vers le cœur de la ville, plus la foule était dense. Valda aurait aimé plus d'une fois qu'Halfdan s'arrêtât avec elle devant certaines stalles, mais il ignorait les commerçants qui l'interpellaient.

Elle finit par s'arrêter devant l'une d'elles où elle avait

remarqué un étrange animal. Assis sur l'épaule de son maître, il sauta, soudain, et grimpa sur l'auvent qui protégeait les produits présentés sur la stalle. L'homme sourit à Valda, dévoilant une rangée de dents cassées, tandis qu'il lui présentait une petite fiole fermée par un bouchon de liège et s'adressait à elle dans une langue étrangère aux accents gutturaux.

La jeune femme, cependant, se laissait surtout captiver par le petit animal qui continuait de sauter dans tous les sens.

— C'est un singe, lui expliqua Halfdan. Ce marchand vient d'Arabie. Il vend des parfums. Voudrais-tu en essayer un ?

— Non, répondit-elle en remuant la tête.

Puis il lui vint à l'esprit qu'Halfdan avait peut-être une raison de lui faire cette proposition.

— Il est vrai qu'il y a bien deux jours que je ne me suis pas baignée.

Il éclata de rire et fit non au marchand qui, aussitôt, leur proposa un collier de perles de couleur.

— Nous n'allons pas tarder à nous rendre aux bains, dit-il. Nous y allons au début de notre visite et avant de repartir de Byzance. C'est devenu une tradition.

Valda acquiesça d'un air distrait.

— Peut-être devrais-je offrir des perles à Helga ? Enfin… Quand j'aurai vendu mes fourrures.

Le singe, à cet instant, sauta sur son épaule et elle retint un cri. Il souleva une mèche de ses cheveux, l'examina et la sentit avant de retourner sur son maître d'où il lança un cri vindicatif vers Valda comme si elle l'avait offensé.

— J'ai l'impression qu'il n'aime pas mes cheveux, fit-elle en riant.

Halfdan glissa le bras sous le sien et ils reprirent leur marche tandis qu'il lui chuchotait à l'oreille :

— C'est heureux que tu n'aies rien à dérober car tu

es une proie facile pour les voleurs. Ce genre d'animaux comme les jeunes enfants peuvent servir à distraire l'étranger pendant qu'on s'empare de sa bourse. N'as-tu pas appris cela au cours de l'hiver que tu as passé à York ?

— Non… Tu me parles de York qui me semble si loin…

La liesse à laquelle elle était sujette depuis son arrivée à Byzance la quitta soudain. Sa mère et ses sœurs l'attendaient. Elles comptaient sur elle pour rapporter assez d'argent de façon à entrer en possession d'une ferme et de ses terres. Elle devait se concentrer exclusivement sur son devoir.

Elle doutait, malheureusement, que les fourrures que lui avait confiées sa famille rapporteraient beaucoup de dirhams, mais elle devait essayer d'en tirer tout de même le meilleur prix possible. La part qu'elle recevrait en tant que membre de l'équipage suffirait à payer les bâtiments et les terres, mais il leur faudrait davantage d'argent pour le matériel et les semences. Le revenu de Brunehilde n'y suffirait peut-être pas, d'autant moins qu'en son absence elle devait subvenir seule aux besoins de leur mère et de leur jeune sœur.

— Tes conseils seront les bienvenus, dit-elle en se tournant vers Halfdan, quand j'essaierai de vendre mes fourrures.

— À ce sujet…, fit-il sans terminer sa phrase.

Valda le regarda droit dans les yeux en plissant les paupières. Elle était encore plus belle quand la colère la gagnait.

— Eh, bien…, reprit-il. Je suis désolé, mais tes fourrures n'étaient plus à bord de nos bateaux quand nous sommes arrivés ici.

Ce n'était pas un mensonge. Il les avait, en effet, laissées à son comptoir commercial et les avait remplacées par d'autres fourrures d'une meilleure qualité.

Devant l'expression horrifiée de la jeune femme, il s'empressa d'ajouter :

— C'est dû à une erreur de ma part. J'aurais dû prendre davantage soin de notre cargaison, mais ne t'inquiète pas. J'ai mis de côté pour toi une quantité égale de mes fourrures. Ta mère et tes sœurs en recevront le prix qu'elles méritent. Je peux même les vendre à la cour de l'empereur avec mes autres fourrures. Je t'obtiendrai un meilleur prix et ça t'évitera l'embarras de les vendre toi-même.

Valda, entre l'exaspération et l'envie de rire qui se voyait à la commissure de ses irrésistibles lèvres, détourna lentement le regard.

— Hum, hum, fit-elle. J'ai l'impression que je bénéficierai davantage que toi de la perte de mes fourrures.

Halfdan soupira en feignant de regretter cette perte.

— Comme le dit Tostig, je suis « insouciant et irresponsable », mais je n'aurais pas pu me retrouver en face de ta mère et de tes sœurs sans les dédommager de leur terrible perte par ma faute.

— Tu es bon, Halfdan, dit Valda en lui prenant la main qu'elle serra dans la sienne.

Il ne s'était jamais senti aussi fier pour si peu et, surtout, n'avait jamais pensé avoir cette qualité. Il se voyait rusé, manipulateur, aventurier, mais certainement pas bon. Le fait, cependant, que Valda le vît ainsi, l'incitait à devenir, si possible, encore meilleur.

Ils continuèrent de déambuler le long du marché et des rues tortueuses, accompagnés des quelques hommes qu'Halfdan avait gardés et qui marchaient de part et d'autre d'eux pour les protéger.

La plupart des maisons étaient en bois et de tailles modestes. Serrées les unes contre les autres, elles présentaient, parfois, un four communal qui servait pour plusieurs d'entre elles.

En d'autres parties de la cité, toutefois, les demeures étaient beaucoup plus vastes et de type palatial. Il s'agissait de constructions imposantes en pierre et ornées de sculptures ainsi que de mosaïques. Certaines jouissaient d'une cour privée et de luxuriants jardins. Et derrières les hauts murs couverts de vignes dont étaient ceintes ces maisons, on entendait résonner des voix et des rires d'enfants.

Ils finirent par entrer sur la grande place située entre l'ancien hippodrome et Sainte-Sophie. Valda ralentit le pas en approchant de l'entrée de l'hippodrome puis, ayant pénétré à l'intérieur, resta en admiration devant l'énorme monument édifié au milieu de la piste destinée aux courses de chars.

Elle scrutait avec curiosité les gens qui avaient pris place dans les gradins et qu'elle voyait à travers les grandes arches soutenues par des colonnes.

Elle était si intéressée par l'hippodrome qu'Halfdan répugna à l'arracher à ce lieu.

— Va avec les autres aux bains publics, dit-il en se tournant vers Aarne auquel il donna quelques pièces d'argent. Nous nous retrouverons à notre hébergement.

Impatients de se détendre dans l'eau chaude, les hommes s'en furent sans tarder, laissant Halfdan seul avec Valda.

— Des courses de chars avaient lieu ici, autrefois, mais, à présent, l'hippodrome sert pour les grandes fêtes et quand l'empereur veut s'adresser au peuple. Veux-tu en faire le tour ?

— Oui, si c'est possible, répondit Valda, ses grands yeux noisette brillant de joie.

— Bien sûr. Nous avons tout notre temps.

Il aurait aimé que ce fût vraiment le cas, pensa-t-il, le cœur serré, mais leur temps était limité. S'il ne trouvait pas le moyen d'échapper au serment qu'il avait fait à son père, sa relation avec Valda était condamnée à se terminer dès leur retour à York.

Leur séjour à Byzance serait court, bien plus court que d'habitude. Il ne s'y était rendu, d'ailleurs, que pour garder Valda plus longtemps auprès de lui et aussi lui permettre de gagner une plus grosse somme. Il leur avait ainsi donné l'opportunité de se redécouvrir, mais, hélas, leur vie commune aurait un terme. Erik avait déjà été informé de se rendre au comptoir d'Halfdan où ils le récupéreraient sur le chemin du retour. Ils étaient censés y arriver dans quelques semaines. Autrement dit, ils ne disposaient que de quelques jours ici.

— Viens, dit-il en prenant la main de Valda.

L'hippodrome était presque entièrement vide à l'exception de quelques Byzantins assis sur les gradins, qui conversaient en mangeant des fruits.

Ils passèrent près d'un groupe d'hommes qui regardèrent Valda comme si elle était quelque animal étrange tel qu'on en montrait, autrefois, en ce lieu. Halfdan, impressionné par la confiance en soi de Valda, leur sourit et la suivit.

Elle était aussi unique en ce lieu que l'obélisque qui se dressait devant elle au milieu du champ de courses. Une guerrière venue du Nord. Une jeune et belle femme aux cheveux de feu et aux formes féminines, même si elle maniait l'épée mieux qu'un homme.

— On dirait des runes, dit-elle en inspectant les inscriptions sur le monument. Là, n'est-ce pas un oiseau ?

Elle désignait du doigt l'endroit où elle avait vu ce qui ressemblait à un volatile.

— Oui, ça m'en a tout l'air, confirma Halfdan.

Elle sourit et baissa les yeux sur le socle en pierre sur lequel était édifié l'obélisque.

— Mais ici ce sont des sculptures d'inspiration chrétienne, n'est-ce pas ?

— Absolument.

Ils passèrent une partie de la journée à visiter les monuments de Byzance et à s'interroger sur les similitudes et les différences qu'ils pouvaient trouver entre les sculptures de l'art occidental et l'art oriental, mais, surtout, ils jouissaient de la compagnie de l'un et de l'autre.

Il semblait juste à Halfdan, en particulier, de visiter enfin cette cité qu'ils auraient dû découvrir ensemble neuf ans plus tôt.

La chaleur ne cessait de monter, et Halfdan voyait Valda tirer sur son vêtement de laine qui lui tenait trop chaud.

— Ne restons pas ici, dit-il. Il faut s'abriter du soleil.

— Nous allons aux bains ? demanda-t-elle, le visage rouge, de petites mèches de ses cheveux s'étant échappées de sa tresse et lui collant au visage.

— Il faut en premier lieu que nous rencontrions quelqu'un, mais ça ne sera pas long.

— Qui est-ce ? Je croyais que tu faisais affaire avec le palais, ce soir ?

— Oui, mais il faut d'abord que nous rencontrions un de mes amis. Il s'agit d'un tailleur de la cour impériale. Il nous vêtira avec de la soie pour la fête.

— C'est la raison pour laquelle tu m'as dit de m'habiller aussi mal ? Tu peux, ainsi, me forcer à accepter de nouveaux vêtements ? Ce n'est pas nécessaire, Halfdan. Je peux très bien ne pas t'accompagner.

— Tu n'as pas compris la raison pour laquelle je vous ai dit à tous de porter vos vêtements les plus usés. L'empereur n'autorise qu'une certaine quantité de soie à sortir de Byzance. Or, les vêtements ne sont pas pris en compte. J'ai un arrangement avec les soyeux de la cité. Dès qu'ils ont appris notre arrivée, ils ont dû livrer aux bains toutes les tuniques en soie destinées à l'équipage. Quant à moi, je préfère que ma tenue soit faite exactement à ma taille.

Je la porterai pour vendre nos produits. Il s'agit que je sois le plus élégant possible.

— Mais je n'ai pas d'argent à dépenser pour porter des vêtements de soie. Tout ce que je gagne doit aller à ma famille.

— Considère que c'est un cadeau que je te fais. La soie est un des produits de luxe les plus chers en Occident. Ta famille pourra toujours vendre ta tenue si elle en a le besoin.

— J'ai déjà accepté tes fourrures, je ne peux pas en plus prendre la soie.

— Tu veux donc te faire remarquer à la soirée ?

— Eh bien, je n'irai pas ! rétorqua-t-elle en croisant les bras sur la poitrine. De toute façon, tu n'as pas besoin de moi pour vendre tes marchandises.

— Détrompe-toi !

Il avait, avant tout, besoin de sa présence auprès de lui, et n'en prenait vraiment conscience peut-être que maintenant. Sans elle, en effet, il lui semblait que son âme était coupée en deux. Étonné d'être aussi dépendant d'elle, il se garda de le lui avouer et préféra mettre en exergue à quel point sa présence auprès de lui favoriserait son commerce.

— En qualité de femme nordique, ta présence sera une distraction appréciée de l'empereur. Très peu de femmes de nos contrées sont venues jusqu'ici. S'il te voit drapée dans l'un de nos manteaux de fourrure, la valeur de notre cargaison pourrait s'envoler.

« Peut-être devrais-je te faire porter une cape en renard blanc et disposer dans ta chevelure des perles d'ambre ainsi que des plumes de paon ? Qu'en dis-tu ? Une splendide guerrière de Scandinavie enveloppée de soie byzantine et coiffée selon notre tradition ? À n'en point douter, ta présence fera doubler la valeur de nos marchandises. »

Elle fronça les sourcils d'un air incrédule jusqu'à ce qu'il ajoutât :

— Valda, tu es une femme exotique, ici.

Elle battit des paupières avant de les plisser comme si elle n'allait faire qu'une bouchée de lui.

— Tu veux m'exhiber comme une bête de foire ?

Halfdan laissa échapper un soupir d'exaspération.

— Eh bien, ne m'aide pas ! J'avais cru que tu voulais rapporter autant d'argent que possible pour ta mère et tes sœurs.

— Manipulateur ! lança-t-elle en lui donnant un coup de poing dans le bras avant de partir d'un grand rire.

Comprenant qu'elle avait renoncé à le contrarier, il accueillit volontiers le coup qui était mérité et partagea la liesse de Valda.

Chapitre 16

Quelques instants plus tard, ils s'arrêtaient devant le porche d'une somptueuse maison en pierres entourée d'un jardin. Si c'était là la demeure du soyeux, il ne vivait pas dans les conditions des artisans en Neustrie ou à York.

Ils furent conduits par un domestique à l'arrière de la maison où se trouvait un bâtiment de plain-pied dont les hautes fenêtres laissaient pénétrer le soleil.

Au centre de la salle où ils furent introduits était placée non une cheminée mais une fontaine de marbre. Le chant mélodieux de l'eau ajoutait à la sérénité apaisante qui régnait en ce lieu.

D'une ouverture dans le toit, au-dessus de la fontaine, coulait une lumière dorée qui révélait la beauté de la mosaïque bleue au sol. Des statues en marbre et des plantes exotiques en pot envahissaient le vaste espace se déployant autour du patio.

De grands voiles de soie, qui ondulaient dans la légère brise, recouvraient élégamment de lourds rideaux obstruant une ouverture en forme d'arche et qui donnait accès à une autre salle où ils furent invités à entrer.

Quatre grands lits de repos entouraient un bassin et sur deux d'entre eux étaient étendu un couple de Byzantins vêtus avec un luxe extravagant. En voyant entrer Halfdan et Valda, ils se levèrent dans un bruissement de soie en les saluant chaleureusement.

La femme s'adressa à Halfdan dans une langue que Valda ne comprenait pas, mais c'était manifestement un accueil amical. L'homme se leva à son tour et salua chaleureusement Halfdan.

Ils étaient l'un et l'autre relativement âgés et corpulents. Rien ne les aurait distingués des autres humains, en dehors de la richesse de leurs vêtements. La femme aux allures de matrone serra les mains d'Halfdan dans les siennes et il se pencha obligeamment pour l'embrasser sur la joue.

Valda, qui observait la scène avec étonnement, se demandait comment Halfdan faisait pour être traité aussi amicalement partout où il allait. Alors même qu'elle se posait cette question, elle sentit sur elle le regard vibrant de la femme avant qu'elle ne s'adressât à Halfdan.

— Elle veut savoir qui est cet ange que j'ai amené avec moi, dit-il à Valda quand la femme eut fini de parler.

Valda, qui le soupçonnait de prêter à la femme des propos qu'elle n'avait pas dits, lui lança un regard incrédule.

— Je te promets que je n'ai fait que répéter ses mots, dit-il en riant.

Comme elle prenait un air offusqué, il reprit :

— Même si tu ne me crois pas, c'est la vérité. Et maintenant, laisse-moi te présenter à eux.

Il lui prit la main et la fit approcher de la matrone.

— Valda, guerrière de Neustrie, dit-il avant d'ajouter : Théodora et Lucas Stauricius qui habillent la Cour et règnent sur le marché de la soie.

Valda, qui comprenait que le couple devait être fortuné et influant, inclina la tête avec respect. Ils étaient sans doute habitués à ce genre d'égards, pensa-t-elle en elle-même bien qu'au fond elle les trouvât très quelconques.

Ils portaient d'étranges coiffes tissées avec du fil d'or

et incrustées de pierreries. Leurs cheveux bruns étaient huilés et rejetés en arrière pour dégager entièrement le visage qu'encadraient des rangs de perles fixés à leur coiffe.

Leurs regards, mobiles et intelligents, la considéraient avec un vif intérêt et une impatience non dissimulée.

— Théodora est fascinée par le fait que tu sois une guerrière. Elle demande à te vêtir pour le banquet de ce soir.

— N'est-ce pas la raison pour laquelle nous sommes là ? fit Valda d'un ton ironique alors qu'elle adressait un sourire reconnaissant au couple.

— Certes, mais dans la mesure où c'est leur désir, il ne nous en coûtera rien.

Il s'adressa au couple qui parut enchanté.

Un instant après, Théodora frappa dans ses mains et plusieurs servantes apparurent. Valda sursauta et porta instinctivement la main à l'emplacement de son épée qui ne pendait plus à son côté puisqu'elle l'avait offerte aux dieux.

— Ce sont de gentilles personnes, dit Halfdan en se tournant vers elle. N'aie crainte. Tu seras traitée avec beaucoup d'égards. Leur seul désir est de te donner un bain et de t'habiller. Avec ta singulière beauté et vêtue élégamment, tu vas faire sensation à la Cour. Je suis certain que demain, à Byzance, on ne parlera que de toi.

Valda, incrédule, haussa les épaules.

— Je suis différente, rien de plus. Depuis que nous avons quitté Gotland, je crois n'avoir jamais vu une seule femme de ma taille ni avec ma couleur de cheveux.

— Il n'y a pas deux femmes comme toi dans le monde entier, répondit Halfdan en souriant. Crois-moi, je m'y connais un peu en beauté féminine.

Avant même qu'elle n'eût eu le temps de lui répondre, on la prit par le bras et l'entraîna dans une autre pièce.

Valda ne comprenait pas un mot de ce qu'on lui disait, mais cela ne décourageait pas les jeunes femmes qui s'occupaient d'elle et, bien qu'elles n'obtinssent aucune réponse de sa part, continuaient vainement de s'adresser à elle. Rassurée sur leurs intentions par les dernières paroles d'Halfdan, Valda s'abandonnait à toutes ces charmantes personnes qui s'affairaient autour d'elle, et finit par se détendre.

C'était, d'ailleurs, préférable car elle se trouva en peu de temps dans la tenue d'Ève et soumise au calcul de ses mensurations à l'aide d'une cordelette.

On lui fit enfiler une tunique en lin qu'on fixa au plus près de son corps grâce à des broches. Quelques repères furent tracés sur le tissu avec du charbon puis on lui retira la tunique qui devait servir de patron pour la confection de sa tenue en soie. C'était, du moins, la conclusion que Valda tirait de tous ces préparatifs.

Elle fut ensuite conduite dans une autre pièce où trônait une magnifique baignoire en cuivre remplie d'une eau fumante, mais non trop chaude, dans laquelle elle se plongea avec délectation.

Elle n'eut guère le temps, cependant, d'en jouir pleinement car, en un instant, trois paires de mains féminines plongèrent dans l'eau pour lui frotter le corps et la tête.

Ses protestations ne servirent à rien. Les jeunes femmes poursuivirent leur tâche jusqu'à ce qu'elles considérassent qu'elle était enfin propre.

Après le bain, elle fut soumise à des massages avec une huile parfumée qui sentait les fleurs et les épices puis on la fit asseoir sur une chaise garnie de coussins pour lui sécher les cheveux avec des linges avant de les huiler.

Elles les lui brossèrent si longuement qu'elle redoutait de n'avoir plus un seul cheveu sur le crâne, mais elle était trop détendue pour s'insurger. Il lui semblait flotter dans un nuage vaporeux et délicieusement odorant où tout était indulgence et tendresse, une expérience qu'elle n'avait encore jamais faite.

Peut-être ne supporterait-elle pas autant d'attentions quotidiennement, mais après le voyage qu'elle venait de faire cette parenthèse de suavité était la très bienvenue.

Le soleil se couchait Des cloches résonnaient au loin, appelant les fidèles à la prière. C'était l'heure des vêpres qui seraient suivies par la sainte messe. Au même moment, Théodora fit irruption dans la pièce. Elle avait entre les bras le plus beau vêtement en soie émeraude que Valda eût jamais vu.

Après avoir déposé la tunique sur un siège, elle présenta l'une de leurs étranges coiffes à Valda qui réagit aussitôt en faisant non de la tête avec véhémence :

— Je ne suis pas mariée ! Je laisse mes cheveux libres.

— C'est d'une beauté à couper le souffle ! fit Valda, à l'intérieur de Sainte-Sophie, dont elle admirait le dôme recouvert de marbre blanc.

Halfdan, dans d'autres circonstances, aurait donné son assentiment. La cathédrale byzantine était vraiment magnifique, tant par sa taille imposante que par le raffinement de son décor. Ses mosaïques, peintures, reliquaires, sculptures, l'or, l'argent, les pierres précieuses, tout contribuait à créer un chatoiement de couleurs et de lumière qui tournait la tête du visiteur.

Ce décor magnifique, transcendé par la lumière du soleil ou, la nuit tombée, par l'éclat de milliers de bougies qui y brûlaient en permanence et dont les flammes vacillantes faisaient mouvoir chaque objet qu'elles rendaient vivant, ne laissait pas de fasciner Valda.

Et sous les pieds, pensa Halfdan qui observait la jeune

femme, le sol de marbre brillait comme un lac gelé, mais en vérité il n'y avait qu'une beauté ensorcelante, ce soir, et c'était Valda.

Grande, féroce et si séduisante…

Dans ses voiles de soie verte, elle effaçait tout ce qui l'entourait, même l'antique église à l'incomparable splendeur.

Ses cheveux d'or cuivré jetaient autour d'eux un éclat de feu, éclipsant toutes les autres femmes qui portaient un voile ou une coiffe. Les siens se soulevaient dans son dos au gré de sa marche, merveilleuse ondulation de lumière, orgueil de sa race nordique et du pouvoir féminin.

Il n'y avait pas deux Valda sur toute la terre, ce qui faisait d'elle, dans l'esprit d'Halfdan, un être aussi unique et exceptionnel que Sainte-Sophie l'était parmi les monuments religieux.

Fascinée par la beauté de la cathédrale, Valda ne remarquait pas la façon dont Halfdan la regardait ni celle des Byzantins quand ils venaient à passer près d'elle. Ils ne prenaient pas part à l'office qui avait commencé, mais jouissaient de la très belle liturgie et des chants sacrés de toute beauté.

S'ils s'étaient avancés plus près de l'autel pour rejoindre les fidèles, ils auraient été contraints de se séparer, les femmes occupant, en effet, un côté de la nef, et les hommes l'autre. Or, Halfdan ne pouvait envisager un instant d'être séparé de Valda. Il aurait été près à défier toutes les lois et les coutumes de Byzance pour rester près d'elle.

La pensée de la promesse faite à son père vint intempestivement envahir sa pensée. Pourrait-il y déroger ?

— Est-ce l'empereur ? chuchota Valda en désignant du menton le jeune garçon enveloppé dans une soie pourpre et qu'entouraient des gardes et des grands du royaume.

Le parfum de Valda enivra un instant Halfdan qui dut

reprendre sa respiration pour ne pas la serrer dans ses bras contre toute convenance.

— Non, pas encore, répondit-il s'efforçant de s'intéresser au jeune garçon qu'elle lui avait désigné. Son père, Léon le Sage, dernier empereur, est mort. Il lui succédera quand il aura atteint l'âge nécessaire. En attendant, c'était son oncle Alexandre qui dirigeait le royaume, mais il est mort récemment. Il n'était pas très aimé à la Cour.

La rumeur circulait qu'il aurait été empoisonné, mais Halfdan ne voulait pas évoquer cette question dans un lieu public, même en norrois. Byzance était un nœud de vipères où il valait mieux se montrer discret quand on tenait à la vie.

— C'est Nicolas Mytikos, en ce moment, qui dirige le royaume en qualité de régent. Le vieil homme près de lui est le patriarche de l'Église byzantine.

Il poursuivit en baissant la voix pour n'être entendu que de Valda dont il continuait de respirer avec délice le parfum :

— Les circonstances, cependant, changent souvent au sein de la Cour à Byzance. L'empereur est en constante rivalité avec les grands du royaume pour l'exercice de l'autorité.

L'impératrice, qui se sentait sans doute observée, croisa son regard et il inclina la tête en signe de déférence. Il avait toujours eu des relations courtoises avec elle. Intelligente, habile et rusée, elle se jouait des ambitions des hommes qu'elle montait au besoin les uns contre les autres pour mieux asseoir son pouvoir sur tous.

— Elle est très belle, murmura Valda.

Serait-elle jalouse ? s'interrogea Halfdan. Il en doutait car rien dans son expression ne l'indiquait. Étrangement, il en éprouva une sorte de déception.

— Elle a été la maîtresse de l'empereur avant de devenir

sa femme. Il l'a épousée après la naissance de leur fils… Pour le légitimer, je suppose.

À peine les eut-il prononcées qu'Halfdan regretta ses paroles. Qu'est-ce qu'il lui avait pris de révéler cela à Valda ? Avait-il cherché à établir un parallèle entre elle et l'impératrice et, ainsi, à lui démontrer qu'on pouvait passer du statut de maîtresse à celui d'épouse ?

— Ce n'est pas pour autant qu'elle peut régner à sa place, remarqua Valda d'un ton ironique qui laissait entendre qu'elle avait établi un lien entre sa situation et celle de l'impératrice. D'ailleurs, pourquoi est-elle vêtue comme une nonne ?

— Je crois que le régent l'a contrainte d'entrer au couvent. Il ne veut pas qu'elle revendique le pouvoir pour elle-même. Elle ne s'est pliée à sa volonté que pour garantir la vie de son fils.

Valda leva sur lui un regard brillant et incisif alors qu'un sourire sombre se dessinait sur ses lèvres sensuelles.

— Ainsi donc cet homme égoïste et ambitieux règne sur Byzance à la place de l'impératrice alors qu'il n'a aucun lien familial avec le défunt empereur ? Pourquoi ne suis-je pas surprise ?

Il n'avait aucune réponse à lui donner et se blâmait pour avoir évoqué cette question. Il ne pouvait attribuer son égarement qu'à la beauté époustouflante de Valda. Elle lui montait à la tête ce soir.

Les chants redoublèrent de beauté ainsi que le son des instruments les accompagnant. Tous les fidèles paraissaient en profonde prière, et un sentiment de paix et de joie envahissait les cœurs. L'émotion était intense et Valda, bien qu'elle ne comprît pas les paroles chantées, se sentait gagnée par elles comme si elle avait percé le mystère de cette religion qu'elle ne connaissait pas.

Halfdan remarqua que Valda avait les yeux remplis

de larmes. Que se passait-il dans son cœur ? Était-ce la beauté de la liturgie qui avait cet effet sur elle ? Il avait déjà remarqué qu'elle était sensible à la beauté quelle qu'elle fût et qu'elle la comprît ou non.

Peut-être éprouvait-elle ce genre de sentiments pour lui ? En tout cas, ce dont il était certain, c'était qu'en ce moment il ne se comprenait pas lui-même.

Alors qu'Halfdan sentait jusqu'au fond de la moelle de ses os l'opinion critique de Valda à son sujet, il se demandait s'il parviendrait un jour à se libérer des sentiments contradictoires qui le tourmentaient.

Que pouvait-il lui offrir d'autre pour la garder auprès de lui ?

Le mariage, peut-être... Si son plan marchait... Ses chances, certes, étaient minces et il ne voulait pas donner de l'espoir à Valda pour, ensuite, la décevoir. Elle avait déjà connu la déception avec lui dans le passé. Il était hors de question de réitérer la même situation.

À la fin du service, ils furent invités à une fête par un aristocrate en charge de la taxation des marchandises qui entraient et sortaient de la cité. Il s'agissait d'une relation d'Halfdan influente et qui savait entretenir des liens avec des partis opposés.

D'habitude, il se contentait d'inviter à dîner Halfdan pendant son séjour à Byzance, mais ce dernier le soupçonnait de l'avoir convié à sa fête en raison de la présence de Valda à son côté. Il pourrait exploiter cet avantage, dans la mesure où cet homme avait le pouvoir d'accélérer les procédures. Cela lui permettrait d'écourter leur séjour ici.

— Ton ange a fait sensation, dit Théodora en rejoignant Halfdan et Valda.

Elle monta avec son mari dans leur litière et ils s'en furent à la fête suivis du jeune couple.

Halfdan regardait du coin de l'œil Valda marcher à côté de lui et s'étonnait qu'elle s'adaptât aussi bien à la vie byzantine, elle qui prétendait vouloir vivre sur sa terre et n'avoir aucun désir pour les nouvelles expériences.

Cette aisance dont elle témoignait par son comportement l'incitait à lui faire connaître tous les aspects de la vie byzantine tout en réglant ses affaires aussi vite que possible.

Certes, le but de ce voyage n'avait pas été essentiellement le profit. S'il était honnête avec lui-même, il devait convenir que ç'avait été surtout d'éblouir et séduire Valda pour qu'elle prît conscience de ce à quoi elle avait renoncé en le quittant.

Mais beaucoup de choses avaient changé depuis qu'ils avaient quitté York.

Ils avaient d'abord compris quel mauvais tour leur avait joué le destin en permettant cette erreur fatale au sujet d'Olga. Ils savaient, à présent, tout ce qu'ils représentaient l'un pour l'autre. Et lui-même avait l'impression d'être dans la situation d'un pauvre artisan qui essaie de rompre un marché qui lui est défavorable.

En effet, que pouvait-il offrir d'autre à Valda qu'une vie de déceptions et de fausses promesses ? Sa mère, du moins, savait-elle en épousant Ulf qu'il n'était pas droit et que c'était une brute. Elle avait espéré, sans doute, le changer. C'était, en tout cas, ce que Tostig disait d'elle.

Mais elle avait appris, en fait, une réalité plus cruelle encore qu'elle ne l'avait imaginée.

On ne pouvait pas changer une personne même si on en avait la volonté. Il le savait mieux que quiconque.

Si Valda ne pouvait pas être heureuse avec lui en qualité de concubine, quel choix lui restait-il ? Il ne pouvait pas être heureux sans elle, mais il ne pouvait pas davantage mettre de côté son frère comme Ulf l'avait fait.

« Sois l'homme qu'il aurait pu être ! »

Une nouvelle fois, la voix de sa mère résonnait dans sa tête.

Chapitre 17

Valda étudiait l'obélisque de l'hippodrome en attendant Halfdan qui se trouvait au palais où il négociait les prix de la cargaison qu'il rapportait à York. Il avait vendu, le soir de leur arrivée, les marchandises qu'il leur restait aux artisans et négociants qui se trouvaient à la fête où ils avaient été conviés.

Or, il dépensait sans compter, à présent, le fruit de son négoce pour acquérir de la soie, des perles et autres pierres précieuses qu'il revendrait sur le chemin du retour et à son arrivée à York.

Valda avait compris une raison supplémentaire pour laquelle il avait troqué son drakkar pour trois bateaux d'une moindre importance. Chaque navire nordique, en effet, se voyait affecter le même quota de marchandises indépendamment de son tonnage. En avoir trois petits permettait donc de rapporter trois fois plus de cargaison que d'en avoir un seul de grande taille.

Le commerce était surveillé étroitement par l'administration de l'empire, mais Halfdan avait appris à en détourner les règles. Ce qui lui permettait de sortir de Byzance trois fois plus de soie qu'il n'aurait dû y être autorisé.

Valda plissait les paupières en observant le sommet de l'obélisque qui semblait percer le ciel comme la pointe d'une épée. On eût dit qu'il lançait un défi à la nature comme, d'ailleurs, beaucoup d'autres édifices dans la cité.

Siège de la chrétienté d'Orient, c'était aussi le berceau de la civilisation antique dont les vestiges à demi détruits subsistaient comme pour rappeler à Valda qu'ici-bas rien ne durait.

Trois jours plus tôt, alors qu'elle apercevait le dôme de Sainte-Sophie miroitant sous le soleil, elle avait été saisie d'admiration comme si elle était appelée à pénétrer dans la demeure des dieux, mais elle n'y avait vu ni Thor ni Aesir fouler les dalles de pierre au sol. Seuls des hommes et des femmes, si peu différents de ceux qu'elle avait rencontrés dans sa vie, habitaient ces lieux. Les grands de ce royaume avaient les mêmes aspirations et étaient sujets aux mêmes bassesses que rois, ducs et jarls de l'Occident.

Certes, des différences existaient entre les deux peuples, du moins dans les apparences, et Halfdan avait eu raison de dire qu'elle aurait un caractère exotique aux yeux des Byzantins.

Le soir de leur arrivée, à l'occasion de la fête donnée par les soyeux, il ne s'était pas privé de conter des récits légendaires autour de sa personne pour faire rêver son auditoire et en nourrir l'imagination.

Elle ne pouvait pas comprendre tout ce qu'il disait, mais plusieurs fois elle l'avait entendu citer son nom et, aux gestes qu'il faisait, elle avait compris qu'il mimait des combats. C'était la guerrière qu'il mettait en scène et, manifestement, cette évocation fascinait les hommes.

Ils l'écoutaient, les regards brillants d'admiration et de désir, ensorcelés par les images qu'il faisait naître dans leurs esprits et qui érigeaient Valda en une sorte de créature mythique à la fois belle et implacable. Il lui importait peu qu'il tissât toutes sortes de récits autour d'elle. N'était-elle pas, d'ailleurs, à la fois femme et guerrière ? Aussi heureuse dans ses vêtements de soie émeraude et or, qui transcendaient sa beauté, qu'en pourpoint de cuir et armure ?

De toute façon, elle se moquait de ce qu'on pouvait penser d'elle. Elle connaissait sa valeur et cela lui suffisait amplement.

Elle s'était fâchée, cependant, quand quelques hôtes de cette fête pourtant si réussie s'étaient montrés un peu trop téméraires avec elle. L'un d'eux avait même tenté de couper une mèche de ses cheveux avec son poignard. Il s'était retrouvé à terre sous le talon de Valda dont le pied magnifique aux ongles peints avait fait frémir de désir toute l'assemblée masculine.

Il n'avait pas semblé se plaindre de ce traitement. D'ailleurs, il aurait été mal inspiré de le faire car Halfdan ne s'était pas privé de lui dire avec sévérité tout le bien qu'il pensait de lui. La réaction d'Halfdan avait été appréciée de Valda qui était rassurée de constater que s'il tirait avantage de son physique pour mieux vendre sa marchandise, il n'en demeurait pas moins vigilant à son sujet et refusait qu'elle fût traitée comme un objet.

Elle acceptait de jouer ce rôle car, en fin de compte, sa mère et ses sœurs en seraient les bénéficiaires.

Le second jour à Byzancc avait vu se succéder des réceptions et des repas d'exception. Il avait semblé à Valda que tout ce qu'il y avait de mieux à Byzance lui était offert généreusement, mais à la fin de la journée elle était tellement étourdie par tout ce qu'elle avait vécu qu'elle avait été heureuse de rentrer dans leurs appartements pour prendre du repos.

C'était leur dernier jour à Byzance. Les vents ayant tourné et se trouvant favorables, il fallait en profiter pour prendre le chemin du retour. Lorsque Halfdan avait annoncé leur imminent appareillage, elle avait vu à l'expression des hommes que cette précipitation était inhabituelle.

Elle redoutait ce départ. Elle sentait comme un changement profond en elle. Les saisons se succédaient et il en était de même des états de sa vie. Il lui semblait qu'elle s'éveillait d'un rêve merveilleux et dont elle ne voulait pas sortir, mais elle ne pouvait pas refuser éternellement de faire face à ce qui l'attendait.

On était au cœur de l'été et au sommet de leur voyage. Or, ils allaient devoir prendre la route du retour. Il fallait atteindre York avant que les arbres ne se dépouillent de leurs feuilles.

Un vent frais se leva sur l'arène, soulevant le sable et la poussière qui lui fouettèrent le visage comme si les dieux voulaient la mette en garde contre la menace de l'automne qui succédait toujours au bel été.

Le cœur gros, elle tourna les talons pour se diriger vers l'entrée de l'hippodrome où elle devait retrouver Halfdan quand le soleil serait au zénith.

La plupart des membres de l'équipage se trouvaient aussi à l'hippodrome en attendant de se rendre aux bains, où ils voulaient se détendre une dernière fois avant d'affronter l'épreuve du retour.

— Ça va, jeune fille ? fit Tostig d'un air concerné quand elle les eut rejoints.

Il avait pris l'habitude de l'appeler ainsi depuis la folie qu'elle avait commise dans le drakkar. Cela lui avait déplu au début puis elle s'y était habituée, et, comme il était le seul à l'appeler ainsi, ça ne la dérangeait pas. D'autant moins, d'ailleurs, que ça n'était pas dénué d'une certaine note affectueuse.

Elle eut un sourire contrit.

— Je suis un peu nauséeuse, aujourd'hui, répondit-elle. On mange trop bien ici.

— Tu es impatiente de retrouver mes biscuits, n'est-ce pas ? fit Tostig en riant.

— C'est cela. Je ne peux plus attendre.

En l'entendant, plusieurs des hommes se mirent à rire.

Halfdan, resplendissant dans sa nouvelle tenue en soie bleue brodée d'argent, arriva au même moment.

— Tu as fini ? demanda Tostig.

— Oui. Il ne reste plus qu'à charger le bateau d'Aarne.

Puis, se tournant vers Valda, il ajouta, un sourire figé aux lèvres :

— Nous sommes libres de partir quand nous voulons.

Elle sentit sa poitrine s'oppresser et, incapable de faire écho à son propos, détourna le regard. Leur séjour à Miklagard était arrivé à son terme.

J'ai besoin de davantage de temps, se dit-elle en son for intérieur.

— Viens, fit Halfdan. J'ai réservé un bain privé pour nous. D'habitude, les hommes et les femmes sont séparés, mais sur demande on peut obtenir une salle mixte.

À leur arrivée aux bains publics, ils furent accueillis par un groupe de jeunes femmes enjouées et chaleureuses. Deux d'entre elles précédèrent Halfdan et Valda dans un corridor tandis que les autres entraînaient les hommes dans une autre direction.

De hautes fenêtres cintrées laissaient entrer une lumière abondante dans l'établissement qui présentait un dédale de couloirs et de pièces desquelles s'échappaient des tourbillons de vapeur. Une chaleur humide et le murmure des conversations glissaient le long des parois de marbre.

Ils furent introduits, enfin, dans une petite pièce tapissée de mosaïques représentant des corps nus et drapés de voiles transparents ou des créatures mythologiques qui rappelèrent à Valda certaines légendes nordiques.

L'une des femmes s'adressa à Halfdan en lui souriant de

la plus charmante manière alors qu'elle ouvrait un coffre contenant des serviettes et des fioles d'huiles parfumées. L'autre, au même moment, leva le couvercle d'une grande vasque remplie d'une eau transparente et leur montra la tasse qu'ils pouvaient utiliser pour y puiser.

Puis les femmes se mirent à les déshabiller, pliant soigneusement, au fur et à mesure, leurs vêtements qu'elles rangeaient dans un coffre. Quand elle fut nue et Halfdan aussi, Valda sentit qu'elle rougissait. Il était si étrange de se retrouver ainsi tous les deux en présence de tierces personnes.

— C'est normal ici, murmura Halfdan en guise d'explication bien qu'il semblât lui aussi un peu embarrassé.

Il regardait, d'ailleurs, fixement le plafond au-dessus de la tête de Valda.

Les deux femmes gloussèrent et leur firent signe d'entrer dans la pièce voisine où ils furent accueillis par un nuage de vapeur chaude. Valda agita en vain les mains devant elle pour chasser la vapeur. Le sol était chaud sous ses pieds, ce qui lui rappela les saunas dans le pays de ses ancêtres. Sa peau se mit très rapidement à ruisseler alors qu'elle restait immobile en attendant que sa vue s'adaptât à la pénombre qui régnait en ce lieu.

La pièce était divisée en deux parties, celle où il faisait la plus grande chaleur et dont les murs étaient bordés de bancs, l'autre qui présentait une piscine creusée dans le sol dont le fond et les côtés étaient couverts de faïences turquoise.

L'eau miroitait dans la lumière dansante des torches pendues aux murs autour de la piscine. Une légère vapeur, s'élevant de la surface de l'eau, était traversée par un rayon de soleil tombant dans la pièce depuis l'ouverture située au sommet du plafond en forme de dôme.

C'était beau et apaisant. L'endroit idéal pour vivre leurs dernières heures à Byzance.

Valda laissa échapper un soupir de plaisir en se laissant glisser dans l'eau chaude et fut aussitôt suivie d'Halfdan.

— Vont-elles venir ici ? demanda-t-elle en désignant du menton la porte ouvrant sur le vestiaire.

— Non, sauf si nous les appelons.

— Tant mieux, répondit Valda.

Il y avait quelque chose chez ces femmes qui la mettait mal à l'aise. Non pas leurs manières, elles étaient très aimables, mais, peut-être, quelque chose dans leur style de vêtements et leur maquillage. Elles différaient des autres femmes qu'elle avait vues jusque-là.

— Il me faudra attendre longtemps avant de me laver les cheveux correctement, dit-elle. Je pourrais le faire maintenant.

De l'autre côté de la piscine se trouvait un plateau sur lequel s'alignaient divers savons et peignes ainsi qu'une cruche. Aussi nagea-t-elle paresseusement jusqu'à eux.

Elle se lava minutieusement les cheveux avec les précieux savons et huiles qui coûteraient une fortune à York puis, après les avoir rincés, lissa longuement ses cheveux.

Halfdan plongea sous l'eau avant de réapparaître à la surface, tout à côté de Valda, un sourire espiègle aux lèvres.

— Me laverais-tu les miens ? demanda-t-il en lui tournant le dos.

— Oui, bien sûr.

Elle se hissa hors de l'eau et s'assit au bord de la piscine. Après s'être enduit les mains de savon, elle l'attira vers elle du bout des doigts, ouvrant les genoux pour qu'il pût se tenir entre ses jambes. Un frisson de désir courut entre ses reins comme cela lui arrivait toujours quand il était tout proche d'elle.

— Ils sont longs, murmura-t-elle en tirant sur la lanière de cuir nouée autour de ses cheveux. Ça va prendre du temps.

— Je vais les couper si tu le veux. Est-ce que je les appelle pour qu'elles m'apportent un couteau ?

— Non, ne fais pas ça. Je commençais à oublier qu'elles étaient là.

Elle se mit à rire alors qu'elle plongeait ses mains savonneuses dans la masse de ses cheveux qui lui descendaient plus bas que les épaules.

D'un or foncé, ils étaient aussi raides que des baguettes.

Les gémissements et soupirs de plaisir que laissait échapper Halfdan firent naître un sourire sur les lèvres de Valda.

— Tu aimes être dorloté, n'est-ce pas ?

— Seulement lorsque c'est toi qui me dorlotes, répondit-il en lui caressant les chevilles.

Puis il se tourna vers elle. Son regard était au niveau de ses seins qu'il regardait avec insistance comme s'il voulait en festoyer.

Incapable de lui résister, elle se pencha en avant pour recueillir un baiser sur ses lèvres. Leurs langues s'entremêlèrent sensuellement comme s'ils pressentaient que des heures difficiles les attendaient et qu'ils voulaient jouir des derniers instants de bonheur qu'il leur restait.

Elle remua les hanches pour s'avancer dans l'intention de se laisser couler dans l'eau, mais il la retint de la main.

— Reste ici, dit-il dans un murmure alors que ses lèvres laissaient derrière elles un sillon de baisers le long de la poitrine et du ventre de Valda.

Comprenant ses intentions, elle se laissa aller en arrière sur les coudes et laissa échapper un soupir voluptueux.

Il plongea le visage entre ses cuisses, pressant la bouche contre son sexe et jouant de la langue si savamment qu'il ne fut pas long à lui faire connaître un orgasme si fort qu'elle fut sujette à des spasmes voluptueux qui montaient en elle par vagues successives d'un indicible plaisir.

Quand elle eut recouvré ses esprits, totalement satisfaite et détendue comme si elle n'avait plus de muscles, elle descendit dans la piscine et l'enlaça de ses bras tandis qu'elle nouait les jambes autour de ses hanches, l'invitant ainsi à prendre son plaisir.

D'un coup de reins, il la pénétra, et l'eau se mit à s'agiter autour d'eux alors qu'il allait et venait en elle jusqu'au moment où ils crièrent ensemble de plaisir, leurs voix résonnant entre les murs de la pièce carrelée.

Remis de leurs ébats quelques instants plus tard, ils s'assirent sur une saillie au bord de la piscine pour se reposer.

— Tu vois comme notre vie pourrait être merveilleuse ensemble, murmura-t-il en déposant un baiser dans le cou de Valda qui frissonna en dépit de la chaleur de l'eau.

Un éclat de rire masculin suivi immédiatement de gloussements féminins provint d'une autre pièce plus loin dans le corridor.

Valda se raidit alors qu'elle prenait conscience de ce qu'elle avait soupçonné en arrivant aux bains.

— Est-ce… ? Sommes-nous… ? C'est un lupanar, n'est-ce pas ?

— Oui, reconnut Halfdan avec un soupir, mais je voulais passer le plus de temps possible seul avec toi avant que nous ne repartions.

Elle hocha la tête en signe d'acquiescement, bien qu'elle fronçât les sourcils comme si quelque chose la dérangeait. Elle ne pouvait se défaire, en effet, du sentiment désagréable qu'en ayant été amenée ici par Halfdan, elle était assimilée aux femmes de petite vertu qui y travaillaient.

Après avoir vécu si longtemps avec sa mère, elle avait toutes les raisons d'être la dernière à condamner les femmes qui satisfaisaient leur désir en dehors du mariage, mais le fait qu'il l'emmenât ici, dans ce lieu de débauche, gâtait leur relation d'une irrémédiable manière.

Elle se leva et lui fit face, respirant à fond et rassemblant ses forces avant de prendre la parole :

— Veux-tu que je devienne comme ces femmes ? demanda-t-elle. Que je sois ta maîtresse ?

— Non ! Mais…

— En agissant ainsi, tu ruinerais la vie d'une jeune mariée avant même d'avoir entamé une vie commune avec elle et tu me déshonorerais.

— Tu peux avoir tout ce que tu veux de moi. Tout ce que je te demande, c'est de me donner le temps de trouver une solution.

Les soupçons et les doutes qui minaient la pensée de Valda depuis quelque temps remontèrent brusquement à la surface.

— Nous y venons enfin ! dit-elle avec une colère contenue. Au fond, tu ne m'as emmenée ici que pour me montrer ce que j'aurais pu avoir avec toi si seulement je t'avais fait un peu plus confiance, n'est-ce pas ?

— Non, répondit-il si faiblement qu'elle acquit la conviction qu'il lui mentait.

— C'est bien, malheureusement, ce que je crois, fit-elle d'une voix altérée par la tristesse. À mesure que les jours passent, j'ai l'impression que tu veux me dire : « Regarde cela ! Regarde ceci ! Vois tout ce que tu as raté en ne me suivant pas ! »

— Je n'ai jamais eu cette intention ! Je voulais seulement, c'est vrai, que tu vois ce que nous aurions pu vivre ensemble… Je t'aime, Valda. Cela ne te suffit-il pas ?

Sa déclaration était comme un coup porté à la résolution qu'elle venait de prendre et elle n'eut d'autre effet que d'attiser sa colère.

Ne sachant que dire, elle resta silencieuse un long moment.

Elle redoutait trop de s'humilier. Aussi, pour en finir avec cette discussion, déclara-t-elle en guise de conclusion :

— Tu devrais tenir parole et épouser ta fiancée du pays de Galles.

Blessé, déçu, il se leva à son tour.

— Donne-moi du temps, Valda…

S'il l'aimait vraiment, pensa-t-elle, il se parjurerait et l'épouserait à la place de l'autre, mais elle n'était qu'un second choix, et cette prise de conscience la rendait folle furieuse. Une kyrielle de mauvais souvenirs liés aux hommes et à leur fausseté jaillit, soudain, de sa mémoire, assombrissant encore la perspective qu'elle avait de sa vie avec Halfdan.

Elle croyait entendre les pleurs de sa mère étouffés entre les draps quand elle se lamentait chaque nuit après la trahison de Bjorn. Elle revoyait tous ces hommes qui lui avaient demandé de les appeler père, mais qui sortaient, du jour au lendemain, de leur vie sans même un au revoir.

Et, en dernier lieu, elle fut assaillie par la scène pathétique où elle avait déclaré son amour à Jorund qui lui avait répondu gentiment qu'elle n'était pas le genre de femme qui lui convenait. Or, elle n'avait pu cacher sa déception et avait fondu en larmes devant lui.

Plus jamais elle ne revivrait de tels moments !

— Non, répondit-elle fermement. J'ai mon honneur à préserver et une famille pour laquelle je me dois de me dévouer.

Elle était fière de la conviction avec laquelle elle avait parlé même si les tempes lui battaient douloureusement.

— Je comprends pourquoi tu ne te sens pas libre de tes choix, mais si j'étais Erik, je ne voudrais pas que tu sacrifies ton bonheur pour le mien.

Épuisée, soudain, et nauséeuse, elle sortit de la piscine.

— Je ne veux pas être l'épouse d'un jarl ni être vêtue

de soie et couverte de bijoux, poursuivit-elle. Et même si j'ai aimé ce voyage avec toi, ce n'est pas suffisant. Je veux une maison où vivre et je ne crois pas que je puisse l'avoir avec toi. Je vais aller vivre avec mes sœurs sur nos terres. J'aurai, enfin, des racines.

Halfdan, dans un mouvement d'impatience, abattit la main contre la surface de l'eau, provoquant son jaillissement chargé d'écume tout autour de lui.

— Nom d'un chien ! Je t'ai dit que je t'aimais, mais toi tu ne me l'as jamais dit ! Je ne serai jamais assez bien pour toi ! C'est ton orgueil et ton manque de courage qui nous tiennent séparés et non mon serment !

Elle n'avait pas la force de répondre. Se quereller ne ferait qu'aggraver la peine de cœur. Elle n'avait plus le goût, d'ailleurs, de se battre.

— Peut-être…, murmura-t-elle.

Puis, se retirant, elle reprit d'une voix plus audible :

— On se retrouve sur le port. Je ferai le voyage de retour dans le bateau de Tostig ou d'Aarne. Il vaut mieux que nous voyagions séparément.

Halfdan serra les mâchoires et détourna le regard.

Elle suffoquait dans la chaleur excessive et ses sensations nauséeuses s'aggravait. Elle pressa le pas vers la porte qu'elle ouvrit brutalement. Heureusement, Halfdan ne la suivait pas.

Les deux femmes qui attendaient, assises sur un banc, se levèrent d'un seul bond. Valda, dont la tête lui tournait horriblement, les remarqua à peine. Elle s'affaissa sur un coffre, respirant à pleins poumons, mais ça n'améliora pas son état.

L'une des femmes poussa, juste au bon moment, un récipient sous son visage et elle rendit tout ce qu'elle avait dans l'estomac.

Quand elle eut fini, épuisée, elle laissa la tête partir en

arrière contre les mosaïques du mur alors qu'elle entendait battre son cœur dans sa poitrine.

Les femmes s'empressèrent d'emporter le récipient et de lui tamponner le visage avec un linge humide. Elles lui parlaient doucement comme pour la rassurer, mais elle ne comprenait pas un mot de ce qu'elles disaient. Elle sourit à celle qui était la plus proche, et la femme hocha la tête d'un air entendu avant de s'adresser à sa comparse, semblait-il pour lui donner des instructions.

On lui apporta un gobelet d'eau et elle le vida d'un trait. Elle continuait de suffoquer dans cette atmosphère trop chaude et humide. Aussi les femmes l'aidèrent-elles à se lever pour la rhabiller et lui permettre de sortir de cette étuve.

Elles l'enveloppèrent dans un grand linge pour la sécher puis lui présentèrent ses vêtements. L'une des femmes s'adressa à l'autre et elles se mirent toutes les deux à rire.

— C'est la chaleur, expliqua-t-elle en s'éventant de la main. Rien que la chaleur.

La même femme avança la main et tapota le ventre nu de Valda avec un air entendu avant de l'aider à s'habiller.

— Non, répondit-elle. J'ai seulement eu trop chaud. Je…

Les mots moururent dans sa bouche et elle n'insista pas alors que les femmes lui présentaient des fruits. Les doigts engourdis, elle prit du raisin dans la coupe.

Depuis combien de temps n'avait-elle pas eu de pertes de sang ?

Il y avait trop longtemps…

Plus tôt elle serait de retour auprès de ses sœurs, mieux ce serait pour elle.

Chapitre 18

Elle parvint, heureusement, à faire passer ses sensations nauséeuses en mangeant aussi souvent qu'elle le pouvait des amandes et des noisettes ainsi que des fruits.

Elle s'arrangeait pour qu'Halfdan ne s'en aperçût pas, mais c'était un effort inutile car il évitait autant que possible sa compagnie. Ils ne s'étaient même jamais reparlé depuis les bains publics et, d'ailleurs, voyageaient sur deux bateaux différents comme elle l'avait suggéré. C'était vraiment fini entre eux.

N'était-ce pas, au fond, ce qu'elle voulait ?

En dehors de la soie, leur cargaison se composait d'objets de luxe beaucoup moins encombrants et lourds que ce qu'ils transportaient à l'aller. Aussi ne furent-ils pas longs à traverser la mer Noire jusqu'à l'embouchure du Dniepr.

La remontée du fleuve, cependant, se fit plus difficilement. Il fallait ramer dur contre le courant et franchir les sept chutes d'eau en hissant les bateaux sur la berge.

Or, au cours de ces opérations, ils étaient exposés à la menace des tribus nomades qui détroussaient les marchands. Chaque nuit, en outre, le danger se renouvelait quand ils dressaient leur camp. Ils veillaient alors, à tour de rôle, scrutant inlassablement l'obscurité.

Halfdan avait choisi délibérément de dormir quand c'était au tour de Valda de monter la garde. Elle ne pouvait pas lui en vouloir car cela, en fin de compte, facilitait leur vie. Ils étaient, cependant, tous les deux muets et misérables alors que la descente du fleuve s'était faite dans la joie.

Leur humeur maussade, malheureusement, se communiquait à l'équipage dont les membres étaient de plus en plus irritables. La tension ne cessait de monter à mesure qu'ils s'enfonçaient dans les terres et chacun semblait impatient d'arriver au terme de leur voyage.

Tostig, plus d'une fois, s'était enragé contre la lenteur de leur progression qu'il semblait reprocher à Halfdan et Valda. Les regards qu'il leur lançait, du moins, le laissaient penser.

Ce matin-là, la clarté de l'aube baignait les immenses étendues herbeuses de la steppe d'une lumière ambrée. Valda, qui avait été de garde, promenait son regard admiratif sur le vaste paysage quand elle remarqua un nuage de poussière à l'horizon.

Elle alla immédiatement en informer Tostig qui préparait le déjeuner devant le feu de camp. Il scruta à son tour l'horizon et un sourire crispé se dessina sur ses lèvres.

— Tu as bien fait de me prévenir, dit-il en renversant le contenu de la marmite sur le feu.

Puis, frappant avec la louche contre le fond de la marmite, il cria à tue-tête :

— Petchenègues !

Les hommes, qui dormaient encore, furent brusquement arrachés au sommeil et Tostig décochait un coup de pied à ceux qui ne se réveillaient pas ou n'étaient pas assez rapides à se lever.

En un instant, le campement fut bouleversé, les hommes dans leur hâte se bousculant et lançant des jurons. Au milieu de l'affolement, Valda restait calme et concentrée. Elle avait vu plus d'un combat et réfléchissait à ce qu'elle aurait à faire quand l'ennemi se présenterait.

Halfdan avait déjà donné de claires instructions au sujet des gestes qu'il convenait d'accomplir en cas d'attaque. Ils seraient plus en sécurité sur le Dniepr qui était assez large pour qu'ils pussent rester à une bonne distance de la berge et, ainsi, hors de portée des flèches. Il n'y avait pas d'autre solution que de mettre au plus vite les bateaux à l'eau et de ramer jusqu'au milieu du fleuve.

Chaque équipage s'efforçait furieusement de charger son bateau pour, ensuite, le pousser vers la berge. C'était leur seule chance d'échapper à une mort presque certaine.

Alors que le grondement des sabots des chevaux se rapprochait ainsi que le nuage de poussière, ils parvinrent à mettre la première embarcation à l'eau.

Valda, qui faisait partie de l'équipage du deuxième bateau, le tirait avec les autres hommes tandis qu'Aarne courait de la poupe à la proue portant à chaque fois deux rames qu'il disposait devant la quille du navire à mesure qu'il progressait. Soudain, cependant, alors qu'Aarne passait devant Valda, il reçut une flèche dans l'épaule et, poussant un cri de douleur, laissa tomber les rames.

Valda arracha son bouclier du côté du navire pour l'en protéger, et trois flèches vinrent se planter dedans.

— Continuez à tirer ! cria-t-elle alors qu'Aarne, en dépit du sang qui se répandait sous son pourpoint, parvint à ramasser les rames et les jeter devant le bateau.

Le bateau pointa du nez vers le fleuve et, l'instant d'après, les hommes le poussant à l'arrière, il tomba dans l'eau. Alors qu'il se balançait dans les hauts-fonds, les hommes, après avoir ramassé leurs rames, sautèrent à bord.

Valda passa le bras autour des reins d'Aarne et, en dépit de ses plaintes, l'entraîna vers le fleuve. Au moment où elle le hissait à l'intérieur du bateau, plusieurs flèches vinrent se ficher dans la coque.

Elle tourna son regard vers leurs agresseurs dont la

masse approchait d'eux au grand galop. Ils n'avaient, jusque-là, essuyé que les tirs d'une poignée de cavaliers de l'avant-garde, mais le gros de la horde, lances et arcs dressés au-dessus des têtes, allait fondre sur eux.

Même en plein galop, ces diables de nomades tiraient leurs flèches !

Vêtus de longues tuniques qui descendaient aux genoux et de culottes bouffantes, ils étaient chaussés de bottes en cuir. Leurs manteaux, présentant de riches broderies, ce qui ne manqua pas de surprendre Valda, étaient teints dans des couleurs variées. En outre, ces Petchenègues étaient coiffés de chapeaux en forme de cône ou de casques. Une épée recourbée au côté et un bouclier rond complétaient leur armement.

Valda arrêta le regard sur le bateau d'Halfdan. Plus lourdement chargé, il n'était pas encore à l'eau même s'il n'en était plus loin. Elle vit que deux membres de son équipage gisaient au sol, criblés de flèches.

Il s'agissait de Bori et Frode, des amis pour elle, mais ce n'était pas le moment de s'apitoyer.

— Monte à bord, Valda ! hurla dans son dos Tostig qui lui tendait le bras pour l'aider à monter le long du flanc du navire.

Elle aurait dû ne penser qu'à la vie qui avait pris racine dans son ventre, sauter à l'intérieur du bateau et ramer avec les autres jusqu'au sanctuaire du milieu du fleuve. Le premier bateau avait déjà dépassé le coude que formait le fleuve en cet endroit et échappait à la vue.

Les premiers cavaliers arrivés au fleuve ne cessaient de décrire des cercles autour du navire d'Halfdan et de décocher impitoyablement leurs flèches sur les membres de l'équipage. Deux hommes étaient déjà tombés et d'autres allaient suivre. Il fallait desserrer l'étau.

Halfdan décrocha son bouclier et brandissant son épée

se porta au-devant des cavaliers en poussant un cri de guerre redoutable. Cet appel déchirant adressé à tous les combattants au moment de l'assaut pénétra jusqu'au fond des entrailles de Valda.

Elle devait y répondre. Comment pourrait-elle regarder en face son enfant si elle avait laissé son père mourir sous ses yeux ?

— Partez sans moi ! lança-t-elle à Tostig en frappant la coque du navire. Je reste avec Halfdan.

Elle fendit l'eau et, tirant son épée, escalada la berge en trois enjambées.

Halfdan, rejoint par Odger, avait déjà arraché la vie à deux nomades. Il en restait quatre qui les encerclaient en les visant avec leurs lances alors qu'ils se tenaient dos à dos et se protégeaient avec leurs boucliers.

Valda entendit la quille du bateau frotter contre les galets de la rive alors que la proue fendait l'eau. Il ne restait qu'à mettre hors de combat les quatre Petchenègues de façon à ce que tous les hommes pussent monter sans danger dans le bateau et fuir au plus vite avant que les autres cavaliers, qui fondaient sur eux, ne les eussent atteints.

Elle courut le long de la berge et sortit sa dague de sa ceinture qu'elle lança vers l'un des cavaliers dès qu'il lui présenta le dos. L'arme atteignit sa cible et l'homme tomba à terre avec tout son armement.

L'un des trois cavaliers encore en action la repéra et lança son cheval vers elle en brandissant une lance tandis qu'il se protégeait de son bouclier.

Voyant fondre le trait sur elle et n'écoutant que son instinct, elle se jeta à terre et se fit rouler sur le côté. La lance se planta dans le sol à l'endroit précis où elle se tenait un instant plus tôt.

La fureur d'Halfdan se traduisit par un cri terrifiant et, presque au même moment, Valda entendit le hennissement d'un cheval alors que le cavalier qui avait tenté de la tuer, frappé à mort, mordait la poussière.

Halfdan se retourna immédiatement vers les deux derniers Petchenègues qui s'acharnaient sur Odger en grand danger. Il en frappa un entre les deux omoplates tandis qu'Odger, reprenant courage, plantait son épée dans la cuisse de l'autre qui ne dut son salut qu'à son cheval.

Voyant le nomade fuir au grand galop, Halfdan remit au fourreau son alfange ensanglantée et se précipita vers Valda qu'il saisit au bras pour l'aider à se relever puis ils s'élancèrent avec Odger vers le bateau.

Croisant en chemin la dépouille de Bori, qu'il n'avait pas encore vue, Odger poussa un cri de détresse et se jeta à genoux auprès de son frère.

— Je ne peux pas l'abandonner !

Il le saisit sous les aisselles pour l'emmener avec lui, mais Valda, plaçant son bouclier au-dessus d'Odger et d'elle-même lui dit avec fermeté :

— Il est mort. Tu ne peux plus rien pour lui.

Odger acquiesça tristement et prit le bracelet de cuivre de Bori alors qu'Halfdan faisait de même avec celui de Frode. Tous trois, ensuite, se précipitèrent vers le bateau qui les attendait.

— Monte vite ! s'écria Halfdan en faisant la courte-échelle à Valda.

Une flèche vint se planter dans la coque à côté d'elle et elle se laissa rouler à l'intérieur du navire. Sans attendre, elle attacha son bouclier sur le flanc du bateau et s'empara de sa rame.

Avant de la plonger dans l'eau, elle lança un regard derrière elle pour s'assurer qu'Halfdan et Odger étaient montés à bord puis elle se mit à ramer avec les autres membres de l'équipage.

La horde de Petchenègues ayant atteint la berge du fleuve,

une pluie de flèches s'éleva dans le ciel, mais la plupart retombèrent dans l'eau ou se fichèrent dans les boucliers disposés de façon à protéger les rameurs.

Les nomades les suivirent sur une certaine distance puis, renonçant à les poursuivre, s'éloignèrent du Dniepr pour se perdre dans l'immensité de la steppe.

Sans doute, pensa Valda, resteraient-ils dorénavant en permanence sur le fleuve tant qu'ils n'auraient pas atteint le comptoir d'Halfdan.

— Tu aurais dû t'embarquer avec Tostig, dit à mi-voix Halfdan derrière elle en se penchant en avant pour qu'elle fût la seule à l'entendre.

Elle sentit son souffle sur la nuque et eut un frisson.

— Avant de me prendre dans ton équipage, à York, tu m'as dit que tu avais besoin d'une lame supplémentaire, répondit-elle, ne parlant que lorsqu'elle se rapprochait de lui avec le mouvement du rameur. Je n'ai fait que mon devoir.

— Ton devoir était de rester avec ton équipage. Ne refais plus jamais ça !

Tout en ramant, elle tourna la tête pour le dévisager.

— Mon devoir c'est d'être là où l'on a besoin de moi ! J'aurais prouvé, au moins, que je savais me servir d'une arme et que je valais mon poids en argent.

Il se pencha en avant alors que les rames sortaient de l'eau. Ils étaient si proches l'un de l'autre que ses lèvres effleurèrent le cou de Valda quand il lui répondit :

— Il n'y aurait pas eu assez d'argent dans le monde entier pour compenser ta perte.

Le poids de ses paroles pesa comme un rocher sur le dos de Valda.

— C'est heureux dans ce cas que je ne sois pas ton esclave, lança-t-elle.

Elle se remit à ramer et ils s'ignorèrent de nouveau.

Chapitre 19

— Erik ! s'écria Halfdan en embrassant son frère qui venait de le rejoindre à l'extérieur du mur d'enceinte.

Il venait d'arriver à son comptoir et s'empressait de rejoindre le manoir sachant qu'Erik l'y avait précédé, mais celui-ci apprenant l'arrivée de la flottille s'était précipité à sa rencontre.

— Quel joie de te revoir, fit Erik. J'ai reçu ton message m'intimant de rester ici jusqu'à ton retour. Que se passe-t-il ?

— Rien de particulier, mais poursuivons notre entretien à l'intérieur.

En montant vers le manoir, les paroles de Valda revinrent à l'esprit d'Halfdan :

« Je comprends que tu éprouves le besoin de rendre sa liberté à Erik, mais si j'étais à sa place, je ne voudrais pas que tu sacrifies ton bonheur pour le mien. »

Il espérait que la présence d'Erik l'aiderait à se débarrasser de ses doutes. Le propos de Valda, en effet, ne cessait de le poursuivre et de jeter le trouble dans son âme.

Sa remarque l'avait gardé éveillé chaque nuit depuis leur départ de Miklagard parce qu'il avait oublié de demander à Erik ce qu'il désirait pour son avenir. Il avait présumé, en effet, qu'il rêvait de la même vie que lui, mais peut-être n'était-ce pas le cas.

N'aurait-il pas dû, tout simplement, lui demander ce qu'il voulait ?

Il aurait sans doute refusé son aide s'il avait su ce qu'il lui en coûtait. Et, surtout, s'il n'était pas intervenu entre Erik et leur père, peut-être que ce dernier aurait fini par l'affranchir quand il aurait eu l'assurance qu'il ne lui succéderait pas en tant que jarl ?

Mais, de toute façon, il n'aurait pas pu connaître l'opinion de son frère dans le délai nécessaire puisqu'il y avait près d'un an qu'il ne l'avait vu.

Erik, en effet, voyageait le long de la Volga qu'il remontait et descendait à volonté, pénétrant au cœur du califat islamique. Régions dangereuses où celui qui s'y aventurait pouvait en revenir avec les plus grandes richesses comme il pouvait y trouver une mort mystérieuse, mais il semblait qu'Erik ne redoutât pas ce destin tragique.

Il présentait, certes, l'avantage de parler la langue de sa mère et d'avoir hérité de son teint de peau, ce qui lui permettait de passer presque inaperçu. Il lui était donc bien plus facile de faire du commerce dans ces contrées que pour les nordiques.

Il rapportait de gros gains de ses voyages et sans lui Halfdan n'aurait pas réussi à accumuler une telle fortune ni n'aurait pu réunir la somme ahurissante qu'Ulf réclamait pour lui rendre la liberté.

Mais si Erik accomplissait ces voyages avec succès, Halfdan savait qu'ils ne le rendaient pas heureux. N'ayant pas le même esprit aventureux que lui, il n'en retirait pas la même satisfaction. Il préférait, en fait, séjourner au comptoir qu'il administrait et agrandissait à la perfection.

Ils s'assirent à la table de jeux et Halfdan eut un serrement de cœur en voyant le plateau et les pièces du jeu de tafl qui n'avaient pas bougé depuis qu'il y avait joué avec Valda.

— Ton voyage s'est-il bien passé ? demanda-t-il autant par curiosité que pour chasser la jeune femme de son esprit.

Un servant leur apporta deux cornes remplies d'ale et il but à pleines gorgées.

— Ulf sera satisfait, répondit Erik, le sourire aux lèvres.

— Tu as bien vendu la marchandise que je t'avais donnée ? demanda Halfdan.

— Oui, très bien. J'ai de quoi racheter ma liberté, quelle que soit la somme qu'il demande cette fois.

— Bravo, Erik ! Et ne t'inquiète pas. De toute façon, il ne pourra pas encore la relever. J'ai conclu un prix avec lui et je l'ai fait jurer devant ses hommes qu'il s'y tiendrait. Nous lui verserons la somme, cet automne, à York.

— Je ne le croirai que le jour où il me donnera un bracelet. Tant que je ne le porterai pas au bras gauche, je ne serai pas convaincu de sa sincérité.

Son visage, soudain, changea d'expression alors que son regard brun se fixait sur quelque chose derrière Halfdan.

— Est-ce bien ?

Il écarquillait les yeux comme s'il avait été en présence d'une apparition puis, ramenant le regard sur Halfdan, il reprit :

— Que fait-elle avec toi ?

Halfdan n'eut pas besoin de se retourner pour s'assurer que Valda venait d'entrer dans la grande salle avec l'équipage de leur bateau.

— C'est elle qui m'a demandé si elle pouvait se joindre à mon équipage. Elle n'a pris un engagement que pour un seul voyage.

— C'est étrange que tu prennes à ton service une femme qui t'a brisé le cœur voilà presque dix ans. Cherches-tu à te venger d'elle ?

— Non, certainement pas ! répondit Halfdan d'un air horrifié. Pourquoi dis-tu cela ?

Erik se contenta de hausser les épaules.

— Sa famille a besoin d'argent.

— Pourquoi ? Elles n'étaient pas dans la misère, que je sache.

— Elles ne l'étaient pas, en effet, mais on leur a volé toutes leurs économies et aujourd'hui elles s'y trouvent. Elles étaient prêtes à soudoyer un jarl pour qu'il leur donnât une terre.

— Je suppose que Valda leur apportera assez d'argent de son voyage pour leur permettre d'en acquérir une ? fit Erik avant de boire une gorgée d'ale.

— Oui, bien sûr.

— Alors, si je comprends bien, tu ne fais qu'aider une vieille amie ?

— C'est cela même.

— Et tu ne ressens plus rien pour elle ? demanda Erik en plantant son regard dans celui de son frère.

Halfdan marmonna une réponse incompréhensible et détourna le regard pour prendre une longue gorgée d'ale.

— Tu n'as pas couché avec elle ?

Halfdan s'étrangla en buvant.

— Non… Du moins, pas récemment.

Erik leva les yeux vers la poutraison du plafond en laissant échapper un juron.

— C'est elle qui a mis fin à notre relation. Elle est fâchée contre moi.

— C'est donc bien pour te venger d'elle que tu l'as fait rentrer de nouveau dans ta vie, dit Erik en inclinant la tête de côté d'un air d'intense réflexion.

Il regardait Valda en même temps qu'il lui parlait, Halfdan en était certain, et il lui fallut une énorme volonté pour ne pas se retourner.

— Non ! répondit-il de nouveau avec fermeté.

Erik remua la tête d'un air incrédule.

— Je ne comprends toujours pas.

— Elle veut que je l'épouse.

— Encore ?

Il haussa les épaules en reprenant :

— Peut-être devrais-tu l'épouser. Ulf, autrefois, l'aurait tuée, mais je ne crois pas qu'il pourrait, maintenant, l'éliminer aussi facilement.

— Je ne veux pas me marier avec elle, répondit Halfdan qui préférait mentir plutôt que de révéler à son frère le marché qu'il avait conclu avec leur père.

Erik laissa échapper un soupir et hocha la tête, acceptant la réponse d'Halfdan sans le questionner davantage.

— Il faut accepter alors de vivre sans elle. Les filles de Porunn sont trop entêtées pour envisager une vie tout autre que fondée sur la dévotion.

— Certes, mais, de toute façon, elle ne sera plus très longtemps avec moi. À notre arrivée à York, je la renverrai auprès de sa mère et de ses sœurs. Je suis sûr qu'elle a beaucoup manqué à Brunehilde et Helga. Elles apprendront probablement notre arrivée au port avant même que nous n'ayons déchargé notre cargaison. Ce sont elles, certainement, qui viendront la chercher à sa descente du drakkar.

Halfdan observait le visage de son frère qui semblait affecté par ses propos. Il avait, du moins, le réconfort de constater qu'il n'était pas le seul à se laisser troubler par les féroces filles de Porunn.

Valda déroula la couverture qui lui servait de lit dans un coin de la grande salle et se coucha.

Elle était épuisée, toute courbatue après les longues journées à ramer à contre-courant quand il ne fallait pas pousser et tirer le bateau sur la terre ferme. Une nuit de vrai repos serait la bienvenue avant de gréer le drakkar dès le lendemain matin.

Ils repartiraient l'après-midi, et il faudrait de nouveau ramer, mais, du moins, seraient-ils sur un navire plus sûr. Ils ne seraient pas longs à atteindre la mer Baltique où les vents de la fin d'été les pousseraient vers l'Angleterre… vers sa famille.

Rapidement, espérait-elle en touchant son ventre sous la couverture en fourrure. Elle se rendit compte, à cet instant, qu'il était en train de s'arrondir. Elle devrait desserrer sa ceinture et faire gonfler un peu sa tunique en la remontant afin de cacher sa grossesse.

Une haute silhouette s'approcha d'elle et s'arrêta. Elle se dressa aussitôt sur les coudes pour distinguer les traits de l'homme qui venait ainsi troubler son sommeil.

— Erik ? murmura-t-elle pour ne pas réveiller les hommes qui dormaient couchés sur une couverture au sol ou sur un banc.

Ils avaient besoin de repos, surtout les pauvres Odger, Svend et Aarne qui avaient perdu chacun un parent.

Erik s'accroupit pour être plus près d'elle et pouvoir lui parler à voix basse.

— Oui, c'est moi, Valda. Comment vont tes sœurs et ta mère ?

Elle le regarda d'un air surpris. Comment se faisait-il qu'il vînt au milieu de la nuit l'interroger sur sa famille ?

— Elles vont bien, répondit-elle. Nous avons l'espoir de réussir à acquérir une ferme.

— Oui, je le sais. Halfdan me l'a dit.

Un étrange silence descendit sur eux et Valda fut sur le point de lui souhaiter une bonne nuit, mais, soudain, Erik reprit sa respiration et demanda :

— Est-ce bien ce que tu désires… une ferme ?

— Oui, répondit-elle, irritée. Ça te pose un problème ?

— Non, mais cela me surprend. Aucune d'entre vous ne me semble être le type de femme à cultiver la terre ou faire de l'élevage… À l'exception, peut-être, de Brunehilde. Elle a toujours aimé les animaux.

Valda leva sur Erik un regard consterné. Elle l'avait toujours trouvé étrange, et cette conversation confirmait son impression. Du moins, maintenant, comprenait-elle mieux son comportement, mais elle n'arrivait toujours pas à lui pardonner d'avoir blessé Brunehilde.

— Ça dépend de l'animal, fit-elle, acerbe.

Erik, ignorant sa réponse ironique, eut une expression pensive quand il reprit d'une voix lente :

— Porunn… Je suppose qu'elle pourrait se mettre à cultiver la terre, surtout si elle ne peut plus combattre ?

Il leva un regard interrogatif sur Valda qui acquiesça d'un signe de tête brusque.

— Quant à Helga… Elle ressemble plus à une elfe qu'à une fermière, mais cela lui plairait, sans doute, de vivre au contact de la nature. Je la vois davantage vivre au milieu des arbres et des fleurs que dans un port comme York… Mais toi… Il m'est impossible de t'imaginer en fermière.

— Eh bien, Erik, merci pour ta perspicacité, dit-elle bien qu'elle fût assez stupéfaite qu'un homme qu'elle avait à peine connu neuf ans plus tôt pût parler aussi justement de sa famille. Mais, dans la mesure où nous ne nous sommes pas vus depuis autant d'années, je doute que tu saches ce que mes sœurs et moi-même attendons de la vie.

Sur ces mots, elle remonta la couverture sur ses épaules et se retourna, lui présentant délibérément le dos pour lui faire comprendre qu'elle voulait enfin dormir.

— J'ai toujours su que tu voulais mon frère, dit-il dans un murmure.

Les épaules de Valda se raidirent. Elle retenait son souffle dans l'attente de ce qui allait venir.

— Ne te suffit-il pas de régner sur son cœur ? Faut-il aussi que tu t'empares de sa liberté ?

En proie à la colère autant qu'à la frustration, elle se redressa pour le regarder dans les yeux.

— Je veux que l'on me respecte et qu'on me laisse en paix ! J'aurais cru que toi, entre tous, comprendrait cela !

À la grande surprise de Valda, Erik se mit à rire.

— Oh ! mais je comprends. Écoute mon conseil, cependant. Si tu ne peux avoir tout, choisis bien.

Valda, défaite, se laissa retomber sur les coudes.

— Tu considères donc que je devrais renoncer à mon honneur pour lui ?

Il haussa les épaules en se relevant.

— Je crois, qu'en effet, personne n'aime être un second choix. Mais pourquoi l'absence de l'anneau nuptial est-il si important pour toi ?

Ce fut le tour de Valda de rire. Elle comprenait qu'Halfdan n'avait rien dit à son frère au sujet de l'engagement qu'il avait pris avec leur père d'épouser la fiancée galloise. Mais ce n'était pas à elle de le mettre dans la confidence.

— Bonne nuit, Erik, dit-elle en s'étendant de nouveau sur sa couche spartiate, le visage tourné vers le mur.

Il ne pouvait comprendre ce qu'Halfdan attendait d'elle.

Elle descendit la main contre son ventre. Même si elle se résolvait à accepter qu'Halfdan en épousât une autre qu'elle, elle ne pourrait jamais consentir à ce que leur enfant fût traité autrement que les enfants légitimes qu'il aurait avec cette femme.

Pour une fois, sa mère avait raison.

Il valait mieux pour un enfant ne jamais connaître son père plutôt que de représenter une gêne à ses yeux.

Chapitre 20

Un cri de joie résonna sur le pont du drakkar quand la côte de la Northumbrie apparut à l'horizon. Ils virèrent dans cette direction, réglant leur voile pour atteindre l'île au plus vite.

Valda, qui se battait avec une vieille corde emmêlée, laissa échapper un long soupir. Elle attendait cet instant depuis longtemps.

Jamais elle n'avait été plus heureuse de revoir l'Angleterre, même si, en ce jour, c'était sous un sinistre crachin.

En fonction de leur position actuelle par rapport à la côte, ils pourraient arriver à York avant la nuit. Aussi cherchait-elle des yeux les falaises. Après une longue observation, elle finit par distinguer l'estuaire du Humber, l'embouchure des deux rivières, la Trent et la Ouse. Il suffirait de remonter la Ouse et ils arriveraient au cœur de la cité d'York.

Elle aurait dû se douter qu'Halfdan les conduirait d'un seul bord aussi près duHumber. Elle avait toujours pensé qu'il était le meilleur barreur qu'elle eût jamais rencontré et il le confirmait une nouvelle fois.

Leur voyage depuis son comptoir commercial jusqu'ici avait été mené tambour battant. Ils n'avaient fait escale que pour se ravitailler quand c'était absolument nécessaire et ne s'étaient jamais arrêtés longtemps nulle part, pas plus pour se reposer que pour commercer, Halfdan ayant pris la décision de vendre sa marchandise de luxe exclusivement à York.

Alors que Valda restait absorbée par son observation ou, plutôt, sa contemplation de la côte, Tostig vint s'asseoir près d'elle sur l'un des coffres.

— Quand lui diras-tu ?

Valda frémit sous son regard pénétrant.

Savait-il ?

Il lança un regard autour d'elle. L'équipage était occupé et personne n'était assez près d'eux pour surprendre leur conversation.

— Que veux-tu que je lui dise ? demanda-t-elle en s'efforçant toujours de défaire le nœud sur le cordage.

— J'ai été marié pendant de nombreuses années, jeune fille. Je sais reconnaître une femme enceinte, même si cet idiot est aveugle.

Il indiqua du menton Halfdan qui se tenait à la poupe du navire, la barre du gouvernail dans la main. Il conversait avec Erik et, par bonheur, n'entendait rien de leur propos. Valda n'avait pas échangé un mot avec lui depuis l'attaque des nomades et lui non plus n'avait pas cherché à lui parler.

Ils se comportaient comme s'ils n'existaient pas l'un pour l'autre et, d'une certaine manière, cela leur avait permis de vivre moins mal la fin du voyage, même s'ils étaient misérablement abattus en raison de la situation.

Elle se tourna vers Tostig et le regarda droit dans les yeux d'un air vindicatif :

— Si tu lui en parles, je te tue ! Crois-moi, je le ferai !

La main posée sur la poignée de son épée, elle donnait toutes les apparences d'être prête à exécuter sa menace.

— Je n'en doute pas un instant, répondit Tostig en riant, et ce ne serait pas un déshonneur pour moi de mourir par ta main, mais je préférerais mourir pour une cause plus noble que celle-ci. Je te promets de ne pas en parler si tu y tiens vraiment, mais sache que tu as tort. Je t'invite vivement à revoir ta position.

— Tu parles sérieusement ? J'ai l'impression que tu as oublié qu'il avait refusé de m'épouser.

— Il n'aurait jamais dû faire ce serment, et il ne sera pas long à le regretter. Mais s'il te savait enceinte…

Valda était surprise que Tostig fût au courant de l'accord conclu entre Halfdan et son père au sujet de l'avenir d'Erik. Il lui revint à l'esprit, cependant, qu'il incarnait la figure d'un père aux yeux d'Halfdan qui en était, soupçonnait-elle, plus près encore que de son frère.

— Dans ce cas, interrompit Valda, je refuserais catégoriquement qu'il m'épousât.

Dans un geste d'impatience, elle parvint, enfin, à défaire le nœud avec lequel elle se débattait depuis un long moment.

— Pourquoi ?

Un masque sévère se dessina sur le visage de Valda.

— Je ne forcerai jamais un homme à m'épouser parce qu'il m'a mise enceinte. S'il ne veut pas s'encombrer de moi, qu'il fasse sa vie comme il l'entend.

— Vous êtes deux enfants.

— Peut-être… Mais je ne serais pas heureuse avec lui s'il ne m'épousait que parce que je porte son enfant.

Tostig poussa un soupir d'exaspération.

— Prends cela, dans ce cas, dit-il en déposant un sac de cuir aux pieds de Valda.

— Qu'est-ce que c'est ?

— Qu'est-ce que tu crois ? Mon argent.

Valda regarda le sac renflé d'un air horrifié. Halfdan, en effet, avait estimé, la veille, le montant de leurs profits et avait distribué à l'équipage ce qu'il lui revenait, y compris Valda. Erik ayant obtenu de son voyage en Orient une somme considérable en dirhams, il avait été possible à

Halfdan de procéder à ce partage avantageux pour les hommes d'équipage tout en conservant pour lui une part importante.

Impatient, sans doute, de la voir quitter au plus vite le drakkar, il avait distribué à chacun ce qu'il avait honnêtement gagné.

— Non, je ne peux pas accepter ! répondit-elle avec véhémence à Tostig. D'ailleurs, j'en ai déjà beaucoup.

— Je t'ai promis mon argent si je survivais. Or, c'est malheureusement le cas.

— Je ne t'avais pas pris au sérieux ! Si c'est parce que je suis…

Elle lança un regard autour d'elle pour s'assurer que personne ne pouvait l'entendre avant de poursuivre :

— Mes sœurs et ma mère vont me prendre en charge. Tu n'as pas à t'inquiéter pour moi. Tout ira bien.

— Eh bien, si ce n'est pas pour toi, petite idiote, c'est pour le petit qui n'y est pour rien et qui, lui aussi, sera un membre de ma famille… La mère d'Halfdan, ma cousine, ne me le pardonnerait pas si je ne faisais pas cela pour l'enfant.

« Il se pourrait, d'ailleurs, qu'elle ne me pardonnât jamais de ne pas en avoir informé son fils, mais je suis un homme de parole et ne lui dirai donc rien. »

Il s'éclaircit la gorge, et Valda se retint de rire devant l'expression renfrognée de son visage. C'était l'homme le plus gentil et le plus bourru qu'elle eût jamais rencontré.

— Tu vas me manquer, Valda, fille de Porunn… Tu es une bonne rameuse et une guerrière impressionnante. Je te souhaite d'être heureuse.

Il prononça ces derniers mots d'un ton bourru et Valda crut voir ses yeux s'embuer de larmes, mais il les essuya furieusement et haussa les épaules.

— J'ai déjà amassé trop d'argent, reprit-il. Les dieux me

puniront pour mon manque de générosité si je n'en donne pas. Considère que tu as de la chance de m'avoir croisé et accepte cet argent… Avant que je ne te le fasse avaler.

— Pour l'enfant, donc, répondit Valda en soulevant le sac dont le poids l'effara.

Gagnée, elle aussi, par l'émotion, elle fut un moment à chercher ses mots.

— Toi aussi, tu vas me manquer, Tostig…, fit-elle d'une voix altérée. Je n'ai jamais eu de père, mais si j'en avais un, j'aimerais qu'il fût comme toi.

L'émotion se lut sur le visage buriné de Tostig qui acquiesça d'un bref hochement de tête.

— Si jamais tu as besoin de moi, j'arriverai tout de suite.

Sur ces mots, il alla vérifier que le gréement était descendu correctement et il laissa échapper une série de jurons en constatant qu'une corde traînait encore sur le pont.

Valda ramassa le sac qu'il lui avait donné et le réunit à son bagage avant de rejoindre sa place sur le banc des rameurs.

Les bruits de la ville les enveloppèrent quand le drakkar accosta au quai auquel il fut rapidement relié par de solides cordages.

Chacun ayant préparé ses affaires depuis la veille, ils se regroupèrent autour d'Halfdan pour lui faire leurs adieux tout en sachant qu'ils se retrouveraient pour le prochain voyage, à l'exception, bien sûr, de Valda.

Elle était émue de se séparer de chacun des membres de l'équipage, mais plus particulièrement de ceux dont elle était devenue véritablement l'amie, soit Aarne, Odger et Svend qu'elle serra très fort dans ses bras non sans évoquer la douloureuse disparition de leurs parents Frode et Bori. Chacun reconnut que leur métier était dangereux et que lorsqu'on s'embarquait pour une destination aussi lointaine, on n'était pas certain d'en revenir.

Quand elle eut salué tout le monde, elle se dirigea vers la passerelle sans oser regarder en direction d'Halfdan qui se trouvait près du gouvernail.

— Valda ! s'écria-t-il quand elle eut mis le pied sur la passerelle.

Plus qu'un peu surprise qu'il s'adressât à elle ainsi après toutes ces semaines de silence, elle se retourna vers lui.

Elle portait devant elle le grand sac en toile contenant toutes ses affaires et qui obstruait la vision qu'il aurait pu avoir de son ventre.

De toute façon, elle prenait toujours la précaution de porter sa tunique à l'extérieure de sa ceinture pour mieux le dissimuler car il ne cessait de s'arrondir. Si le voyage avait duré quelques jours de plus, elle n'aurait plus été capable de dissimuler son état.

Elle ignorait comment il réagirait s'il apprenait qu'elle était enceinte. En sa qualité de fils de jarl, il pourrait exiger l'enfant et le lui arracher pour être son seul éducateur. Elle doutait qu'Halfdan fût capable d'un acte aussi horrible, mais si son père apprenait qu'elle avait mis au monde son petit-fils, tout était envisageable, même le pire.

Elle savait par Halfdan qu'Ulf était soucieux de perpétuer sa lignée, mais de façon légitime. Il n'était que de voir son attitude à l'égard d'Erik et les menaces proférées à Olga si elle persistait à se dire enceinte d'Halfdan. Cette pensée la fit frémir d'horreur et la convainquit qu'il valait mieux garder secrète sa grossesse. Elle avait confiance en Tostig, qui ne dirait rien. Il suffisait de trouver au plus vite une terre où se retirer avec sa famille et elle ne croiserait plus les pas d'Halfdan ni de son horrible père.

— Oui ? répondit-elle en feignant l'indifférence.

Serait-ce la dernière fois qu'ils se parlaient ? se

demanda-t-elle en son for intérieur avec un serrement de cœur.

En dépit d'elle-même, elle se surprit à le fixer intensément comme si elle voulait garder à jamais son souvenir inscrit dans sa tête : la façon dont ses cheveux blonds tombaient sur ses épaules comme une vague dorée, le bleu saphir de ses yeux bordés de cils sombres, le dessin élégant de ses lèvres et de son menton.

L'enfant qu'elle portait lui ressemblerait-il ? Ou serait-elle contrainte de lui décrire son père s'il n'avait pas ou très peu de ressemblance avec lui ? Elle n'agirait pas comme sa mère, en tout cas, et lui dirait tout ce qu'elle savait sur Halfdan.

— Tu as oublié quelque chose.

Elle le regarda sans comprendre de quoi il parlait. Disait-il cela parce qu'il voulait qu'elle restât auprès de lui ? Mais ça n'avait pas de sens…

— Ta parure en soie, fit-il en présentant la robe de soie qu'elle portait à Byzance.

Il ouvrit son sac et y plongea la tenue vert émeraude et or.

— Mais elle est à toi. C'est toi qui l'as achetée !

— Elle a été faite pour toi, à ta taille. Que veux-tu que j'en fasse ?

Elle détourna les yeux. Elle n'avait pas la force de discuter et puis, au fond d'elle-même, elle était si profondément déçue et blessée qu'il ne l'eût appelée que pour ça qu'elle préférait ne pas poursuivre cette conversation.

— Au revoir, Halfdan, fit-elle, impatiente, maintenant, de le fuir ainsi que le drakkar où elle avait été si heureuse avec lui.

Il la regarda froidement puis acquiesça brusquement de la tête.

— Comme tu voudras.

Elle s'arrêta au sommet de la passerelle avec la tentation

de se retourner et de hurler, mais elle parvint à se contenir et descendit jusqu'à la terre ferme pour prendre la direction de la chaumière de sa mère.

Halfdan en la regardant s'éloigner eut l'impression qu'on lui arrachait le cœur.

Lorsqu'elle s'était arrêtée au sommet de la passerelle, il avait espéré, un instant, qu'elle reviendrait sur ses pas pour simplement lui témoigner son amour sans exiger de lui le mariage qui le rendrait parjure.

Il aurait voulu recevoir d'elle de l'amour et rien que de l'amour sans aucune condition à la clé.

En fait, ce qui lui était le plus douloureux, c'était de ne l'avoir jamais entendue dire qu'elle l'aimait. Aussi lui était-il impossible de se débarrasser de l'idée que sans le mariage il n'était pas assez bien pour elle.

Si elle lui avait confessé son amour, en revanche, il aurait fait tout ce qui était en son pouvoir pour ne pas épouser la Galloise. Mais à quoi bon sacrifier le bonheur de son frère pour une femme dont il n'était pas sûr de l'amour.

— Je ne t'ai pas reparlé depuis longtemps, dit Tostig qui venait de le rejoindre, parce que j'espérais que tu verrais enfin clair en toi-même, mais il semble que je doive intervenir. Alors tu vas la laisser partir, juste comme ça ?

— Elle ne veut pas de cette vie… Autrement dit, elle ne veut pas de moi.

— Vraiment ? J'aurais plutôt l'impression qu'elle ne veut pas te voir en épouser une autre. Ce qui me semble tout à fait sensé.

— Mon mariage n'a aucun sens, répondit Halfdan en regardant Tostig droit dans les yeux. Il s'inscrit dans un marché. Rien de plus. J'ai offert à Valda une vie de liberté et d'aventure. Je lui ai même demandé de me laisser le temps de mettre un terme à ce mariage, mais elle ne m'a pas donné ma chance. C'est elle qui s'en va.

— Tu es devenu l'otage de ton navire et tu n'obéis qu'à ton père. Tu prétends vouloir vivre en liberté, mais te lies à Ulf par serment sans réfléchir aux conséquences de ton acte.

— Je les connais, rétorqua Halfdan en lançant un regard en direction de son frère.

Erik était justement en train de charger sur des mules l'argent qu'ils devaient apporter à leur père pour acheter sa liberté.

— Et lui, les connaît-il ? demanda Tostig en haussant les épaules. Tout ce qu'il désirait, c'était la liberté. Tu n'étais pas obligé de réclamer pour lui un fief et un titre.

— Il l'ignore, mais j'estime qu'il les mérite. Tout le monde pensera que notre père est enfin devenu raisonnable.

— Ne crois-tu pas que ton mariage qui va intervenir juste après que la question d'Erik sera réglée ne lui paraîtra pas suspect. En particulier après que Valda t'a quitté sans raison apparente.

Un éclair d'impatience passa dans le regard d'Halfdan.

— Je t'ai déjà expliqué qu'elle ne m'aimait pas. Elle ne m'a d'ailleurs jamais dit qu'elle m'aimait. Pourquoi devrais-je renoncer à rendre heureux mon frère pour satisfaire le désir d'une femme qui ne veut que m'avoir à elle seule comme on possède un objet ou un animal.

Tostig laissa échapper un soupir.

— Tu me ressembles sous bien des aspects. Quand j'étais jeune, comme toi, je redoutais que le mariage ne me séparât de mon premier amour, la mer.

Il s'interrompit et posa un regard sévère sur Halfdan en poursuivant :

— Quand je mourrai, cependant, et qu'il ne restera plus rien de moi sinon mes vieux os, sais-tu où je veux qu'ils reposent ? Au fond des mers ? Non. Je veux qu'ils soient ôté de ma femme. La mer est vaste et envoûtante, mais ılle n'a jamais réussi à remplacer celle que j'aimais. Tu crois, peut-être, qu'on peut aimer sans être responsable ? Qu'on peut jouir d'une liberté totale tout en aimant ?

Il fit non de la tête.

— Ça ne marche pas comme ça. Si tu veux parcourir les mers inlassablement en repoussant toujours l'horizon et sans jamais jeter l'ancre, ta vie sera celle d'un solitaire. La mer nous appelle, certes, mais nous ne lui appartenons pas. J'ai aimé ma femme profondément et c'est à elle que j'appartiens. Je compte, d'ailleurs, sur toi pour m'inhumer auprès d'elle. Quant à Valda, que tu le veuilles ou non, c'est à elle que tu appartiens et c'est auprès d'elle que, plus tard, tu reposeras.

La gorge serrée par l'émotion, Halfdan dut ravaler sa salive pour la dénouer.

— Pose-toi cette question, reprit Tostig qui n'en avait pas terminé. Est-ce que je peux vivre sans elle ?

— Je me le suis déjà demandé cent fois, répondit Halfdan d'un air las.

— Et tu n'as pas de réponse ? s'esclaffa Tostig. Mais bien sûr que tu le peux ! De même que j'arrive à vivre tous les jours sans celle qui a emporté mon cœur avec elle dans la tombe…

Il plissa les yeux et, cette fois, il ne riait plus quand il reprit :

— Mais le veux-tu ? Pourquoi penses-tu que j'attende impatiemment la mort ? Ce n'est pas pour faire une fin glorieuse, mais pour retrouver mon amour dans l'au-delà. Pour caresser sa splendide chevelure blonde et lui parler de nos filles et de nos petits-enfants. Pour sentir sa main dans la mienne et savoir avec certitude que je suis, enfin, chez moi.

Le visage d'Halfdan se ferma quand il répondit d'un ton morne :

— J'ai déjà donné ma parole.

— Tu es aussi dur et borné qu'un moellon de granit ! fit Tostig sèchement en s'éloignant.

La chaumière était toujours aussi misérable que lorsqu'elle l'avait quittée. Un sentiment de culpabilité l'envahit en prenant conscience d'à quel point ses sœurs et sa mère avaient dû souffrir en son absence. Heureusement, le tonneau d'eau était plein et le potager rempli de légumes arrivant à maturité ainsi que d'herbes aromatiques.

De la fumée s'élevait de l'ouverture dans le toit. Il y avait donc quelqu'un à la maison.

Elle s'arrêta dans le jardinet, hésitante. Peut-être leur ferait-elle peur si elle entrait, soudain, sans être annoncée. Et, d'ailleurs, serait-elle la bienvenue lorsqu'elles verraient son état ?

Ne sachant plus ce qu'elle devait faire, elle prit le risque de lancer d'une voix forte :

— C'est moi ! Je suis de retour !

Elle entendit un cri et une sorte de tumulte accompagné d'un juron puis Porunn parut la première sur le seuil de la porte.

— Valda ! s'écria-t-elle en s'élançant vers elle suivie de Brunehilde et Helga.

Elle serra Valda dans ses bras à l'étouffer puis, prenant son visage entre ses mains, elle l'embrassa sur les deux joues.

Ses sœurs l'enlacèrent et, à leur tour, et elle fut noyée dans leur amour.

Elle serra les mâchoires pour ne pas pleurer et leva les yeux au ciel en attendant que le plus fort de l'émotion fût passé. Elle prit alors une grande respiration et rompit l'étreinte de ses sœurs et de sa mère.

— Regardez ! fit-elle en soulevant ses deux sacs d'argent. J'ai une vraie petite fortune là-dedans. Assez, en tout cas, pour soudoyer le jarl le plus récalcitrant et obtenir de lui qu'il nous vende des terres et les bâtiments destinés à leur exploitation !

Sur ces mots, elle laissa tomber à terre les deux sacs, qui firent entendre un bruit métallique de pièces s'entrechoquant. Un large sourire illumina les visages des trois femmes, Brunehilde accompagnant le sien d'une tape dans le dos de sa sœur.

— Je suis fière de toi, dit-elle.

— Était-ce un voyage intéressant ? demanda Porunn en liesse alors qu'Helga observait Valda avec une expression étrange.

— Dangereux, sans doute ? fit Brunehilde.

Valda, qui ne les écoutait que d'une oreille, ne cessait de se répéter en son for intérieur : « Comment vais-je le leur dire ? »

Comme si Helga savait de quel conflit intérieur elle était la proie, elle se fraya un passage entre sa mère et sa grande sœur et posa la main sur la légère rondeur de son ventre.

— Je parierais que c'est une fille, dit-elle.

Brunehilde fronça les sourcils en regardant Helga puis, comme si, soudain, son regard se dessillait, resta bouche bée, en état de choc.

— Tu es enceinte ? s'exclama Porunn, le visage altéré par l'anxiété.

Valda ne pouvait pas parler. La honte lui étreignait la gorge et les larmes lui brûlaient les yeux. Elle finit par acquiescer d'un hochement de tête.

Porunn lui sourit maternellement.

— Tout ira bien, dit-elle en couvrant la main d'Helga avec la sienne.

— Bien sûr, confirma Helga comme si l'entrée dans la famille d'un nouvel enfant illégitime était sans importance.

Valda tourna le regard vers Brunehilde, la sœur dont elle était la plus proche et dont elle redoutait le plus le jugement.

Combien de fois n'avaient-elles pas pesté ensemble contre leur mère en raison de son comportement irresponsable quand il était question d'hommes ?

Et, maintenant, c'était à son tour de faire n'importe quoi, exactement de la même manière.

Lorsqu'elle ouvrit la bouche pour parler, sa voix était altérée par la peur d'être rejetée.

— Je suis désolée…

Sans lui laisser le temps de parler, Brunehilde avança d'un pas et la serra dans ses bras à l'étouffer.

— Je vais veiller sur toi, murmura-t-elle à son oreille, et Valda ne retint plus ses larmes.

Chapitre 21

La grande salle était plongée dans le silence comme si quelque événement dramatique se préparait.

Ulf se tenait debout devant Erik, et des piles impressionnantes de pièces d'argent étaient disposées sur une table derrière lui. Le regard froid, pas l'ombre d'un sourire sur le visage, il levait un bracelet de fer brut pour que chacun le vît.

La cérémonie était délibérément privée de tout décorum, et le bracelet en mauvais métal, privé de toute incrustation en dehors de l'impression du mot liberté, était à l'image d'Ulf, fruste, abrupt. Il apparaissait qu'on n'accorderait rien à Erik qui fût d'une valeur égale ou supérieure au bracelet de bronze de son jeune frère.

À genoux, Erik était dans une position de soumission même aux derniers moments de sa condition d'esclave, mais cela valait la peine de passer par cette phase humiliante, certes, mais incontournable et qui ouvrait une porte sur des cieux inconnus.

— Erik, le métis, dit Ulf d'une voix dure et sonore.

Halfdan fronça les sourcils. Leur père allait-il leur jouer un mauvais tour et refuser de le reconnaître comme son fils alors même qu'il venait de recevoir une rançon de roi pour sa liberté ?

— Je t'accorde…

Halfdan retenait sa respiration de même que tous ceux qui étaient présents dans la salle et qui projetaient le corps en avant comme s'ils voulussent influencer Ulf et le contraindre à en finir au plus vite avec cette cérémonie d'affranchissement.

— … ta liberté…

Un soupir de soulagement, sorti de toutes les poitrines, se fit entendre dans la salle.

— Tu cesses d'être mon esclave et deviens un homme libre comme le seront tous ceux issus de ta lignée.

Dès qu'Ulf eut cessé de parler, Erik se leva et se tint devant lui en le regardant dans les yeux avant de lui arracher des mains le bracelet.

Un petit rictus moqueur se dessina sur les lèvres du jarl, mais il ne fit aucun commentaire.

Il n'avait de toute façon plus rien à dire. Erik était libre.

La voix d'Halfdan, qui exprimait sa joie, couvrait toutes les autres. Il mit dans la main de son frère une corne remplie d'ale et chuchota à son oreille :

— Bois avec lui pour éviter toute querelle à venir puis nous serons libres de partir.

Erik acquiesça et leva sa corne en direction de leur père avant de s'asseoir à la table d'Halfdan où se trouvaient leurs hommes. Le sourire aux lèvres, ils attendaient de lever un toast à son nouveau statut d'homme libre.

Halfdan n'arrivait pas à partager entièrement leur joie. Les paroles de Tostig lui revenaient sans cesse à l'esprit comme une torture.

Ne regretterait-il pas d'avoir préféré obtenir une terre pour son frère plutôt qu'épouser Valda ?

Il se sentait misérable depuis le matin où elle était partie. Les dernières semaines sur le navire avaient été insupportables. Il était si mal qu'il comptait les jours qui le séparaient de la fin du voyage, où il serait enfin débarrassé d'elle, mais maintenant qu'elle était partie, il était encore plus affligé de son absence que de sa présence.

Il en perdait la tête…

Elle ne l'aimait pas, alors pourquoi s'obstinait-il à la vouloir dans sa vie ? Si elle l'avait aimé, elle le lui aurait dit, n'est-ce pas ?

Valda, cependant, était très orgueilleuse et ne donnait pas sa confiance facilement. Elle n'avait, en fait, confiance qu'en elle-même. Pourquoi prendrait-elle le risque de lui dire qu'elle l'aimait alors qu'il était promis à une autre ? Elle savait qu'en faisant un tel aveu on pouvait se casser les dents. N'en avait-elle pas fait la triste expérience avec Jorund. Elle lui avait confessé son amour et il l'avait refusé.

— Comment s'est passé ton voyage ? demanda soudain Ulf, qui les avait rejoints à table. Il y a eu de la casse ?

Contrairement à son habitude, son ton de voix était doux, mais son regard calculateur démentait ses apparentes bonnes intentions.

— J'ai perdu deux hommes, répondit Halfdan qui s'était raidi.

— Ta guerrière ne t'a donc servi à rien ? fit Ulf dont le sourire dévoilait les canines acérées.

— Détrompez-vous, répondit Halfdan en regardant son père dans les yeux. Sans elle j'en aurais perdu davantage. Peut-être même aurais-je été tué moi aussi.

— J'espère que ça valait la peine de l'engager et que tu en as eu pour ton compte, mais, tout de même, deux hommes… Cela représente une belle somme en compensation à verser aux familles.

— C'est déjà fait, répondit Halfdan entre ses dents.

— Si tu utilisais des esclaves…

C'était assez pour Halfdan. Il voyait clair, soudain, comme si le soleil venait de percer une concentration de nuages noirs. Il ne pourrait jamais satisfaire son père ni effacer les mauvais traitements qu'Erik avait subis sous son autorité. Et puis il était clair qu'Erik, comme le pensait Valda, ne voudrait plus rien avoir à faire avec lui maintenant qu'il était libre.

Pourquoi était-il resté aveugle aussi longtemps ? Il connaissait les défauts de son père, mais n'arrivait pas à s'en affranchir. Or, il ne comprenait pas pourquoi il lui était resté aussi longtemps soumis, même s'il avait le sentiment d'être libre grâce à ses voyages. En fin de compte, la mort prématurée de sa mère était peut-être liée à sa dépendance vis-à-vis de son père ?

Soucieux du destin de son frère, il ne tint pas compte des conséquences qu'aurait, peut-être, la question qui était sur le bout des lèvres :

— Avez-vous prévu le fief où il est convenu que vous établissiez Erik ?

Le regard d'Ulf se durcit alors qu'il plissait les paupières de son air rusé.

— Oui… Mais tu dois d'abord te marier.

— Certes… Où est ma fiancée ?

La jeune Galloise et son escorte étaient là à leur arrivée dans la grande salle, mais Halfdan leur avait fait transmettre un message leur indiquant que des chevaux les attendaient s'ils désiraient fuir et que le moment le plus propice serait pendant la cérémonie d'affranchissement d'Erik.

Or, leur absence laissait à penser qu'Halfdan ne s'était pas trompé en les croyant amoureux l'un de l'autre.

— Où sont-ils ? fit Ulf, hors de lui, en scrutant la salle. Trouvez-les !

Aussitôt plusieurs hommes d'armes s'élancèrent à leur recherche.

L'occasion était donnée à Halfdan d'échapper honorablement à l'engagement pris avec son père, mais il n'en avait cure.

Un besoin pressant d'en finir avec lui le poussa à parler :

— J'ai bien l'impression qu'ils sont partis. Et c'est sans doute dans l'intérêt de chacun.

Il s'approcha de son père et ajouta :

— Me voilà dégagé de mon serment.

— Tu fais le malin ! s'exclama Ulf. Mais détrompe-toi. Quand je la retrouverai, tu l'épouseras ! Est-ce que ton frère sait quel marché tu as conclu avec moi à son sujet ? Parlons ouvertement. Ce n'est plus un secret pour personne.

Il claqua des doigts à l'adresse d'un esclave qui s'empressa de lui remplir sa corne d'ale. Il en but une longue gorgée avant d'ajouter avec un sourire suffisant :

— Tu devrais savoir aussi que le fief d'Erik se trouve en bordure des terres du frère de ta fiancée, ton futur beau-frère. Les rivalités entre seigneurs font rage dans la région. Or j'ai conclu un accord avec lui qui inclut votre mariage.

« L'avenir et la sécurité d'Erik dépendront très largement du bonheur de ta femme. Mais ne t'inquiète pas, ta fiancée sera en sécurité ici ainsi qu'Erik. Tu n'auras qu'à repartir faire ton commerce avec ta guerrière si tu en as envie. »

Halfdan dévisagea son père d'un air méprisant. La terre accordée à Erik faisait partie d'un marché entre le seigneur gallois et Ulf incluant sans doute l'échange d'otages de part et d'autre, qui dépendrait de la célébration du mariage. Il éprouvait du remords pour eux, mais s'ils ne dépendaient que de son père ils étaient sans doute déjà plus morts que vifs.

Quelle place avait Erik dans ce nœud de vipères ? S'il épousait sa fiancée galloise et qu'elle venait à subir des sévices infligés par Ulf, cela entraînerait-il une vengeance exercée sur Erik par le seigneur gallois ?

Ne se trouvait-il pas de nouveau prisonnier avec son frère des stratagèmes de leur père ?

Le marché que ce dernier avait conclu avec lui était

pipé depuis le début. Il ne lui restait plus qu'à choisir entre garder son honneur intact et attendre au cas où les amoureux seraient retrouvés ou tourner le dos dès maintenant à son père en assumant sa nouvelle étiquette de parjure.

S'il attendait un peu et que la jeune fille n'était pas retrouvée, il sortirait, sans doute, gagnant et pourrait obtenir quelques concessions en faveur d'Erik.

Mais, pour une fois, il ne voulait pas tout. En réalité, il ne voulait qu'une chose… Valda.

— Non, répondit-il catégoriquement à son père dont il regardait avec curiosité la stupéfaction puis la colère grandissante dans le bleu glacial de ses yeux.

Lui avait-il jamais dit non au cours de sa vie ? N'avait-il pas fallu, au contraire, constamment négocier et accepter des accords toujours désavantageux ?

— Comment oses-tu ! fit Ulf d'une voix rugissante en serrant les poings.

— De quoi parlez-vous ? demanda Erik depuis sa place autour de la table.

— Du don que je t'ai fait, répondit Ulf avec un sourire narquois.

Puis, plantant le regard dans celui d'Halfdan, il ajouta :

— Je te fais seigneur de l'un de mes fiefs, Erik. Ça te plairait ? Une terre et un titre qui te soient propres ?

Si Erik acceptait, Halfdan se trouverait contraint de baisser la tête et, une fois encore, la volonté d'Ulf s'imposerait aux deux frères.

Un silence sépulcral descendit sur la grande salle jusqu'au moment où Erik prit la parole d'une voix claire et forte :

— Sous votre autorité ? Non, jamais. D'esclave je ne veux pas devenir votre homme lige.

Si cela fût possible, le silence devint encore plus pesant. Le refus cinglant d'Erik mettait un terme à la fête déjà si pitoyablement organisée.

— Ainsi, vous me manquez l'un et l'autre de respect ! hurla Ulf d'une voix si puissante que l'esclave près de lui recula d'un pas.

Erik ignora la réaction de leur père et tourna les yeux vers Halfdan d'un air interrogatif. Il était clair qu'il avait cessé d'obéir à Ulf.

Comment avait-il pu être aussi aveugle ? s'interrogea Halfdan.

Bien sûr, Erik ne voulait rien recevoir des mains d'un père qui l'avait tant humilié et fait souffrir. Il méritait, certes, un fief et un titre, mais il préférerait sans doute fuir au bout du monde plutôt que de se soumettre plus longtemps à l'autorité de cet homme brutal et sans pitié.

Ulf, que la réponse d'Erik avait rendu fou furieux, lança sa corne à travers la salle en sa direction. Elle vint frapper son épaule et, aussitôt, Tostig, qui était près de lui, lui chuchota quelques paroles apaisantes tout en le retenant par le bras pour qu'il ne s'emportât pas contre son père.

Ce fut Halfdan qui s'interposa, considérant que le moment était venu d'enfoncer le couteau.

— Notre marché est caduc. Gardez vos terres. J'implore, quant à moi, les dieux pour que vous ne retrouviez jamais celle que vous me destiniez.

Ulf lui saisit le bras qu'il serra dans sa poigne dans un désir de le punir.

— Tu as fait un serment, Halfdan ! On ne revient pas sur sa parole, sinon… je te déshériterai ! Tu n'auras plus de nom ni d'honneur. Et tout le monde le saura. On te surnommera, Halfdan le Parjure ! C'en sera fini d'Halfdan Ulfsson ! Il sera mort, anéanti, disparu !

Halfdan dégagea son bras et repoussa son père dont l'haleine avinée empestait. Le jarl perdit l'équilibre et s'affaissa sur la table derrière lui, renversant les piles de pièces qui tombèrent sur les dalles avec un cliquetis sinistre.

Les deux frères se regardèrent et haussèrent les épaules.

— Qu'il en soit ainsi, dit Halfdan en entraînant son frère avec lui vers la porte.

— Tous les jarls seront informés de ton comportement ! Plus personne ne voudra faire du commerce avec toi ! Personne !

Toute l'assistance posa un regard désapprobateur sur Ulf alors qu'ayant abusé de l'ale, il se relevait difficilement.

Les hommes qui restaient fidèles à Halfdan et Erik les suivirent ainsi qu'un certain nombre des gardes d'Ulf.

Le pouvoir de ce dernier s'était effondré en peu de temps.

Chapitre 22

Valda, assise près de sa mère, alors qu'Helga et Brunehilde se tenaient debout un peu en retrait, attendait que ce fût son tour de prendre la parole.

La grande salle du manoir du jarl Ivar était remplie de justiciables qui, eux aussi, étaient venus déposer une requête, quand ils n'étaient pas là pour régler un problème de voisinage.

Les sœurs de Valda, qui considéraient qu'elle devait se ménager vu son état, avaient insisté pour qu'elle prît place sur un banc, et Porunn en avait profité pour s'asseoir elle aussi.

— Ta jambe te fait-elle mal ? demanda Valda préoccupée par la grimace que venait de faire sa mère.

Porunn frotta sa cuisse à l'emplacement de sa vieille blessure et sourit.

— C'est à cause du changement de saison. Elle me fait toujours un peu mal à cette époque de l'année.

— Tu en souffriras moins lorsque nous aurons notre ferme et que tu ne dormiras plus dans cette misérable chaumière.

— N'en dis pas de mal, fit Porunn en riant. Je m'y suis habituée et me suis même mise à l'aimer après ton départ.

— La vie n'a-t-elle pas été très dure en mon absence ?

demanda Valda qui continuait d'être rongée par le remords d'avoir abandonné sa famille.

Elle avait vu la somme d'argent qu'elles avaient réussi à économiser pendant qu'elle voyageait et savait qu'elles n'avaient pu la rassembler qu'en se privant de nourriture. Aussi, dans les premières heures, avait-elle eu un sentiment de culpabilité trop prononcé pour les interroger, mais, à présent, elle était trop curieuse pour résister à l'envie de questionner sa mère.

— Certes, ça n'a pas été toujours facile, reconnut Porunn. Gunnar s'est montré, soudain, odieux avec Brunehilde dont il a réduit la solde par moitié. Elle a essayé d'entrer au service d'Ivar, mais il est resté loin de York pendant tout l'été. Cependant, nous avons vécu correctement pendant tous ces mois car nous avions de quoi manger en abondance.

Porunn s'interrompit comme si elle craignait de poursuivre puis, laissant échapper un soupir, elle reprit :

— Halfdan nous faisait parvenir des vivres chaque semaine. Il ne te l'a pas dit, n'est-ce pas ?

— Non, jamais, répondit Valda qui n'en revenait pas.

— C'est dommage que tu ne l'aimes pas, remarqua Porunn d'un air espiègle. J'ai toujours pensé que vous étiez faits l'un pour l'autre, avec votre goût commun de l'aventure. Et puis maintenant que nous savons la vérité au sujet d'Olga… En fin de compte, il ne t'a jamais trompée, comme tu l'imaginais. Ne pourrais-tu apprendre à l'aimer ?

Valda baissa la tête d'un air triste. Elle aurait mieux fait de ne pas parler de ça avec sa mère, mais elle avait ressenti le besoin de se justifier du fait d'être retombée aussi facilement dans les bras d'un homme qui, officiellement, s'était montré infidèle avec elle dans le passé.

Pendant qu'elle ressassait ces questions, Porunn attendait patiemment sa réponse.

— Je n'ai jamais dit que je n'avais pas de sentiments

pour lui, fit-elle, enfin, mais, de toute façon, il doit en épouser une autre.

Sa mère haussa les épaules comme si cette question était secondaire et son attitude déclencha une vive irritation chez Valda.

— Peut-être que pour toi l'honneur ne compte pas, mais ce n'est pas mon cas !

— Si ça te dérange tant, demande-lui de ne pas l'épouser.

— Il a conclu un marché avec son père et il a choisi de s'y tenir.

— Vraiment ? Il fait passer son père avant son enfant ? Ça ne me semble pas possible. Ulf n'est pas le type d'homme à susciter ce genre de loyauté, même de la part de son fils.

— L'accord a été établi dans l'intérêt d'Erik, le frère d'Halfdan, de façon à ce que leur père lui attribuât une terre.

La confusion, qui semblait grandir dans l'esprit de Porunn, s'aggrava encore quand sa fille ajouta :

— Mais, pour ne pas te mentir, Halfdan ignore ma grossesse.

— Comment ? Il ne sait pas que tu attends un enfant de lui ?

Plusieurs personnes tournèrent la tête vers elles, de même qu'Helga et Brunehilde.

— Ce genre de situation ne t'a jamais posé de problème, répondit entre ses dents Valda.

Porunn se pencha vers sa fille pour lui parler à l'oreille.

— Je l'ai toujours dit aux pères quand j'étais enceinte, mais deux d'entre eux n'ont pas voulu savoir.

Cette information coupa le souffle de Valda qui laissa tomber les épaules d'un air abattu.

Sa mère lui apprit, en outre, que seul le père d'Helga l'avait reconnue. Ce qui signifiait que son père et celui de Brunehilde avaient passé leur chemin sans reconnaître ni l'une ni l'autre. Elle avait toujours cru que Porunn, jalouse de son indépendance, n'avait voulu s'encombrer d'aucun mari, mais elle n'en était, à présent, plus certaine. C'était douloureux, en tout cas, d'apprendre que son géniteur s'était entièrement désintéressé d'elle, et c'était la même chose pour Brunehilde.

— Halfdan ferait peut-être de même, dit-elle d'une voix éteinte.

— Peut-être, acquiesça Porunn avec tant de certitude que sa réaction fut douloureuse pour Valda. Mais il se peut aussi qu'il prenne conscience que ton amour et celui de son enfant a plus d'importance que n'importe quel marché qu'il a pu établir avec son père au sujet de son frère.

Valda eut un haut-le-cœur, mais qui n'était pas lié à sa grossesse. C'était une prise de conscience soudaine qui créait en elle ce bouleversement.

— Je n'ai jamais réussi à lui dire que je l'aimais, dit-elle, soudain, comme si elle se parlait à elle-même. Et pourtant, je sais que je l'aime. Je l'ai toujours aimé. C'est d'ailleurs pour ça que j'ai réagi si violemment quand j'ai cru qu'il m'avait trompée avec Olga. Si je ne l'avais pas aimé, j'aurais été simplement blessée dans mon orgueil, mais ça ne m'aurait pas fait aussi mal. C'était si douloureux que j'ai cru en mourir…

— C'est du passé, tout ça. Ce qui compte, c'est le présent.

Porunn lui saisit le bras en poursuivant :

— Tu vas aller lui dire que tu l'aimes dès que nous serons sorties de cette salle, c'est bien compris ?

Elles avaient haussé le ton sans s'en rendre compte, si bien que Brunehilde s'approcha d'elles.

— Arrêtez de parler comme ça, dit-elle entre ses dents. Ça va être notre tour.

La voix du jarl Ivar, dont l'irritation était à peine cachée, résonna dans la salle.

— Les guerrières ! Avez-vous une requête à me présenter ou non ?

Porunn et Valda se levèrent immédiatement et il les fixa de ses yeux gris et perspicaces. Ses cheveux blonds coupés au bol lui faisaient une sorte de casque sur la tête. Un peu plus jeune que Porunn, mais de très peu, il avait toujours l'apparence d'un redoutable guerrier.

C'était à cause de sa réputation de loyauté et de justice à l'égard des femmes qu'elles s'étaient adressées à lui pour l'obtention d'une terre. On disait de lui, cependant, qu'il était d'une nature impatiente. Il n'aurait pas fallu que tout échouât à cause de leur inattention.

Brunehilde, fâchée contre Valda et Porunn qui n'avaient pas entendu le jarl quand il s'était adressé à elles, fut la première à prendre la parole. Elle commença par se présenter ainsi que ses sœurs et sa mère en mettant en avant leurs exploits guerriers puis elle lui offrit de lui verser une grosse somme d'argent pour obtenir le droit d'exploiter sa terre.

— Aucune de vous n'est mariée ? demanda-t-il, l'expression impénétrable.

— Non, messire, répondit Porunn.

— Mais alors, qui héritera de votre ferme quand vous mourrez ?

— Mes filles.

— Et après qu'elles seront mortes à leur tour ?

— Leurs enfants… si elles en ont. Sinon, la terre vous reviendra, messire.

Ivar eut un froncement de sourcils et elles retinrent toutes quatre leur respiration.

— J'ai déjà beaucoup de fermes et de hameaux dont les occupants m'ont juré fidélité…

— Certes, répondit Brunehilde, mais nous vous jurerons fidélité comme tous les gens qui vivent sur vos terres.

— Imaginons que vous vous mariiez, belle guerrière,

je serais obligé d'accepter quatre hommes que je n'aurais pas choisis. Cela compliquerait la situation.

— Nous ne nous marierons pas sans votre permission, messire.

Il se cala dans son siège et laissa échapper un profond soupir tandis qu'il semblait soupeser leurs propositions dans sa tête. À son expression et son comportement, Valda tirait la conclusion que la balance ne penchait pas en leur faveur. Elle se demanda si elle ne devrait pas évoquer sa grossesse, mais elle craignit que ce détail n'aggravât encore leur situation.

— Et si nous ne nous marions jamais ? demanda Helga d'une voix douce.

Ivar fronça les sourcils.

— Il faut que vous sachiez, guerrières, que je dispose d'hommes mariés avec des enfants qui peuvent exploiter mes terres tout en me fournissant des combattants si les circonstances l'imposent. Je ne doute pas de leur loyauté car l'héritage de leurs enfants en dépendra. Or vous, de votre côté, ne m'avez offert que de l'argent et un avenir incertain.

— Je sers dans la garde de Gunnar, déclara Brunehilde. Je rejoindrai votre armée si vous me le demandez.

Ivar acquiesça d'un signe de tête, mais il semblait toujours indécis.

— Vous avez acquis une très grande réputation au combat, Brunehilde, fille de Porunn, dit-il.

Puis, dirigeant son regard vers Valda, il ajouta :

— J'ai entendu dire que vous aviez combattu des nomades en revenant de Miklagard ?

— Oui, messire. Deux membres de notre équipage, hélas, ont été victimes de cette attaque. Mais nous avons réussi à échapper à nos agresseurs.

Il se tut un instant avant de reprendre :

— Je vais vous aider.

Les quatre femmes soupirèrent de soulagement, mais le jarl n'avait pas fini de parler.

— Leif !

Un homme jeune et d'apparence robuste aux cheveux bruns et yeux bleus s'avança vers lui.

— Leif est un excellent guerrier qui s'est distingué au sein de ma garde. Si l'une de tes filles l'épouse, Þorunn, je te donnerai une ferme.

La mère et ses filles eurent un air abattu si bien qu'Ivar, se penchant en avant, reprit :

— Une seule d'entre elles, n'importe laquelle… et tu peux garder ton argent.

Les femmes se regardèrent les unes les autres dans un silence chargé d'émotion.

— Valda…

C'était la voix de Leif, forte et douce à la fois.

Elle leva les yeux sur lui et il lui sourit.

— Je te serais reconnaissant d'être la première à te prononcer.

— Comme d'habitude, marmonna Brunehilde.

— Il a l'air gentil, murmura Helga. J'aime bien son regard…

— J'attends déjà un enfant, répondit Valda.

Il parut surpris mais en rien décontenancé.

— Si le père t'a quittée, je te prendrai telle que tu es avec ton enfant.

Valda, bouleversée, regarda Leif dans les yeux. Voici un homme, pensa-t-elle, qui lui offrait une maison et la sécurité pour toute sa famille… et elle ne voulait pas de lui.

Brunehilde réussit à capter le regard de sa sœur.

— Accepte, peut-être, pour toi, mais pas pour nous. La vie est trop courte pour la gâcher avec de mauvais choix que l'on regrette.

Valda, qui ne savait quelle réponse donner à Leif et dont la tête tournait à force d'indécision, finit par prendre une grande respiration.

— C'est Halfdan Ulfsson, le père de cet enfant ! déclara-t-elle en posant la main sur son ventre. Et c'est avec lui que je veux vivre !

Tous les visages, stupéfaits, se tournèrent vers elle à l'exception de Porunn qui n'attendait que ça.

— Va le trouver ! dit-elle avec insistance.

Puis, se tournant vers le jarl, elle reprit :

— Merci pour votre offre généreuse, messire Ivar, mais mes filles sont des guerrières indépendantes qui ne peuvent suivre que les inclinations de leur cœur.

Helga serra la main de Valda dans la sienne.

— Va le trouver, Valda. Et reprenez la mer ensemble ! Vous y serez plus en sécurité qu'à York.

Valda, précédée de Brunehilde qui écartait tous ceux qui pouvaient lui faire obstacle, sortit de la salle aussi vite que ses jambes pouvaient la porter.

Elles pressèrent le pas à travers les rues d'York en direction du port où elles espéraient trouver Halfdan occupé à réparer son drakkar, à moins qu'il ne fût au manoir de son père, ce qui exigerait qu'elles trouvent quelqu'un pour l'informer de la présence de Valda à l'extérieur.

Elles traversaient la place principale de la cité dont le sol était glissant en raison de l'humidité quand un rayon de soleil perça les nuages, inondant de lumière Valda dont la chevelure se mit à flamboyer.

— Tu n'as jamais été aussi belle, lui dit Brunehilde qui venait de tourner la tête vers elle.

— Ça doit être l'effet de l'amour, répondit Valda, un sourire extatique aux lèvres.

Jamais elle ne s'était sentie aussi libre et sûre d'elle-même. Elle venait, en fait, de faire un choix décisif duquel dépendait toute sa vie, comme au combat quand la moindre erreur pouvait être fatale et qu'il fallait prendre une option et s'y tenir obstinément.

Aveuglées par le soleil, les deux sœurs achevaient de traverser la place et allaient s'engager dans une ruelle conduisant au port quand elles se heurtèrent à un mur de poitrines.

— Où allez-vous ainsi, belles guerrières ? fit une voix grave et mélodieuse qu'elle reconnut à l'instant même.

— Halfdan ? dit-elle en se servant de sa main pour se protéger du soleil.

Il était devant elle, entouré de Tostig et Erik ainsi que de plusieurs membres de son équipage. Tous la considéraient avec un mélange de surprise et de joie.

— Peut-être me cherchais-tu ? demanda Halfdan sans y croire, mais c'étaient les seuls mots qui lui étaient venus à l'esprit.

— Oui ! Justement…, répondit-elle avec une pointe d'ironie dans la voix.

— Et pourquoi ?

Tostig toussota de telle façon qu'Halfdan se reprit aussitôt :

— En fait, moi aussi, je te cherchais… Mais je ne pensais pas te trouver aussi vite alors que je sors à peine de chez mon père.

— Et pourquoi voulais-tu me voir ?

Elle entendit sa mère jurer entre ses dents derrière elle. Aussi ajouta-t-elle aussitôt :

— Es-tu déjà marié ?

— Non… J'ai repris ma parole. Plus aucun serment ne me lie à mon père. Je suis libre…

Valda ouvrait des yeux immenses alors qu'une lumière intérieure l'éclairait, rendant ses yeux plus beaux et chaleureux que jamais.

— Halfdan…, fit-elle d'une voix tremblante alors qu'elle

mettait instinctivement la main sur son ventre. Je ne te l'ai jamais dit, mais… Tu le sais, n'est-ce pas ?

Il fit non de la tête en la regardant avec une intensité telle que, soudain, il n'y eut plus qu'eux deux, face à face.

— Mais, je t'aime, gros nigaud…

Des larmes brillaient dans les yeux de Valda, rendant cette confession encore plus belle et plus forte.

Il la regarda longuement, muet, trop ému pour parler puis, étendant les bras, il la prit par les épaules, l'attira contre lui…

— Stop, fit-elle en le repoussant doucement. Tu oublies que nous sommes trois maintenant.

Il baissa les yeux, interloqué, sur son ventre qu'elle couvrait toujours d'une de ses mains, et il comprit.

— Tu… tu es… ?

Elle acquiesça lentement de la tête.

— Oui, Halfdan, j'attends un bébé de toi.

Il se pencha sur elle et lui prit le visage entre les mains, effleurant ses lèvres d'un baiser avant de mettre un genou à terre et de l'enlacer en appuyant tendrement la joue contre son ventre.

Elle passait les doigts dans ses longs cheveux blonds, pressant son visage contre elle alors que les larmes ruisselaient le long de ses joues.

— Valda, fit-il en se relevant. Pourquoi ne me l'avais-tu pas dit ?

— Je ne voulais pas que tu te sentes prisonnier parce que je m'étais laissé mettre enceinte. Si tu devais me choisir plutôt que ta Galloise, je voulais que ce fût librement.

— Ma Galloise, comme tu dis, fuit en ce moment avec l'homme qu'elle aime. Des chevaux les attendaient à proximité du manoir pendant la cérémonie d'affranchissement d'Erik qui devait précéder notre mariage. Mon stratagème a fonctionné à merveille. Pour une fois, ce n'est pas Ulf qui a manipulé tout le monde.

Il se tut et la regarda intensément dans les yeux.

Sa voix tremblait et des larmes gonflaient ses paupières quand il reprit :

— Je veux que tu sois ma femme et c'est en toute liberté que je te choisis. Je t'ai toujours aimée… Je n'ai, d'ailleurs, jamais aimé que toi, et l'annonce que tu viens de me faire me remplit d'une joie telle que je n'en ai pas connu d'autre de toute ma vie.

Il s'interrompit avant de demander, le regard incertain :

— Mais je parle et ne t'ai pas demandé ce que tu voulais. Veux-tu, Valda, fille de Porunn, devenir ma femme ?

Elle resta un moment silencieuse, savourant cet instant merveilleux, mais l'impatience de sa mère grandissant derrière elle, elle finit par répondre :

— Oui, je le veux, Halfdan Ulfsson.

— Appelle-moi plutôt Halfdan tout court… Enfin, je t'expliquerai plus tard pour quelle raison.

Valda le regardait en se demandant si elle ne rêvait pas. Mais c'était bien lui, en chair et en os, qui la serrait dans ses bras et elle lisait mieux que jamais dans son grand regard bleu qui n'exprimait que tendresse et sincérité.

— Si tu le veux, Valda, dit-il, je peux renoncer à la mer et nous vivrons tous ensemble dans une grande et belle ferme.

— Non, Halfdan. Tu as besoin de la mer pour être heureux. Et puis tu aimes trop ton drakkar. Je sais qu'il faudra que j'apprenne à partager…

— Chut ! fit-il. Il est hors de question que je parte en voyage sans toi. Si tu n'es pas sur le drakkar à mon côté, je ne pourrai pas y être heureux.

— Mais je ne rêve que de cela, Halfdan. Je suis prête à toutes les aventures avec toi.

Elle noua les bras autour de son cou, et leurs lèvres se scellèrent dans un long et ardent baiser alors que tous autour d'eux exprimaient leur bonheur par des applaudissements et des ovations.

Chapitre 23

— Freyja va être jalouse, ce soir, dit Porunn avec un petit sourire espiègle.

— Mère, fit Valda. N'offense pas la déesse de la Fertilité le jour de mon mariage. Je veux qu'elle bénisse notre union et non qu'elle nous poursuive de sa malédiction.

— Pourquoi le ferait-elle ? Elle n'est pas sans avoir contribué à tout cela. J'en suis certaine. Elle t'a toujours eue sous sa garde. Je savais qu'il y avait une raison pour qu'elle me donnât trois belles filles comme vous.

Brunehilde laissa échapper une sorte de grognement désapprobateur.

Couchée sur le lit d'Halfdan, sous la tente du drakkar, elle était, ce jour-là, d'une humeur maussade comme cela lui arrivait, hélas, trop souvent.

— C'est vrai ! J'insiste ! reprit Porunn en regardant Brunehilde d'un air de reproche. Vous êtes belles, fortes et intelligentes !

Elle passa la main sur la robe vert et or en soie, de Byzance.

— C'est trop dommage que je n'aie pas de couronne à te donner, dit-elle avant de prendre un peigne pour le passer dans les cheveux de Valda. Et j'aimerais être meilleure à ceci.

Valda fit la grimace quand le peigne rencontra un nœud

dans ses cheveux. Elle se tourna vers sa mère et lui prit le peigne de la main en lui souriant.

— Laisse-moi faire. La seule chose qui compte c'est que tu sois là.

Elle posa la main sur le renflement de son ventre en ajoutant :

— Je peux difficilement porter une couronne virginale dans l'état où je suis.

Helga entra précipitamment sous la tente. Les joues en feu, elle avait une expression triomphante alors qu'une corbeille pleine de fleurs pendait à son bras.

— J'en ai trouvé ! s'écria-t-elle en soulevant la corbeille. Je savais que j'en trouverais au bord de l'Ouse un peu en aval.

— Tu étais donc partie chercher des fleurs ? fit Brunehilde avec étonnement. Je croyais que tu t'étais mise en quête d'un Gothi pour célébrer le mariage. Puisque Valda et Halfdan ont décidé de se marier selon le rite chrétien, il me semblerait bien qu'y soit associé un religieux de la tradition nordique. C'est bien d'avoir des fleurs, mais il nous faut aussi un officiant de chez nous.

— Oh ! mais j'en ai trouvé un ! fit Helga en se tournant vers Valda qui la regardait avec surprise.

Rapidement, elle lui prit le peigne des mains et se mit à lisser ses cheveux avec une bien plus grande douceur que Porunn qui, trop heureuse de voir une experte se charger de coiffer la mariée, venait de s'asseoir sur un tabouret.

— C'est exactement ce que je vous avais dit, remarqua Helga. Nous nous marierons toutes avec des fleurs dans les cheveux.

— Merci, fit Valda en prenant la main libre de sa sœur.

C'était l'automne et les fleurs étaient rares aux alentours d'York où la pluie était presque constante. Qu'Helga ait pu en trouver autant était étonnant.

— Je n'appelle pas cela une prophétie, rétorqua Brunehilde toujours aussi peu aimable.

— Je te coifferai aussi de la même manière, le jour de ton mariage, Brunehilde, répondit Helga. Et tu auras aussi des fleurs dans tes cheveux, aujourd'hui, pour le mariage de ta sœur.

Brunehilde leva ses grands yeux bleus au ciel comme si Helga lui contait des balivernes.

— Tu m'as promis de me laisser te coiffer ! s'insurgea Helga en plantant les poings sur ses hanches. Et tu ne reviens jamais sur tes promesses ! Souviens-t'en !

— Je n'ai jamais pensé que tu en aurais l'occasion ! lança Brunehilde en se redressant.

Comme elle se rallongeait, elle se tapa la tête contre le bois du lit, déclenchant l'hilarité de ses sœurs.

— Nous allons toutes nous marier ! insista Helga en pointant un doigt accusateur sur Brunehilde. Et tu seras la prochaine !

— Par Odin ! dit en grondant Brunehilde. Tu vas attirer le malheur !

Les quatre femmes sortirent de la tente, un peu plus tard, avec chacune des fleurs dans les cheveux. Toutes étaient radieuses et belles à leur manière, même Brunehilde bien qu'encore et toujours revêche, et coiffée de la couronne de fleurs la plus dépouillée.

Le mariage fut célébré par un prêtre, puis un Gothi, comme le souhaitait aussi Halfdan afin que personne ne pût contester la légitimité de leur mariage, procéda au rituel païen des pays nordiques.

Le manoir d'Ulf leur étant fermé, ils festoyèrent à bord du drakkar, un forgeron proche du port ayant mis à leur disposition son atelier pour cuire les rôts et autres préparations.

L'ale coula à flots et on se régala de la bonne cuisine locale au son de la musique puis on dansa et chanta toute la nuit à la lumière des torches. La joie avait aisément gagné Brunehilde et Erik, que l'on n'avait jamais vus si gais et enjoués.

Aux premières lueurs de l'aube, Tostig, un sourire radieux illuminant son visage, vint s'asseoir près de Valda.

— Je suis heureux, dit-il, que vous soyez, enfin, devenus raisonnables.

— En quoi ne l'étais-je pas ? lança Valda, feignant d'être outragée.

— Tu étais trop préoccupée de ton honorabilité, un défaut majeur chez l'homme et pire encore chez la femme !

— Vraiment ? fit-elle en riant.

— Oui, mais il semble que le ciel ne vous en veuille pas.

Valda sourit en tournant le regard vers son mari en pleine conversation avec son frère. Ils semblaient en paix tous les deux maintenant qu'ils n'avaient plus à craindre l'un pour l'autre les cruautés et les mesquineries de leur père.

— Non, répondit-elle. Nous avons beaucoup de chance.

— On peut le dire, fit Tostig, le regard espiègle. Après toutes les folies que vous avez commises, je désespérais de vous voir, un jour, ensemble et heureux. Maintenant que j'ai assisté à votre mariage, je puis prendre mon envol vers l'autre monde…

Il prononça ces dernières paroles sur un ton léger, comme si la mort le laissait absolument indifférent.

— Nous ne sommes pas pressés de te voir partir, Tostig. D'ailleurs, nous aurons besoin de toi. Qui d'autre que toi saurait mieux garder notre enfant en cas de péril ? Car il voyagera avec nous, et toi aussi par nécessité.

Tostig se contenta de sourire, mais à son expression Valda comprit qu'il serait de leur prochain voyage, du moins à la belle saison, quand elle aurait accouché.

— Au fait, dit-elle, il faut je te rende ton argent. Je n'en ai plus besoin maintenant qu'Halfdan m'a accueillie dans sa vie. Le bébé aura un père.

Tostig, qui buvait de l'hydromel, s'étrangla et leva sur elle un regard à l'expression scandalisée.

— Je n'en veux pas ! Donne-le à tes sœurs ou à ta mère, à qui tu veux ! Il m'importe peu à qui tu le donnes mais, bon sang, accepte mon cadeau !

Valda leva les mains comme si elle se rendait.

— Entendu, je vais le donner à mes sœurs.

— Parfait. D'ailleurs, entre nous, j'ai gagné soixante dirhams grâce à toi et Halfdan.

— Ah, bon ? Et comment ?

— Les hommes ont lancé un pari et, malheureusement pour eux, j'ai gagné.

— Quel pari ?

— C'était au sujet d'Halfdan : t'épouserait-il ou non ?

Valda cligna des paupières d'un air surpris.

— Quand as-tu participé à ce pari ?

Elle n'en avait rien su, et pourtant elle avait passé plusieurs mois avec ces hommes dans l'espace réduit d'un navire.

— Le jour où tu as posé pour la première fois le pied sur le drakkar. Nous jouions aux dés dans un coin du pont et je t'ai reconnue. Je savais ce que tu avais représenté pour lui dans le passé. Et quand, tout gonflé d'orgueil, il t'a fait visiter le drakkar, j'ai compris que ses sentiments pour toi n'avaient pas changé, mais je n'ai jamais pensé que tu éprouvais la même chose pour lui, sinon je n'aurais jamais fait ce foutu pari !

Touchée par l'intuition de Tostig, Valda passa le bras autour de ses épaules et le serra contre elle et, pour une fois, il ne grommela pas. Elle se saisit de son bonnet et, avant de le remettre délicatement en place, embrassa furtivement le sommet nu de son crâne.

— Fais-moi souvenir de te faire rencontrer ma mère, Tostig, dit-elle à mi-voix.

Elle éclata de rire en entendant Tostig jurer entre ses dents.

— Es-tu bien certain que tu ne veux pas venir avec nous ?

Il fit non de la tête.

— Je serai bien assez vite de retour auprès de vous. Une fois que j'aurai vendu toute la marchandise d'Halfdan, vous n'aurez qu'à venir me prendre à votre retour, ainsi qu'Erik. Ce sera le printemps et tu me présenteras ton nouveau-né.

Halfdan s'approcha d'eux, le visage exprimant le remords.

— Il est temps de partir, dit-il.

Valda se leva et lui prit la main qu'elle serra dans la sienne pour lui faire comprendre qu'elle allait bien. Il ne lui était pas facile de quitter sa famille alors qu'elle venait à peine de la retrouver, mais c'était dans l'intérêt de tous.

Ils allèrent trouver Porunn, Brunehilde et Helga qui se levèrent en les voyant approcher.

Comprenant que le moment de la séparation était arrivé, Porunn serra Valda dans ses bras.

— Tu vas tellement me manquer !

— Tu pourrais venir avec nous ! répondit Valda, la voix étranglée par l'émotion.

Puis, se tournant vers ses sœurs, elle ajouta :

— D'ailleurs, vous aussi.

— Je ne suis bonne à rien sur un navire, répondit Þorunn en riant. Et puis je tiens toujours à trouver une terre. Erik connaît un jarl qui pourrait nous aider à en acquérir une.

Elle lança un regard à Erik qui se tenait à deux pas de leur groupe en compagnie de Tostig et qui acquiesça en esquissant un sourire. Il n'était manifestement pas très à l'aise en présence d'autant de femmes, mais Þorunn avait bon espoir qu'il finirait par s'habituer.

Les nombreuses brimades qu'il avait reçues dans sa jeunesse avaient altéré son caractère et, certes, amoindri sa confiance en lui-même, mais avec le temps et dans un environnement autre, il devrait retrouver la joie de vivre et être un homme épanoui comme l'était son frère.

— Parfait, dit Halfdan auquel Erik avait fait la promesse, en son absence et celle de Valda, de veiller sur Þorunn et ses filles. Je te remercie, Erik.

Ce dernier acquiesça d'une légère inclinaison de la tête et Brunehilde eut l'air personnellement offensée.

Elle s'avança vers Valda d'un air fâché et la serra dans ses bras à l'étouffer.

— Tout ira bien ! dit-elle d'une voix impatiente. Il n'y a aucune raison que tu restes à York, en particulier avec le père d'Halfdan qui est une véritable menace. Et puis le danger pourrait venir aussi du seigneur gallois furieux que le mariage n'eût pas été célébré et que sa sœur se fût enfuie on ne sait où. Vous faites bien de disparaître jusqu'à la fin de l'hiver. Je suis certaine que lorsque vous reviendrez parmi nous, au printemps, les esprits se seront calmés.

Erik ne parut pas du tout convaincu par l'analyse de celle qui l'avait conquis et il l'exprima par une sorte de grognement réprobateur qui déplut au plus haut point à cette dernière. Elle le lui exprima, d'ailleurs, en lui lançant un regard noir.

Ce fut au tour d'Helga de serrer Valda dans ses bras avec toute la force de son affection.

— Ne t'inquiète pas. Rien de fâcheux ne nous arrivera.

Elle plaça une main sur le ventre de sa sœur et eut un sourire émerveillé.

— À bientôt, petite elfe !

— Es-tu certaine à son sujet ?

— Bien sûr, répondit Helga en riant. C'est une fille.

Leurs regards brillants de larmes s'attachèrent l'un à l'autre et elles s'étreignirent une dernière fois. Brunehilde et Porunn les joignirent pour un dernier au revoir, puis elles se tournèrent successivement vers Halfdan, qu'elles embrassèrent et serrèrent fort dans leurs bras.

Valda ne put retenir un rire devant son air ébahi.

— Tu as, à présent, deux sœurs et une belle-mère, dit-elle. Il va falloir t'y faire.

— Ça ne sera pas difficile, répondit-il en souriant.

Valda savait qu'il parlait sincèrement. Privé d'une mère et fils d'un père pareil, il était heureux d'avoir trouvé une vraie famille.

Porunn et ses filles, accompagnées d'Erik et Tostig, quittèrent le drakkar tandis que Valda et Halfdan gagnaient la poupe. Les hommes furent aussitôt à leurs postes et ne furent pas longs à détacher les cordes reliant le navire au quai.

Les coffres étaient de nouveau pleins de fourrures. Il y en avait d'ailleurs tant qu'un tas avait été placé près du gouvernail pour permettre à Halfdan et à sa tendre épouse de s'y asseoir.

Il ne leur avait fallu que quelques jours pour reconstituer une cargaison, les jarls ne les ayant pas rejetés comme le prédisait Ulf. Bien au contraire, ils avaient tous salué la rupture d'Halfdan avec son père, et l'avait accueilli les bras ouverts.

Halfdan enveloppa Valda dans une splendide fourrure en renard blanc qu'il avait mise de côté pour elle, mais elle la partagea aussitôt avec lui et se blottit sous son bras libre.

Baissant la tête vers elle, il l'embrassa sur la nuque.

— Où veux-tu aller ? Prenons-nous la route de la soie ? Retournons-nous à Miklagard ? À moins que tu ne préfères te rendre au pays des Maures ? Dis-moi quelle destination te tente et nous nous y rendrons.

Le soleil se leva et la rivière se mit à scintiller comme si elle était en feu.

— Cela m'est égal aussi longtemps que je suis avec toi, répondit Valda, ses beaux yeux noisette reflétant son bonheur et tout l'espoir qu'elle mettait dans la vie.

Il resserra l'étreinte de son bras tandis que de l'autre il maniait le gouvernail. Le drakkar s'écarta du quai d'où leur faisaient signes de la main Porunn, ses filles et les deux hommes.

Ils répondirent à leurs au revoir aussi longtemps qu'ils les virent alors que le drakkar, dont la voile avait été hissée par l'équipage et que gonflait une brise favorable, descendait paisiblement le courant.

Ils atteindraient bientôt la mer du Nord et, selon le souhait du moment, ils s'orienteraient vers la Scandinavie ou longeraient la côte de l'Angleterre vers le sud pour rejoindre la Manche.

Valda verrait au loin la chère Neustrie de son enfance puis ils gagneraient l'Atlantique, contourneraient l'Espagne et aborderaient dans un port mauresque où leurs fourrures seraient prisées.

L'avenir leur appartenait et Valda ne doutait pas qu'avec

Halfdan pour capitaine leur couple irait d'aventure en aventure et de succès en succès.

— Je t'aime, murmura-t-elle en levant les yeux sur lui.

Il se pencha sur elle et lui effleura les lèvres d'un baiser.

— Moi aussi, ma chérie... Il me tarde de te le prouver...

Elle eut un petit rire de gorge. Leur tente était prête à les accueillir avec son grand lit douillet et ses deux braseros.

Cette fois, ils seraient de quart ensemble et après, quand Halfdan aurait confié la barre à un homme sûr, ils iraient se glisser sous leurs couvertures de fourrure et, bercés par les flots, s'aimeraient tendrement, follement, jusqu'au bout de la nuit...

Vous avez aimé ce livre ?
Découvrez la série « Les chevaliers du roi »
de Ella Matthews,
dans votre collection Les Historiques.

Les Historiques

HARLEQUIN

Retrouvez prochainement,
dans votre collection

Les Historiques

Éveillée par le chevalier, d'Ella Matthews - N°992

Angleterre, XIVe siècle

SÉRIE : LES CHEVALIERS DU ROI - TOME 4

Un tout nouveau monde s'ouvre à Adela alors qu'elle rejoint la cour de Windsor, ses jeux de pouvoir et ses intrigues, pour épouser son promis, le chevalier de Monceaux. Si ce dernier a la réputation d'être un homme puissant, froid et austère, si les rumeurs murmurent qu'il n'est intéressé que par sa dot pour financer la guerre du roi en France, peu lui importe ! La voici enfin libérée du joug de son père qui la maintenait enfermée au château familial depuis son enfance… Seulement, Adela se sent bien vite troublée et déstabilisée. Car, même si leur union reste un mariage de convenance, les nuits passionnées que son époux lui fait vivre dans la chaleur de leur chambre à coucher l'interrogent. Son amant est-il réellement incapable d'aimer ?

Un Noël au bal, d'Annie Burrows, Lara Temple, Joanna Johnson - N°993

Une invitation à trois merveilleux bals de Noël !

Découvrez les histoires de Clara, Bella et Maria dans ce recueil festif, glamour et rempli de romance !

• Venez tout d'abord danser avec *Le lieutenant de Noël*, sur les lieux d'un incroyable mariage aristocratique, où luxe et prestige étourdiront vos sens, surtout si votre cavalier se trouve être le troublant lieutenant Hugo Warren…

• Passez ensuite les fêtes en compagnie du comte Nicholas Deverill dans *Sous la neige avec un lord*, cet ennemi chez qui vous vous retrouvez bloquée lors d'une nuit glacée…

• Enfin, terminez cette parenthèse magique par *Le baiser du bal d'hiver*, aux côtés du charmant vicomte de Stanford, qui vous protégera d'une tempête de neige et vous fera valser avec ferveur dans la salle de bal de son domaine, au cœur de l'hiver…

Les Historiques

La rebelle et le Viking, de Joanna Fulford - N°994

Northumbrie, 866

Fragilisée après la soudaine disparition de son frère, Elgiva se voit contrainte d'accepter une demande en mariage. Certes, cette union ne lui apportera pas le bonheur dont elle rêve depuis toujours, mais au moins le domaine de Ravenswood sera à l'abri des convoitises. Hélas, à peine les fiançailles prononcées, Ravenswood est pris d'assaut par une horde de Vikings sans foi ni loi dont le chef, un guerrier sombre et arrogant, s'impose comme maître des lieux. Et, pour asseoir son autorité, le ténébreux Viking exige qu'Elgiva l'épouse sur-le-champ. Bouleversée, et troublée malgré elle, la jeune femme comprend vite qu'elle n'a pas le choix : si elle veut sauver Ravenswood, elle doit se soumettre au Viking. Du moins, le lui faire croire...

La princesse d'Alhambra, de Carol Townend - N°995

Espagne, XIVe siècle

Toute sa vie, Leonor a dû se contenter d'observer le monde à travers les volets clos de sa prison dorée. Mais aujourd'hui, elle est plus que jamais résolue à fuir la tyrannie du sultan Tariq. Même si pour cela il lui faut supplier le comte Alvarez de Cordoue, son pire ennemi, de l'emmener avec lui en Castille sur les traces de son passé. Au risque de provoquer une guerre entre leurs deux pays si la nouvelle de sa fuite venait à se répandre...

HARLEQUIN

Réveillez la lady qui est en vous !

RESTEZ CONNECTÉ AVEC HARLEQUIN

Harlequin vous offre un large choix de littérature sentimentale !

Sélectionnez votre style parmi toutes les idées de lecture proposées !

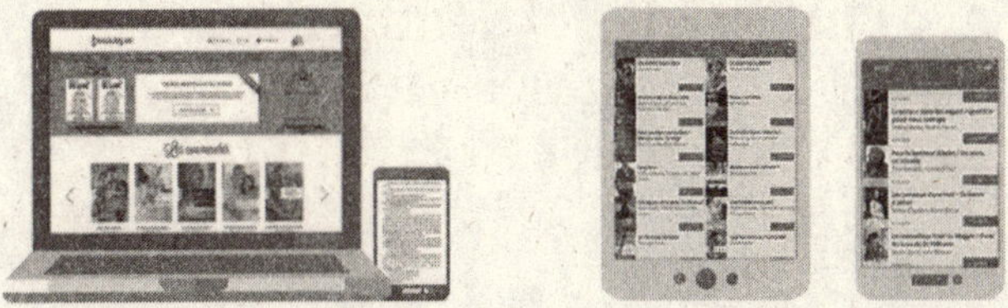

www.harlequin.fr

- **Découvrez** toutes nos actualités, exclusivités, promotions, parutions à venir…
- **Partagez** vos avis sur vos dernières lectures…
- **Lisez** gratuitement en ligne
- **Retrouvez** vos abonnements, vos romans dédicacés, vos livres et vos ebooks en précommande…

L'application Harlequin

- Des **ebooks gratuits** inclus dans l'application
- **+ de 50 nouveautés tous les mois !**
- Des **petits prix** toute l'année
- Une **facilité de lecture** en un clic hors connexion
- Et plein d'autres avantages…

Téléchargez notre application gratuitement

Télécharger dans l'App Store

DISPONIBLE SUR Google Play

SUIVEZ-NOUS !

facebook.com/HarlequinFrance
twitter.com/harlequinfrance

Harlequin [illegible] offre un [illegible] choix

[illegible]

VOTRE COLLECTION PRÉFÉRÉE DIRECTEMENT CHEZ VOUS

Vous souhaitez découvrir nos collections ? Une fois votre 1er colis à prix mini reçu, si vous souhaitez continuer à recevoir nos livres, cela se fera automatiquement. Vous n'avez aucune obligation d'achat et cette offre est sans engagement de durée !

Dans votre 1er colis, 2 livres au prix d'un seul
+ en cadeau le 1er tome de la saga *La couronne de Santina*.
8 tomes sont à collectionner !

☛ COCHEZ la collection choisie et renvoyez cette page au
Service Lectrices Harlequin – CS 20008 – 59718 Lille Cedex 9 – France

Collections	Prix 1er colis	Réf.	Prix abonnement (frais de port compris)
❑ **AZUR**	4,75€	AZ1406	6 livres par mois 31,49€
❑ **BLANCHE**	7,40€	BL1603	3 livres par mois 25,15€
❑ **PASSIONS**	7,90€	PS0903	3 livres par mois 26,79€
❑ **BLACK ROSE**	8,00€	BR0013	3 livres par mois 27,09€
❑ **HARMONY***	5,99€	HA0513	3 livres par mois 20,76€
❑ **LES HISTORIQUES**	7,40€	LH2202	2 livres tous les deux mois 17,69€
❑ **SAGAS***	8,10€	SG2303	3 livres tous les 2 mois, 29,46€
❑ **VICTORIA**	7,90€	VI2115	5 livres tous les 2 mois 42,59€
❑ **GENTLEMEN***	7,50€	GT2022	2 livres tous les 2 mois 17,95€
❑ **NORA ROBERTS***	7,90€	NR2402	2 livres tous les 2 mois prix variable**
❑ **HORS-SÉRIE***	7,80€	HS2812	2 livres tous les 2 mois 18,65€

*livres réédités / **entre 18,75€ et 18,95€ suivant le prix des livres

F23PDFM

N° d'abonnée Harlequin (si vous en avez un) ⌊_|_|_|_|_|_|_⌋

Mme ❒ Mlle ❒ Nom : ____________________

Prénom : ____________________ Adresse : ____________________

____

Code Postal : ⌊_|_|_|_|_⌋ Ville : ____________________

Pays : ____________________ Tél. : ⌊_|_⌋⌊_|_⌋⌊_|_⌋⌊_|_⌋⌊_|_⌋

E-mail : ____

Date de naissance : ____________________________________

Date limite : 31 décembre 2023. Vous recevrez votre colis environ 20 jours après réception de ce bon. Offre soumise à acceptation et réservée aux personnes majeures, résidant en France métropolitaine, dans la limite des stocks disponibles. Prix susceptibles de modification en cours d'année. Vous pouvez demander à accéder à vos données personnelles, à les rectifier ou à les effacer. Il vous suffit de nous écrire en nous indiquant vos nom, prénom et adresse à : Service Lectrices Harlequin CS 20008 59718 LILLE Cedex 9. Service Lectrices disponible du lundi au vendredi de 9h à 17h : 01 45 82 47 47.